喜歡一個人的心情，像是夏日的蟬鳴乍起，
忽然之間，那聲音就已經環繞不去。

只有你知道的夏天

兔子說 著

SUMMER

Only you know

出・版・緣・起

三百六十度全媒體出版

城邦原創創辦人　何飛鵬

當數位變革浪潮風起雲湧之際，做為一個紙本出版人，我就開始預想會不會有數位原生內容出版社出現？如果會的話，數位原生出版會以什麼樣貌出現？而我又將如何面對這種數位原生出版行為？

就在這個時候，我看到了大陸的起點網，這個線上創作平台，聚集了無數的寫手，形成數量龐大的創作內容，無數的素人作家在此找到了夢許之地，也成就了一個創作與閱讀的交流平台，而手機付費閱讀的習慣養成，更讓起點網成為全世界獨一無二、有生意模式的創作閱讀平台。

基於這樣的想像，我們決定在繁體中文世界打造另一個線上創作平台，這就是POPO原創網誕生的背景。

做為一個後進者，再加上我們源自紙本出版工作者，因此我們在POPO上增加了許多的新功能，除了必備的創作機制之外，專業編輯的協助必不可少，因此我們保留了實體出版的編輯角色，讓有心成為專業作家的人，能夠得到編輯的協助，我們會觀察寫作者的內容、進度，選擇有潛力的創作者，給予意見，並在正式收費出版之前，進行最終的包裝，並適當的加入行銷概念，讓讀者能快速認識作者與作品。

這就是POPO原創平台，一個集全素人創作、編輯、公開發行、閱讀、收費與互動的一條龍全數位的價值鏈。

經過這些年的實驗之後，POPO已成功的培養出一些線上原創作者，也擁有部分對新生事物好奇的讀者，不過我們也看到其中的不足——我們並未提供紙本出版服務。

眞實世界中，仍有許多作家用紙寫作，還有更多讀者習慣紙本閱讀，如果我們只提供線上服務，似乎仍有缺憾。

爲此我們決定拼上最後一塊全媒體出版的拼圖，爲創作者再提供紙本出版的服務，讓所有在線上創作的作家、作品，有機會用紙本媒介與讀者溝通，這是POPO原創紙本出版品的由來。

如果說線上創作是無門檻的出版行爲，而紙本則有門檻的限制，線上世界寫作只要有心，就能上網、就可露出，就有人會閱讀，沒有印刷成本的門檻限制。可是回到紙本，門檻限制依舊在。因此，我們會針對POPO原創網上適合紙本出版的作品，提供紙本出版的服務，我們無法讓所有線上作品都有線下紙本出版品，但我們開啓一種可能，也讓POPO原創網完成了「三百六十度全媒體出版」的完整產業及閱讀鏈。

不過我們的紙本出版服務，與線下出版社仍有不同，我們提供了不同規格的紙本出版服務：（一）符合紙本出版規格的大眾出版品，門檻在三千本以上。（二）印刷規格在五百到二千本之間的試驗型出版品。（三）五百本以下，少量的限量出版品。

我們的宗旨是：「替作者圓夢，替讀者服務」，在作者與讀者之間搭起一座無障礙橋梁。

我們的信念是：「一日出版人，終生出版人」、「內容永有、書本不死、只是轉型、只是改變」。

我們更相信：知識是改變一個人、一個組織、一個社會、一個國家的起點。讓想像實現、讓創意露出、讓經驗傳承、讓知識留存。我手寫我思，我手寫我見，我手寫我知，我手寫我創，變成一本本的書，這是人類持續向前的動力。

我們永遠是「讀書花園的園丁」，不論實體或虛擬、線上或線下、紙本或數位，我們永遠在，城邦、POPO原創永遠是閱讀世界的一顆螺絲釘。

楔子

聽過《國王的新衣》這個故事嗎？

愛漂亮的國王爲了追求一件最美的衣服，懸賞天下，吸引了無數人前來，奉上各式華美衣物博取歡心，然而，始終沒有人能讓國王滿意。

此時，出現了兩名宣稱自己擁有魔法的裁縫師。他們告訴國王，會做出一件顏色宛似鮮花，布料猶如雲朵，而且只有聰明人才能夠看得到的美麗衣裳。

國王心動了，命令裁縫師加緊趕工。

即使在製作過程中，每一位前去視察進度的大臣、侍衛、僕人，甚至是國王自己，沒有任何人看得見那件衣服，他們卻還是異口同聲地說：那眞是全世界最美的衣服。

經過漫長的等待，那件衣服總算完工了。

遊行當天，國王興致高昂地穿上新衣，圍觀民眾一邊盲目讚美國王的新衣眞漂亮，一邊目瞪口呆看著國王得意洋洋地裸身走在街上，沒有人敢承認自己看不見那件全世界最美的衣服。

直到一名小男孩指著國王哈哈大笑，嘲笑他根本沒有穿衣服，國王才驚覺受騙，故事便在小男孩因爲誠實相告，獲得許多賞賜後，宣告落幕。

《國王的新衣》這個故事告訴了我們什麼？

誠實？

勇敢？

還是……

不對，全部不對。

這個故事只告訴我們，故事裡全部的人都是笨蛋。

Chapter 1

有時候，我覺得自己很假。

或許，不是有時候。

「徐之夏，妳剛剛怎麼遲到了？」第二節下課後，何敏芳在我前面的位子坐下，「圖書館的老太婆又找麻煩了嗎？」

「那個阿婆真的很討厭耶，看個書也囉哩囉嗦的。」張文琪一邊附和，一邊坐進了我右邊的空位，「這個不准、那個不准的……吵死了，乾脆圖書館都不要給人進去啊！」

她們口中的老太婆是圖書館的管理員阿姨。

早自習時，我替班上同學代了圖書館工讀的班，之所以上課遲到，的確也是因爲管理員阿姨把我留下來整理書本，雖然對我來說這不算什麼，但我沒有制止她們抱怨。

我並不想替一個不受歡迎的人辯護。

管理員阿姨被學生討厭的原因很簡單，她規定很多，要求嚴格，態度也不親切，若被她發現違規，她總是不假辭色地提出糾正，許多受氣的學生都在私底下喊她老太婆，對待她的態度也很差勁，有些人甚至會在她負責流通櫃台時故意找她麻煩。

沒錯，學生很蠢，但阿姨也不遑多讓。

就算發現有人違規，口頭說一下便罷，情節不嚴重的話，裝沒看到也可以，爲什麼老把記警告、跟老師告狀什麼的掛在嘴上？

即使別人是錯的，自己是對的，那又怎樣？

這個世界上，沒有人喜歡聽實話。

「所以，那個老太婆有對妳怎樣嗎？」何敏芳挑眉問我。

「……也沒什麼。」我笑了笑，淡淡帶過。

何敏芳撇撇嘴，覺得無趣，轉頭繼續和張文琪討論。

她們沒有在這個話題上停留太久，聊著聊著，話題一下子拉遠，談起了昨天在網路上流傳的搞笑影片，她們分享手上的零食，聊得起勁，我則在一旁陪著笑。

從其他人的角度看，我和何敏芳、張文琪大概是很要好的朋友吧？

我們三個總是一起行動，分組也湊在一塊兒，同學找不到我，就會問她們，如果張文琪不見了，他們也會來問我和何敏芳……有人說，朋友是在你發現的時候，你就已經跟那個人是朋友了。

那麼，我和她們是朋友嗎？

我不是很確定。

「噯，妳們看垃圾魚。」何敏芳指著坐在教室對角的楊千瑜，她正默默吃著遲了許久的早餐，「垃圾魚又在吃垃圾了。」

「真的耶，好好笑喔。」張文琪跟著大笑。

不過是吃個早餐，哪裡好笑？我心想，卻沒有出聲。

「說到這個，妳們知道垃圾魚的綽號是怎麼來的嗎？」見我和張文琪搖頭，何敏芳神祕地招了招手，要我們附耳過去，「聽說她爸媽是撿回收的，她家亂得不得了，垃圾滿到沒地方走，有一次堆太高還整個垮掉，一堆垃圾散落到鄰居家，鄰居衰死了，住在市區居然會遇到土石流，垃圾土石流——」

她們對看一眼，齊聲大笑。

「好髒喔！」

「超噁心的吧？我死都不要坐在她旁邊！」何敏芳往楊千瑜的方向斜睨一眼，「她身上一定有垃圾味，坐在她旁邊肯定會被臭死。」

順著何敏芳的視線，我也望向楊千瑜。

也許是聽見笑聲，她怯生生的目光正好撞上我的，掩不住顯而易見的慌張，她急忙低下頭，連和我對望的勇氣都沒有。

我不會吃人。

但在何敏芳和張文琪旁邊，我看起來也像會吃人。

小時候，我玩過一個遊戲

遊戲規則很簡單，參與者必須圍成一個大圓，跟隨音樂繞圈子，主持人會隨機停下音樂，並且喊出數字，如果喊出「三」，就要趕快湊到三個人抱在一起，最後剩下來的那個人就是淘汰者。

每到一個新環境，我總會想起這個遊戲。

升上高二的那天也是，原本歡快的音樂停了，即使表面上裝出無所謂的模樣，但人人心底都在著急，急著和其他人抱在一起，三個也好、兩個也好，只要組成小圈圈就好。

小圈圈是安全的，只要不是一個人，就是安全的。

楊千瑜只有一個人，她就是剩下來的淘汰者。

「最後一個，誰要吃？」上課鐘聲響起，張文琪拿出零食袋裡最後一塊餅乾，「沒人要的話，我吃了喔！」

「張文琪，吃完記得丟垃圾。」何敏芳提醒，笑容很不一般。

「丟垃……哦，妳好壞喔！」張文琪馬上懂了何敏芳的意思，笑得花枝亂顫，「好好好，我會記得丟垃圾。」

「等等，我也有垃圾，我也要丟！」何敏芳一手抓起還沒喝完的飲料，起身勾住張文琪的手臂，離開之前不忘遞給我一抹甜笑，「徐之夏，今天午餐我請客，先想好要吃什麼喔！」

我微笑，說了聲謝謝。

越來越多人回到教室準備上課，我坐在座位上，看著她們手勾著手，有說有笑地拿著垃圾往教室後方走去。

不關我的事。

我拿出下一堂的課本，目光卻仍追隨著她們的背影。

楊千瑜察覺到她們的靠近，緊張地瑟縮著身體。

沒用的。

就算妳再怎麼祈禱，都是沒有用的——

「垃圾魚，吃垃圾！」

「賞妳的啦！」

張文琪的零食袋甩到楊千瑜身上，何敏芳丟過去的飲料瓶蓋口沒有鎖緊，黃澄澄的柳橙汁飛濺而出，楊千瑜驚慌地站起，卻閃避不及，汁液仍在白襯衫上沾染了痕跡，攤開在桌上的課本也被弄得溼答答。

楊千瑜焦急地找出書包裡的面紙來回擦拭，她不發一語，受到這種對待卻沒有吭聲。當然，也沒有人為她說話。

班上同學不是嘻嘻哈哈地爆出訕笑，就是假裝沒有看見，何敏芳和張文琪開心地和旁邊的男生擊掌，完全無視楊千瑜的吞忍與狼狽，一句句尖銳的嘲笑往她身上惡狠狠地砸去。

楊千瑜低著頭，急急衝出人群。

大概是想去廁所沖洗制服吧？無奈連老天爺也不幫她，楊千瑜一個踉蹌，直接摔在地上，剛好在我的座位旁邊。

「我沒碰到她喔，大人冤枉喔！」某個男生高舉雙手誇張地說。

可能跌得有點重，過了幾秒，楊千瑜才撐著地板緩緩起身。

頭髮遮住她大半張臉龐，我沒辦法移開停在她身上的視線，於是她的目光再次與我交錯，有那麼一瞬，我好像瞥見她眼中的求救訊號……

為什麼要這樣看我？

我不會幫妳的。

「你們在吵什麼？」

韓老師不知何時站在教室門口，似笑非笑地望著這一幕。

韓老師的出現打斷我混亂的思緒，周圍的嘈雜喧鬧登時停下，所有人都換上另外一張面孔，收起笑，低著頭，急急忙忙回座，好像這樣就能將自己與剛才的鬧劇撇清關係。

趁著這時，楊千瑜抱著似乎受傷的手，匆促跑出教室。

教室裡的每個人都看見了她的逃離，包括韓老師。

此時此刻，班上同學大概都在忐忑，害怕韓老師會追究發生了什麼事，並釐清責任。

他們以爲韓老師會懲罰他們。

但他們錯了。

韓老師就算看到了，也不會做出任何處置。

「開始上課吧。」韓老師笑了，像沒發生過任何事一樣，微笑著拿起講桌上的一疊考卷，「先來發上一堂課的考卷。」

我就說吧，他才不管呢。

那些人肯定鬆了口氣，我能聽見他們心中的歡呼。

「張文琪……何敏芳……」

座號相連的張文琪和何敏芳接連上前，兩人錯身而過，其他人都沒注意到她們的手在腰間輕輕擊掌，默契十足。

「……徐之夏。」

正好領完考卷的何敏芳轉過身，朝我眨了眨眼。

我起身，回以一笑。

這也是默契，我想。

我自然地走上前，韓老師正手拿考卷等著我。

他在笑。

面對學生，他總是那樣笑，淺淺的、淡淡的，那抹笑容時常掛在嘴角，好像很溫柔、很親切，好像很好說話，一點距離感也沒有，好像……只是好像。

韓老師根本不是這樣的人。

「徐之夏，考得不錯。」

九十六分。我低頭看著公民考卷上的成績。

「謝謝老師。」

「不客氣。」

我說完我該說的話，韓老師也說完他該說的話，這時候的我應該拿著屬於我的考卷走回座位，然而，我卻依然站在講桌前，和韓老師各執考卷的一端，沒人放手。

我幹麼放手？是他要放手才對。

「韓老師？」

「徐之夏，妳還是一樣啊？」韓老師壓低了音量，唇邊的笑容不減，「眼睜睜看著同學被欺負，默不作聲，選擇當個事不關己的旁觀者？」

他在笑，還是在笑。

我卻覺得很可怕。

「……不關你的事。」我垂下視線，死盯著手上的考卷。

韓老師輕笑一聲，終於放開手。

「的確，不關我的事。」

那你幹麼非得和我說這些不可？

我抬頭，即使心裡滿是不悅，也只能束手無策地瞪著他。

韓老師不痛不癢地迎上我的怒氣，嘴角的淺笑仍在，他甚至挑了挑眉，彷彿正在挑釁，要我不爽就直接說出來——

我就是沒辦法！

負氣地背過身，我什麼話也沒有說，走回座位。

「對了，徐之夏。」

韓老師喚了我一聲，我沒有回頭，只是停下腳步。

他不在意我的無禮，逕自把話說完。

「放學後來辦公室找我。」

午休時間，我獨自來到圖書館代班。

除了工讀生，這個時間通常沒人會來圖書館，就連管理員阿姨也因爲開會而離開，因此，偌大的圖書館裡只有我一人，非常安靜。

我並不害怕安靜，事實上，我很喜歡安靜，也很習慣安靜，只是此刻我覺得很煩，所以不耐地用腳推動一旁的推車前進，老舊車身不停發出難聽聲響，吱吱嘎嘎，只差沒有當場散架。

我眞的很討厭這個聲音。

隨便拉了張椅子，我躲進圖書館角落，某個天曉得誰會有興趣的原文書區，任憑充滿灰塵氣味的書本包圍自己，我揉了揉額際，企圖驅離在腦海中盤旋不去的那幕畫面。

不喜歡楊千瑜那樣看我。

她明明知道我不會救她，爲什麼要那樣看我？

爲什麼要對我抱持希望？

她那時的眼神一而再、再而三地在我腦海中浮現，同時一而再、再而三地提醒我，我是一個虛假的人。

我知道，眞的知道。

已經夠了。

有韓老師不斷提醒我就夠了，不需要再加上一個楊千瑜……

「馬的！」一股煩躁湧上心頭，我大力踹了推車一腳。

冷眼旁觀的人這麼多，爲什麼是我？

爲什麼只有我？

趕不走心裡的陰影，我很想放聲大叫，但我做不到。

「可惡！」我再踹。

我不想惹麻煩不行嗎？

爲什麼看見別人被欺負就要起身幫忙？誰規定的？

我什麼都沒有，怎麼幫？要是換我被欺負怎麼辦？

如果我被欺負，誰會來幫我？

最後一個問句在我心中震盪，壓抑不住突如其來的怒氣，我用力一踹，不中用的推車登時轟地傾倒，即使在鋪滿吸音地毯的圖書館裡，那聲巨響依然大得嚇人，大得足以吵醒全世界。

但這裡只有我一個人，只有我在這裡。

一瞬的巨響過後，回歸寧靜。

「……馬的。」衰死了，再踢推車一腳洩憤。

倒在地上的推車看起來是不能用了，手把歪斜，輪子飛了，死狀悽慘。

我嘆了口氣，認命地將散落一地的書本疊成一座座小山，早知道剛才就不要偷懶，乖乖把書上架，現在好了，要撿的書這麼多，根本自找麻煩。

我討厭麻煩，最討厭了。

整理完最後一疊書，我把壞掉的推車移到牆邊，拍了拍沾滿灰塵的手，一回身，就驚見有人坐在窗邊的座位上，似笑非笑地瞅著我。

他是什麼時候出現的？

「你……」我吶吶開口，卻不曉得該說什麼才好。

「我還以爲妳會肇事逃逸。」

什麼？

那人穿著制服襯衫，領帶鬆鬆垮垮地掛在脖子上，頭髮是一種很淺的咖啡色，染的嗎？還是天生的？開了一角的窗戶吹進了風，吹得他的頭髮看起來很鬆軟。

不知爲何，他給人的感覺……

很討厭。

「你剛剛說什麼？」我不動聲色地問。

「我沒說什麼啊。」他一步步朝我走近，臉上還是掛著討人厭的笑，「只是和妳打個招呼而已。」

「我不認識你。」

他無所謂地笑了笑，看了一眼我制服上的繡字，「……徐之夏？」

有時候，人的反應很愚蠢。

好比我明明已經聽到他念出我的名字，也知道爲時已晚，我還是忍不住用手摀住胸口，阻止他進一步的探究。

同時，我的視線也往他的胸口一瞥。

沒有名字。

「失望了嗎？」他的聲音靠得好近。

我皺眉，往後退了一步，「……你想幹麼？」

或許是因爲不曉得他的名字，我變得有點緊張，雖然他只知道了我的名字而已，卻依然讓我有種「我在明，敵在暗」的不安，沒有什麼比資訊不對等還令人不快了。

「妳打擾我睡覺。」他忽然說。

我打擾……什麼？

「賠我。」

陪……陪什麼陪！

我臉上一熱，「誰、誰要陪你！」

「當然是妳啊，不然呢？」他挖挖耳朵，痞痞地將一手插進褲子口袋，「妳自己說，妳剛剛是不是用力把推車踹倒？是不是製造噪音？是不是吵到別人？」

「等等，我又不知道這裡有人……」

「妳承認妳製造噪音嘍？很好！」他打斷我的辯解，自顧自地往下說：「再來，不管妳有沒有看到人，圖書館裡本來就該保持安靜，妳一下子罵髒話、一下子踹車，踹車不打緊，車還垮掉，垮掉就算了，聲音還誇張大，妳敢說妳沒有錯？」

我是有錯，可是……

「賠我。」

他真的很奇怪。

我忿忿地瞪著他，他痞痞地回望著我。

除了痞，我找不到更合適的形容詞來形容這個人。明明他的眼睛和他的頭髮一樣，都是很好看的淺咖啡色，明明他整體五官湊起來還算能看，明明他的身高高了我一顆頭不只……

痞子！討人厭的痞子！

「去哪兒？」我幾乎是從牙縫中迸出這句話。

他反而愣住了。

「去哪兒？」他反問我。

「你不是說我吵到你睡覺，所以要我陪你嗎？你不是要我陪你，那要去哪裡？」我一時氣到忘了自己在外人面前向來維持淡然，語速越來越快，「說啊，去哪裡？嘖！又不是小孩子了，想去哪裡不會自己去，居然要人家陪，你以爲你是女生還要手牽手上廁——」

「我是說，賠我。」

「陪、你、去、哪、裡？」我一字一字地說。

他不說話了。

只朝我伸出一隻手，掌心向上。

不曉得哪根筋不對，我的手居然就這麼搭了上去。

「哈！」

哈？

我不解地抬眸一看，不看還好，那個人爆出一聲大笑，像突然被點中笑穴一樣狂笑不止，整個圖書館充斥他的笑聲，他半彎著腰，我只能看見他笑得發紅的後頸，還有，他自己笑就算了，他的手、他的手……

我甩不掉！

「放手啦！」我大力跺腳。

「徐之夏，妳太好笑了。」笑了好半晌，他總算直起身，揩了揩眼角的淚，嘴角的笑依然很張揚。

原來他是在笑我嗎？

我勉強穩住心底的動搖，「哪……哪裡好笑？」

「好吧，既然妳都這麼說了，如果不讓妳陪我一次，好像說不過去。」他說，握著我的手似乎又收緊了一些，「不過我現在還沒想到要去哪兒，先欠著，等我想到再讓妳陪我，如何？」

「你最好永遠都想不到……噯，你可不可以放手！」

我大力一甩，他終於從善如流，讓我的手回歸自由。

下意識往後退一步，我再次像個蠢蛋，爲時已晚地將手藏進身後，慢了好幾百萬拍才懂得對這個不知打哪來的陌生人升起警戒。

「徐之夏，記住嘍，妳欠我一次。」

明明可以當場反悔，反正他講的全是歪理，我壓根沒欠這個怪人什麼，但不知爲何，我卻找不到聲音辯駁，只能束手無策地瞪著他。

面對我的怒視，怪人絲毫不爲所動，而且，他似乎很愛笑，右邊嘴角上揚的角度比左邊嘴角高了一些，就是因爲他不平衡的笑容弧度，導致他看起來非常、非常討人厭。

「你到底是誰？」我問，口氣很不客氣。

對付這種人不需要客氣。

他故作沉吟，裝出一臉困擾的樣子，不過就是報出自己的名字，到底有什麼困難的？

等到我快要失去耐心時，他又突然綻開那討人厭的笑容。

「妳猜猜？」

神經病！

我轉身就走，不願繼續浪費時間在這個怪人身上。

沒有名字的怪人！

放學後，我依約來到韓老師的辦公室。

負責教授公民的韓老師沒有兼任班導，他的辦公室是位於行政大樓三樓的科任辦公室。

由兩間教室打通的科任辦公室本來應該是很寬敞的空間，但因爲大多數科任老師都聚集在這兒，每逢下課時間，就會變得很吵鬧，充斥著老師和學生的談話聲，很有菜市場的既視感。

可是一旦過了放學時間，這裡便能重拾靜謐。

科任老師一向離開得早，剛放學不久，辦公室裡的人就都走光了。

除了韓老師以外。

春末傍晚的暖黃斜陽灑落整間辦公室，映出了空氣中閃閃發光的微塵分子，我站在門口，遠遠望著韓老師倚著窗戶的挺拔身影，不自覺屏住了氣息。

他似乎正在和人談事情，對著手機低聲說話，表情不知爲何有些焦躁，講著講著，他一撇頭就見我呆站在門口。

無預警對上韓老師的視線，我不由得一怔，只見他挑了挑眉，招手示意要我進到辦公室裡。

我走近韓老師的辦公桌，韓老師跟著離開窗邊，但並未結束通話。

他隨手指向擺在桌上的一大疊公民考卷，沒交代半個字，人又晃到另一頭，留下我一個人。我先是看看考卷，再看看筆電螢幕停留的頁面，馬上理解他要我將成績登錄到電腦裡。

爲什麼韓老師沒說話，我也能明白他的意思？

原因很簡單，我在高一的時候擔任過他的公民小老師，整整兩個學期，舉凡發考卷、收考卷、收作業、登記成績等等，全屬於我的工作範圍，我相信全校沒有人比我更熟悉這些繁瑣又無趣的工作了。

韓老師，全名韓靖。

是我在這所學校裡最討厭的人。

和韓老師的第一次見面，是在高一入學的開學典禮上，甫從軍中退伍的他，和我一樣都是初來乍到的「新生」。

還記得那時，校長才介紹韓老師出場，原本坐在大禮堂裡昏昏欲睡的群眾立刻驚醒過來，驚呼聲、討論聲不絕於耳，無聊透頂的開學典禮掀起一波史無前例的高潮，人人爭睹何謂眞正的「帥哥老師」，當時場面之熱烈，直到現在仍是眾人津津樂道的名場景。

想當然耳，每個女生在新學期許下的第一個願望，都是希望能夠排到年輕帥氣的韓老師所教授的公民課，如果眞的有幸排到韓老師的課，第二個願望就是能當他的公民小老師。

我們班當然也不例外。

爲了講求公平，有人提議所有女生抽籤，抽中了誰，誰就是公民小老師，不得有異議。

我才不想當什麼小老師，爲什麼要給自己找麻煩？

那時的我在心裡這麼想，默默看著寫上自己名字的籤條被丟進籤盒裡。

畢竟，韓老師受歡迎是眾所皆知的事實，我若在這時出聲說不想加入抽籤，反而會被追問一大堆問題吧？光想就覺得麻煩，反正抽到我的機率這麼低，不如保持沉默就好。

我就是抱持著這種心態。

然而越是抱持這種心態，越會受到命運的捉弄。

「徐之夏，妳是我的公民小老師？」韓老師拿起課本，從辦公桌起身，帶著微笑問。

韓老師個子很高，我必須稍微仰頭才能對上他的視線。

「是。」

「妳成績不錯吧？」他的神情親切一如往常，「基測考了幾分？」

我沒多想，直覺答道：「三百八十八……」

韓老師聽了，輕輕一笑，「前幾名進來的？」

應該是吧。

即使不太確定名次，我依然點了點頭。對於自己的成績，我有一定的自信，就算沒有前三名，應該也有前五名。

韓老師沒說什麼，他噙著微笑，拿著課本邁開長腿。

見狀，我閃身讓出了走道，他略為狹長的眼眸淡淡地瞟來，明明臉上笑容未退，我卻莫名感到一股壓迫，這是為什……

「那就好，我不喜歡笨蛋。」

與他擦肩而過的那一刻，我聽見韓老師這麼說。

「老師……」

我以為自己聽錯了。

韓老師停下腳步，半回過身，臉上的表情仍是那樣溫和。

「怎麼了嗎？」

望著韓老師的笑顏，我有些慌亂地搖頭。

「沒、沒事……」

他微微勾唇，「那我們走吧，快要上課了。」

應該……是我聽錯了吧？

急忙跟上韓老師的步伐，我三兩下揮去了心中的懷疑。

就是啊，我在想什麼呢……韓老師不可能會說出那種話的。

接下來的日子，韓老師表現得就像其他同學所想像的那樣，既和善又親切，他的幽默使得公民課一點也不無聊，每個人都很喜歡韓老師，喜歡他的為人、他的教學風格，這樣的他在在證明了那天果然是我聽錯了，時間一久，我也忘了這件事。

雖然班上女生都很羨慕我可以近距離和韓老師相處，事實上，我和韓老師卻不若她們所想的親近。

除了一星期兩次的公民課會碰到面以外，我們幾乎沒有交集，屏除公民小老師的身分，我並不比其他同學更熟悉韓老師，我不會和韓老師開玩笑，也不會和韓老師攀談聊天，一切公事公辦，他交代的事，我只管完成就是。

「韓老師，這是……」我傻眼，直瞪著桌上好幾大疊的紙張。

「考卷。」

我當然知道是考卷，可是……

「這不是我們班的考卷吧？」

「嗯，這是三班，這是六班，」韓老師一邊說，一邊挑出各班交回的公民考卷，「還有八班和九班……喔，對了，這疊是妳們班的，妳上次已經登記完了。」

「我已經登記完了。」

「妳已經登記完了。」韓老師點頭，好像完全沒發現問題在哪兒。

如果韓老師沒發現，我當然有義務提醒他。

「韓老師，既然我已經登記完了，那……」話說到一半，我突然萌生一股不祥的預感，「你是要我登記其他班的成績？」

「聰明。」

「可是我……」

「怎麼了嗎？」韓老師微微一笑，表情還是那樣親切，「妳可以幫老師這個忙嗎？」

我、我能說什麼？

我根本沒辦法拒絕！

於是，有一就有二，有二就有三四五六七……韓老師「拜託」我的次數越來越多，我萬分不解，明明別班也有小老師，卻得由我全數包辦工作，這是爲什麼？

可就算再不甘願，我又能怎麼辦？畢竟他是老師，我是學生。

韓老師交辦的工作其實都算簡單，他從不刻意刁難，正因爲簡單，我越做越順手，完成的速度越來越快，韓老師雖然沒有對此發表意見，但從我越漸增加的工作量來看，他似乎很滿意、信任我的辦事效率。

不可否認，這爲我帶來了滿滿的虛榮感。

很奇怪嗎？

這對當時的我來說一點也不奇怪。

要知道，他可是韓老師，全校師生都喜歡的韓老師，縱使一開始我多麼不情願，但當我發現韓老師只對我一個人如此，我很不爭氣地感到開心，韓老師的倚仗，讓我彷彿得到了一種特權，我開始認爲在韓老師心中，自己和其他同學不一樣。

我是特別的。

那時的我偷偷地這麼想著。

我愚蠢地活在韓老師給予我的虛榮裡好一段時日，輕飄飄，茫茫然，渾然不知自己究竟活在什麼樣的世界……我忘了，徹底忘記了我不過是虛僞又懦弱的徐之夏。

高一下學期的某一天，下午第一堂是公民課，我照例在上課之前到科任辦公室找韓老師，他不在，於是我獨自拿了韓老師的課本和水杯回到教室。

上課鐘尚未響起，沉浸在午休餘韻的校園仍然十分寧靜。只是這份寧靜並未持續太久，快要走到空橋走廊的轉角處時，我聽見一陣吵鬧聲遠遠從我們班的方向傳來。

那並不是正常的玩鬧。

不知為何，我就是能夠分辨得出來。

也許是因為不安，我放緩了腳步，暗自祈禱這陣騷動能在我抵達之前結束，但不管我的步履再慢，那陣令人不悅的嬉鬧聲仍隨著我的接近越來越清晰，繞過了轉角，我終於忍不住停在十數公尺之外的走廊上。

我站的位置，能看見那群站在教室外頭的人是誰，他們圍著的人又是誰，甚至連他們正在做的事，我都看得一清二楚——

班上幾個男生不斷推撞一名瘦弱的男同學，一邊高聲嘲笑，一邊阻擋他的去路，單看他們的動作與笑臉，簡直就像在玩一場不用球的傳球遊戲，你大力推過來，我用力推過去，男同學掙扎地想要逃離，卻被其中一人粗暴地扯了回來。

抵擋不住那股力道，他跌倒了。

另一個男生毫不留情地從後方惡狠狠補上一腳，見他趴倒在地，幾個男生交換眼神，同時大笑。

我好想吐。

「妳不做點什麼嗎？」一道清冽的嗓音從我背後響起。

「韓老師……」

那一刻，我彷彿得到了救贖。

然而，韓老師的反應卻再次把我拉進谷底。

「對了，他不是坐在妳隔壁的那個男生嗎？他叫什麼？王書凱？」韓老師一句句的詰問聽不出情緒，冰冷的目光移到我的臉上，他看著我，淡淡地問了一句，「徐之夏，妳不救他嗎？」

什麼意思？

「我怎麼……老師，你不能……」

聽見我慌亂的求救，韓老師一下子懂了我想表達的意思。

但他只是輕輕一笑。

「妳要我阻止他們？憑什麼？」韓老師明明在笑，他的表情卻再也沒有先前的溫和，他看起來好陌生，看起來……

好可怕。

「老師……」

「因爲我是老師？哦，原來因爲我是老師啊！」韓老師點點頭，裝出一副恍然大悟的模樣，「那妳呢？妳就沒有責任了嗎？」

韓老師的目光好冷淡。

而我一句話也說不出來。

韓老師始終沒有出言制止那陣「玩鬧」，他只是站在原地，遠遠看著那群男生動作一次比一次過火，直到他們覺得厭膩無趣，才丟下被欺負的王書凱，幾個人嘻嘻哈哈地往合作社的方向前進。

待他們離開之後，教室裡逐漸有同學走了出來，有人去廁所、有人拿著水瓶到飲水機裝水……原來大家早就醒了，卻沒有人阻止，沒有人吭聲，甚至到了這個時候，也沒有人願意上前問他一句：「還好嗎？」

那我呢？

我還不是一樣。

「眞是無情呢。」韓老師笑了笑。

「老師你……」這時候我才發現自己的手不停地顫抖。

聞聲，韓老師低頭迎上我的視線。

「嗯？」他的笑容依然噙在唇邊。

我艱難地嚥了嚥口水，喉嚨乾澀，指甲掐進了掌心，試著讓自己不再發抖。

「老師你、你爲什麼不阻止他們……」

他失笑，「所以我問妳了，我爲什麼要阻止他們？」

「因爲你是老師！」我腦袋一熱，氣得大喊。

韓老師定定地注視著我，微笑總算收起。

那並沒有讓我覺得好過一些，沒有笑容的韓老師看起來更加冷酷，他的視線宛如尖刀，剖開了我虛僞且毫無用處的擔心。

「因爲我是老師，所以我有義務要阻止霸凌，妳是這樣想的？」韓老師嗤笑一聲，彷彿聽見了天大的笑話。

難以忍受的難堪瞬間吞噬了我，我說不出話，眼眶不爭氣地發熱。

韓老師一定看見了我湧上的淚水，我不想示弱，而他的確也選擇了無視，可當我在他的眼神裡確實找不到半分同情，我還是深受打擊。

韓老師的眼底，只有冷漠。

「說說看，妳看過他被欺負幾次了？妳哪一次通知老師了？眼睜睜看著同學被欺負，妳們只在心裡祈求老師快點來，哪個人在事情發生的當下站出來說話了？」韓老師冷笑，一瞬也不瞬地盯著我不放，「徐之夏，承認吧，妳只是想眼不見爲淨，他們吵到妳了、礙到妳了、讓妳虛僞的良心不安了，如此而已。」

「我、我沒有……」

「再說，妳以爲這裡是國小還是幼稚園？老師出面大罵一場，要求同學相親相愛，那些人就會突然良心發現？別笑死人了，不把王書凱害得更慘就謝天謝地了。」

韓老師發出一聲不屑的嗤笑，我完全不敢相信自己聽見了什麼。

上課鐘響起，韓老師不再看我，他映著陽光的側臉不再是我印象中的模樣，他邁開步伐，越過了茫然無措的我。

「學不會保護自己，只有被欺負的份。」

他的話隨風飄進我的心裡，就像一顆堅韌的種子，在心底最深、最深的角落，生根，萌芽，蔓延出一大片蔓草刨不盡的野原。

那日以後，韓老師變成我最討厭的人。

因爲他發現了最眞實的我——那個膽小、懦弱、令人厭惡的我。

我原本以爲韓老師不會再像以前那樣交代我做事，在我失控的想像中，我甚至覺得他不會再和我說話，就連一記眼神也不屑施捨於我。

但是，沒有。

韓老師表現得一如往常，就像什麼事都沒發生過，他依然喚我做東做西，在其他同學面前，他也還是那個溫柔友善、和學生打成一片的韓老師，每次看見他笑著和同學聊天，我總忍不住懷疑自己是否活在一場夢裡，哪個才是假的呢？

和善的韓老師是假的？還是那個冷漠殘酷的韓老師？

也許，這兩個韓老師都是眞的。

因爲最假的人，是我。

「——你在哪裡？不是跟你約了放學嗎？」

回過神，韓老師的通話還在繼續，但他的耐心似乎已經耗罄，韓老師煩躁地來回踱步，眉頭緊緊鎖在一起。

是誰呢？

我故作若無其事地盯著電腦螢幕，假裝沒注意到韓老師逐漸失去控制的音量，手指在鍵盤上游移，其實半個數字也沒輸入，我不停偷覷韓老師的動靜。

他看起來眞的很不耐煩。

「你今天也沒在教室對吧？哦，是嗎？每次我去找你，你都剛好去上廁所？」韓老師笑聲清冷，「……都高二下了，你能不能聽一次你爸媽的話？」

去教室找他？高二下？

這麼說，電話那端的人和我同年？

我蹙眉思索，從談話的內容聽起來，那個人不僅和我同校、同年級，說不定還和韓老師有親戚關係？

爲什麼從來沒聽誰提過這件事？

「你以爲我很想看到你？少跟我顧左右而言他！」韓老師低喊，只見他閉了閉眼，焦躁地抬手扒梳前額的頭髮，「你聽好，我答應了姑姑就不會輕易放棄，你也是，我不會這麼輕易放過你……孫一揚，不管你現在在哪裡，馬上給我滾過來！」

孫……一揚？

我當然聽過孫一揚這個名字，或者應該說，怎麼可能沒聽過？全校沒有人不知道他，除去各種八卦不談，三不五時聽他被廣播叫到學務處，蹺課打架樣樣來，忤逆師長更是家常便飯，布告欄的獎懲名單永遠榜上有名，只不過他是懲處那邊的第一名，從沒見他領過什麼獎。

關於孫一揚的事蹟，我向來聽聽就算了。

就我所知，孫一揚是七班的學生，我是一班，兩班教室不僅一南一北，生活圈更是天差地遠，八竿子也打不著關係，我甚至連見也沒見過他。

那個孫一揚，居然是韓老師的親戚？

韓老師終於結束通話，走回辦公桌前，拉過我對面的椅子坐下，他沒有要和我搭話的意思，只是把臉埋進掌心。

我有點好奇，但不敢開口探詢。

「徐之夏。」

我手一抖，「……嗯？」

「妳應該都聽見了吧？」韓老師抬起頭，迎向我的目光，面無表情地說：「孫一揚是我姑姑的兒子，我的表弟。」

韓老師沒有問我認不認識孫一揚、有沒有聽過他的名字，看來他也很清楚自家表弟的「聲名遠播」。

於是我點點頭，沒必要裝不知道。

「幫我管他。」

幫……等等，他說什麼？

「我不懂你的意思……」

「他媽要我監督他的課業。」韓老師講話的口氣冰冷，「但妳應該聽得出來，我和孫一揚的關係實在不怎麼樣。」

那關我什麼事？

也許是我質疑的眼神太過明顯，韓老師不耐煩地嘖了一聲。

「既然他媽把他交給我，他自然也得聽我的話，而我只是從直接指導的身分退一步，由妳來監督他，不然我和孫一揚不打起來才有鬼。」

「爲什麼是我？」

「什麼？」他沒聽清楚，蹙起了眉宇。

我深深吸了口氣，「我說，爲什麼是我？」

這句「爲什麼」包含了這一年多來的疑惑。

爲什麼是我？爲什麼找我幫忙？爲什麼只交代我工作？爲什麼那天之後還是繼續和我來往？

我不知道自己究竟想聽見什麼答案，更不知道自己是不是有所期待，對於韓老師，我有什麼好期待的？但不知爲何，我還是想問韓老師一句「爲什麼」。

「因爲妳不會煩我。」

「我不會——」

砰！

科任辦公室前門忽然傳來幾下用力的踹門聲響，接著又是幾下巨大的撞擊聲，整扇門幾乎要被來者的強勁力道給毀了。

韓老師沉下臉，起身上前。

「你遲到了。」

「我肯來就算給你面子了。」那人的聲音聽起來很不友善。

看來，那人應該就是孫一揚了。

我不自覺坐直身子，緊張地望向前門。

韓老師率先走了回來，孫一揚並沒有跟上，他駐足門口，影子比他的人先一步進門，我只能盯著地上拉長的影子不放，心想他什麼時候才會認清現實，心甘情願走進辦公室？

幸好，在韓老師耐心盡失之前，孫一揚總算放棄掙扎，邁步而入。

我的視線由他的影子開始逐漸上移，黑色皮鞋、制服褲、白色襯衫，脖子上鬆垮垮的領帶……最後，終於來到孫一揚的臉上。

怎麼會是他？
那個圖書館的怪人！

Chapter 2

孫一揚有雙胞胎兄弟嗎？

直到翌日的體育課，這個問題依然在我腦海徘徊不去。

同學們三五成群聚集在操場上，幾個男生等不及體育老師到來，就先打起了三對三鬥牛，女生不是站在一旁觀看歡呼，就是和我們一樣躲在司令台下避開日正當中的陽光。

時序進入五月，溫度逐漸升高，陽光雖不像夏日那般炙人，何敏芳紮起馬尾的後頸依然布上了一層薄汗，她一手勾著我，一手勾著張文琪，嘴上叨念著昨晚看的電視連續劇，逼問我們爲什麼男主角不肯告訴女主角自己的家世背景？

張文琪很有興致回答她的問題，兩人馬上熱熱烈烈地討論起來。

我在一旁聽著，笑著，就是不加入談話。

她們從不在意我的沉默，可能認爲我文靜不愛說話，可能認爲沒有我的意見也沒關係，不論是出於什麼原因都無所謂，因爲我很滿意現狀，不用逼自己非要說話求融入。

但也許，這就是我無法眞正融入她們的原因。

「同學，集合了！」體育老師從PU跑道那一端走來，風風火火地指揮我們行動，「快點、快點，兩兩一組，今天要測體適能！」

兩人一組。

我們三個人對看一眼，彼此眼裡的心思很好看透。

應該說，她們兩人的心思。

我和其他人一組也可以，我不是很在乎能不能和她們一起。

眼看其他同學很快分好組，我觀察了一會兒，果不其然，只剩下楊千瑜站在不遠處，一如往常地落了單，她已經習慣不再找人相伴，她一向都是被剩下的那一個。

還好，我不是她。

每次遇上這樣的情況，我總會這麼想。

遠遠看著孤單一人的楊千瑜，有時候，我不知道她究竟是懦弱還是堅強，她可以一次又一次忍受沒有人要和自己一組，一次又一次看清自己不被他人接納……然而，卻從來沒有想要改變。

可是，眞的有可能改變嗎？

也許是我的視線太過直接，楊千瑜抬起頭，眼睛正好看了過來。

那一瞬間，我竟興起了和她同組的念頭。

「徐之夏。」

何敏芳扯了一下我的手臂，我頓時回神。

……我怎麼會有那樣的想法？

心跳變得急促，我不安地看向何敏芳，強作鎭定，假裝自己未曾那樣想過。

何敏芳皺眉思索，狐疑地望了我一眼，藏不住嫌棄的目光朝楊千瑜的方向直直拋去，逼得楊千瑜硬生生往後退了一步。

接著，何敏芳舉起手，笑容燦爛。

「老師，可以三個人一組嗎？」

體育老師看大家都分組分得差不多了，也沒再堅持，「受不了妳們……好啦好啦，三個人也可以。」

「謝謝老師！」何敏芳歡快地回應，轉頭對我和張文琪比出勝利手勢。

由於分組問題解決得明快，何敏芳心情大好，她拉著我們小跑步到同學們聚集的空地等待受測。

趁她們沒注意，我忍不住回頭，瞥見楊千瑜畏畏縮縮地上前跟體育老師說話，老師不耐地嘆了口大氣，她低著頭，肩膀越縮越窄……

我不想再看，直接收回了目光。

我不確定何敏芳是否察覺剛剛在我腦中一閃而過的念頭，但從結果看來，她並沒有把我和楊千瑜畫上任何關係。

我必須承認，這讓我鬆了一口氣。

沒錯，我不想和楊千瑜有任何牽扯。

全班做完暖身操後，老師將班上同學分成兩邊帶開，一邊由他負責測驗坐姿體前彎和仰臥起坐，另一邊則交由體育股長測驗長跑。

「那我們先去跑嘍。」張文琪將手上的水瓶交給我保管。

比起張文琪的躍躍欲試，何敏芳煩躁地翻了個白眼，「煩死了，跑什麼八百，待會兒午餐都吃不下了。」

面對她們截然不同的反應，我只是笑笑說了聲加油，目送她們手勾著手，相偕走到操場中央集合。

體育股長一聲令下，所有受測同學同時起跑，張文琪一下子領先，何敏芳慢悠悠地落在最後，我站在場邊看了一陣子，半晌才退回操場外圍，坐在一旁的階梯上，等待下一輪的測試。

落單的楊千瑜不在跑步的人群之中，我不自覺尋找起她的蹤影，費了好一段時間才發現她在籃球場那兒測驗坐姿體前彎。

她太沒有存在感了。

既然如此，我為什麼這麼在意她？

我懊惱地閉了閉眼，「可惡，我幹麼打自己臉……」

「妳說什麼？」

不知從哪兒冒出來的嗓音嚇得我整個人往後一撞，結果卻正好撞進後方來人的懷裡，我一驚，急忙站起身，慌張地往後一看。

孫一揚。

魂飛魄散的我腦袋來不及運作，只能認出蹲在我面前，笑得非常討人厭的傢伙是孫一揚——或者，圖書館那個怪人。

我到現在還不確定他們兩個究竟是不是同一個人。

「徐之夏，又見面了。」

「……什麼意思？」我強裝鎮定，手悄悄握緊成拳。

聞言，他笑彎了眼。

「什麼意思？」孫一揚……或者圖書館怪人重複我的話來反問，「我們不是昨天才見過面嗎？」

沒錯，我們昨天才見過，但我不知道他究竟是哪一個人？

要我猜的話，我絕對會說他是圖書館的怪人，那個一本正經講著歪理、笑得和現在一樣討厭的怪人，而不是昨天放學後，那個在科任老師辦公室裡目露凶光、一臉狠戾的孫一揚。

「韓靖答應妳什麼了嗎？」忽然，他問。

我皺起眉，「韓老師？」

「韓靖應該有給妳什麼好處吧？給妳加分？記嘉獎？請妳吃飯？還是……」他稍作停頓，揚起一抹令人寒顫的笑，「他答應跟妳交往？」

他是孫一揚，絕對是孫一揚沒錯！

「你少亂講！」

「不然妳怎麼會幫他來管我？」孫一揚不屑地撇嘴，「韓靖那傢伙表面裝出一副陽光的模樣，私底下還不是骯髒得可以。」

「我跟韓老師才沒——」

「怎麼？妳心疼啦？」他在挑釁，還毫不遮掩地翻了個大白眼，「還以爲終於遇到一個比較不無聊的女生，沒想到居然是韓靖的小粉絲……徐之夏，妳真的讓我有點失望呢。」

誰在乎你失不失望！

「孫一揚，你到底想怎樣？」我強壓下不悅，不再跟著他的話語起舞。

「妳還欠我一件事，記得嗎？」

記得，當然記得。

儘管很不想承認，認真想想也不曉得自己到底欠他什麼，但是……就那天的事發經過來看，我的確挖了個坑給自己跳，是我親口說要「陪」他，我沒辦法抵賴。

然而，最讓我感到失落的不是這個，而是當孫一揚開口說出這句話的同時，圖書館怪人是孫一揚的雙胞胎弟弟之類的可能性也不復存在了。

我有點失落，只是有點而已。

「孫一揚，你有雙重人格嗎？」

他一愣，卻在下一秒笑開。

這時的孫一揚，又是圖書館那時的模樣。

「也許吧。」他噙著笑，給了我一個曖昧的答案。

圖書館……或者該說，此時此刻的孫一揚很愛笑，表情也很柔和，雖然講話有些不正經，但總體來說不是個會讓人感到害怕的人。

可是，「另一個」孫一揚就不一樣了。

回想起昨天放學，孫一揚踹門進到辦公室之後的情景……我從來沒有像昨天那樣如坐針氈過。

那時的孫一揚臉上一點笑意也沒有，眼神冰冷，彷彿隨便一點小事都會惹他不高興，渾身散發生人勿近的距離感。

雖然後來並沒有發生什麼衝突，但孫一揚不說話，韓老師也不想開口，前者玩著手機，後者悶著頭備課，兩個人就像活在不同的世界，夾在中間的我完全不曉得該怎麼辦才好。

沉重的氣氛竟然維持了三個小時之久，這段期間除了韓老師偶爾問起我的工作進度以外，他們沒有進行任何對話，晚上八點一到，孫一揚馬上起身走人，離開前不忘再踹一下椅子聊表怒意。

「徐之夏，妳能不能不要管我？」孫一揚笑了笑，試圖和我打商量，「妳不要幫韓靖來管我，這樣對我們都好。」

我不解，「這對我有什麼好處？」

「妳也看到啦，我對韓靖可沒有好臉色，像昨天那樣的情況必然會再發生，而且只會更嚴重，妳杵在那裡也沒什麼用，我不會眞的拿著課本問妳功課的。」

孫一揚的意思很簡單，就是要我別浪費時間了。

可是……

「這是我和韓老師之間的問題。」

其實我並沒有答應韓老師幫忙管教孫一揚，至少直到現在都沒有。

我還在猶豫，不確定自己是否想接下這份工作，他可是孫一揚，惡名昭彰的孫一揚，隨便想想都知道不是輕鬆的差事，但韓老師都開口了，我……

「呿，還說不是爲了韓靖。」

我臉一熱，「就說了不是！」

「再裝就不像了啦。」

「我沒有，我……」

「好了，我不想聽。」孫一揚抬起手，止住我的辯駁，只見他扭扭脖子起身，站在高了幾級的台階上俯視著我，「徐之夏，反正妳還會來就對了？」

「我說了，這是我和韓老師之間的事。」

他歪著臉，裝出一副聞到大便臭味的樣子，「韓老師、韓老師……眞搞不懂妳們這些女生到底喜歡韓靖那傢伙什麼？」

「我沒有喜歡他！」我氣得跺腳。

「好啦，隨便啦，別叫這麼大聲，我又沒耳聾。」孫一揚不正經地掏掏耳朵，半旋過身看我，一副要走不走的樣子，「嗳，我要走啦，徐之夏，我現在是不是該跟妳說放學見？」

我沒好氣地瞪他，不說話。

「再見？」他揮揮手。

誰理你。

「拜拜？」他又揮了揮。

要走趕快走！

「徐之夏——」

「你煩死了！再見再見再見！」

撒什麼嬌啊，不可愛！一點都不可愛！

孫一揚的眼睛笑成了兩彎月牙，「放學見。」

什麼嘛！明明就不想見到我，講什麼放學見！

目送孫一揚的背影遠離，我氣悶地退回原位坐下。

幸好第一輪的長跑接近尾聲，分散了我的注意力。

張文琪維持著一定的速度跑過終點，體力不佳的何敏芳則一手壓著側腹，一步步艱難地完成測驗。

登記完成績，她倆一同朝我走來。

「累死了……」何敏芳一屁股坐上階梯，低頭喘氣。

「妳就是太少運動了。」張文琪依然很有精神。

何敏芳嘖了一聲，「我才……不想動……」

「對了，徐之夏，妳剛才在跟誰說話？」張文琪轉向我，眨眨大眼問道：「如果我沒看錯的話，好像是一個男生？」

「我也有看到。」何敏芳舉手。

「啊，那是……」我暗自叫糟，竟忘了自己和孫一揚就在場邊講話，看在旁人眼中應該很是顯眼吧。

她倆曖昧的目光掃了過來，看得我渾身不自在。

可惡的孫一揚！

「那個人他……是之前高一的同班同學。」我隨口扯了個謊。

張文琪似乎不太相信地笑了笑，「是嗎？」

「我看不像。」何敏芳支著頰看我。

「哪、哪裡不像？」

「同班同學當然有可能，」講到這類話題，何敏芳精神都來了，「至於除了同班同學之外，是不是還有其他關係呢……這就很難說了。」

才沒有！

我和孫一揚哪有什麼其他關係，硬要說的話，只有債權人和債務人的關係，更慘的是，還不是我願意的！

再說了，這關妳們什麼事？

我不著痕跡地調整呼吸，交代自己千萬不要露出引人懷疑的表情。

「真的只是同學而已。」沒有同班過就是了。

「是嗎？」

「真的，妳們想太多了。」一股不耐湧上來，我撐起微笑面對她們的懷疑，體育股長的唱名算準了時間傳來，剛好給我一個離開的藉口，「……我先去跑步了，待會兒見。」

無視她們在我身後刻意的起鬨聲，我迫不及待站上起跑線，忘了平時有多討厭跑步，我現在唯一的希望就是她們不會在午休時間逼問我任何關於孫一揚的問題。

我不想說。

我不想說謊。

更不想說實話。

放學後，我再次來到科任辦公室。

雖然韓老師並沒有要求我保密，但爲了避開其他人的目光和可能的追問，我還是等到大部分同學都走光之後才獨自前來。

有時候，我會覺得自己是不是過於自我中心，以爲一舉一動都會引人注目，畢竟大家都有各自的事要忙，或許根本不會有人留意我的行蹤。但一想到若被人發現，可能會有什麼樣的後果，我又會覺得多點疑心才是保護自己的正確之舉。

「想太多」總比「什麼都不想」來得好。

我就是這樣的人。

辦公室沒人，韓老師也不在座位上，我呆立門口，忽然不知道該不該走進去，說得更準確一點，我甚至不知道該不該來……我其實不清楚自己到底在想什麼，或許來這裡是爲了拒絕韓老師也說不定，我不知道。

「徐之夏。」

聽見韓老師的聲音，我嚇了一跳，循聲看去，才發現他正站在辦公室與隔壁教室互通的門之間，門扉半敞，他倚著門框看我。

「……韓老師。」

「妳來了。」韓老師的語氣好像早料到我會來一樣。

有那麼一刻，我對他的理所當然感到惱火，只是，我卻很不爭氣地順著他的話，點了點頭。

「既然來了就過來吧。」他沒等我，逕自走了回去。

隔壁是一間閒置許久的實驗教室，科任辦公室的老師們大概是把教室當成倉庫使用，幾張實驗桌上堆滿了書本和講義考卷，本該放著藥品的櫃子全是雜物，即使開了窗，教室裡的空氣依然十分滯悶。

韓老師直直走向最前方的講桌，我卻沒有移動腳步，目光隨意一瞥，孫一陽的身影竟出現在視線之中，他正安靜地待在座位上看書。

沒有玩手機、沒有睡覺、沒有發呆，他就是在看書而已。

我不知道哪一項比較值得驚訝，是孫一揚自動來找韓老師報到，還是他真的在看書……難不成他又在打什麼鬼主意？

「徐之夏，怎麼了嗎？」韓老師發現我還站在門口，眉頭一皺。

「沒有，我只是……」匆促地瞟了孫一揚一眼，他彷彿沒聽見我和韓老師的對談，頭也沒抬地翻了一頁書。

他今天怎麼這麼安分？

其他桌子都被雜物占滿，我有些不安地走到孫一揚對面就座，他仍然沒有看我，連一眼都沒有，孫一揚只是一手支頤，專心看著攤在桌上的國文課本。

那是一本非常乾淨的課本。

不曉得是不是受到影響，還是莫名地想和他較勁之類的情緒作祟，我也從書包拿出國文課本，對比孫一揚嶄新得彷彿第一次翻開的書頁，我密密麻麻寫滿各色筆記的課本看起來果然厲害多了。

啪地一聲，一張對折的紙條落到我的課本上。

……這是幹麼？

我狐疑地望向孫一揚，他還是沒有看我，裝出一副紙條是自己飛到我面前的樣子，見他如此，我也不想出聲，兀自拆開紙條。

「哈囉，徐之夏。」

……什麼鬼？

瞪著紙上不算好看的字跡，我沒多想，把紙條壓在課本下方，眼不見爲淨。

啪！又是一張。

「理理我啊。」

……要就光明正大講話，傳紙條算什麼男子漢？

我面不改色地再把紙條送進課本底下。

沒多久，紙條又來。

「徐之夏？」這次還附上笑臉。

……到底想怎樣！

我皺眉瞪他，故意抬起課本大力地朝第三張紙條壓下。

他壓根沒理會我的抗議，新的紙條再次落到我眼前。

……可惡。

我乾脆不看了，直接收掉。

他又傳。

我再收。

再傳。

再收。

幾次來回，課本底下究竟壓了多少紙條不得而知，但被孫一揚這麼一鬧，我根本靜不下心，全副心思都在揣測他什麼時候又會丟來紙條，我必須在第一時間收進去，不然我就輸了。

「徐之夏。」

「是！」我嚇了一跳，猛地轉頭大聲回應。

韓老師挑了挑眉，「妳吃錯藥？」

「我沒……」可惡，都是孫一揚害的！顧不得臉上升起的熱度，我趕緊抓回思緒，「韓老師，你、你叫我有什麼事嗎？」

「這個，幫我整理一下。」

我馬上拉了張椅子坐到韓老師旁邊，他將筆電和幾疊資料交給我，簡單說明一些操作上的細節，確定沒有問題之後，我們各自忙碌，好一陣子沒有說話。

所以……我現在算是接下這份差事了嗎？

看著螢幕上亮晃晃的表格文件，我心中突然冒出問號。

也就是說，明天、後天、大後天、大大後天……我都會來到這間教室和韓老師碰面？不對，是和孫一揚，從我走進這間教室的那刻一起，我就是孫一揚的小老師了，是嗎？

我忍不住偷覷一旁的韓老師，少了笑容，他專心工作時的側臉很嚴肅，眉頭緊鎖，略長的眼眸盯著資料，大手捂著嘴巴，神情並不輕鬆，好像那些工作有多麼困擾他。

但這世界上一定沒有事情可以困擾他的。

他是韓老師，他是韓靖，我想不出來有什麼事情能讓他亂了手腳？

至少，不可能是我。

我總是被他牽著鼻子走，彷彿永遠逃不出他的手掌心。

「徐之夏，妳看夠了沒？」

什麼？我一時來不及反應。

「我的臉快被妳看穿了。」

下一秒，我才眞正回過神，臉上一熱，渾身僵硬，陷入不知所措，完全無從掩飾心中的慌張與尷尬。

我居然一直盯著韓老師看？

我看了多久？

「徐之夏，那些表格我明天要用，妳最好在離開前整理好。」韓老師沒理會我的失態，淡淡地下了通牒。

聞言，我張大了口，卻發不出聲音，急忙調整呼吸，勉力鎮定下來。

「我、我會整理完的……」

「是嗎？」

「眞的！我已經——」

「那就好。」韓老師說著，目光依然沒看向我。

我到底在搞什麼？

硬把視線從韓老師身上轉開，我懊惱地暗罵自己。

我試圖將注意力集中在筆電螢幕上的文件，卻一個字都沒能看進去。

過了半晌，心跳好不容易和緩下來，我才深吸口氣，仔細檢查剛剛輸入的資料，果然發現錯誤，我迅速按下了刪除鍵。

我是怎麼了？

如果可以的話，眞想連剛才發生的那件事一併刪除。

「爲什麼改變主意？」

我再次僵住，「……什麼？」

「昨天妳本來不想來的，不是嗎？」韓老師說著，放下手中的資料，拿筆在紙上做了些注記，「爲什麼改變主意了？」

這一次，韓老師的問題沒有使我心慌意亂，反而讓我當頭澆了一桶冷水，思緒比以往任何時候都要澄明。

也許，我從來都沒有改變主意。

我一直都是想來的。

「我不……」

「嗯？」韓老師的眼睛看了過來。

我想說什麼？想告訴他什麼呢？

「反、反正我也沒事做，」我悄悄收攏停在鍵盤上的手，用力握緊，感覺指甲深深陷進掌心，「所以就……」

我說謊。

我說不出實話。

我不能說。

韓老師定定地瞅著我，我只能逼自己迎向他的目光，猜不透他在想什麼，我不敢移開視線，我怕韓老師會發現我的心虛，怕他會發現我的不誠實。

「是嗎？」半晌，他勾起唇角。

我的心跳頓時漏了一拍。

直到晚自習結束，我的心跳仍未回復正常的節奏，就算我多想假裝無動於衷，卻總是不爭氣地察覺自己屢次陷入不自覺的失神。

光是待在韓老師身邊，我就覺得找不回以往的冷靜。

獨自走出校園，我站在校外的公車站牌下等待，韓老師則繼續留校工作，至於孫一揚，他早在八點一到就準時離開實驗教室。

幸好，現在的我是一個人。

一個人很好。

搭上回家的公車，我挑了雙人座靠窗的位子坐下。

公車逐漸駛離學校，我習慣性戴上耳機聽音樂，望向熟悉的街景，讓心思放空，不和人交談、不與人接觸，徹底把自己帶進另一個小世界。

唯有一個人獨處的時候，我才能放鬆。

公車一站站停靠，乘客來來去去，透過窗上的反射，我看著身旁的乘客從閉目假寐的上班族換成了大聲談笑的中年阿姨……不論身邊換成了誰，我的腦海裡全是韓老師的身影。

我討厭韓老師，我討厭他。

我明明應該討厭韓老師才對……

釐不清的思緒和耳裡流竄的音樂撞在一起，亂成一片，不曉得到底該聽哪個才好，兩者都讓我覺得煩躁，一把扯下耳機，我不想再聽。

嘆了口氣，卻還是無法平靜。

不久，隔壁的中年阿姨結伴下車，乘客換了一批，車上的人變少許多，整天累積下來的疲憊伴隨著不甚流通的空氣找上門，我無意抗拒，閉上眼，打算小憩一會兒。

半夢半醒之間，新的乘客坐進了我身旁的空位。

察覺手臂碰觸到隔壁的乘客，我不喜歡和人靠得太近，敏銳地坐直身子，正準備往另一邊挪動時，那人說話的聲音卻熟悉得讓我睡意全消。

「醒啦？」孫一揚笑嘻嘻地迎向我驚訝的目光。

「你怎……」

他怎麼會在這裡？

「這是命運吧？」孫一揚笑彎了眼。

「你跟蹤我？」我傻眼低喊。

我們異口同聲說出全然不同的感想，孫一揚和我四目相接，他像是惡作劇成功般得意大笑，我倆完全不在同一個頻率上。

「徐之夏，妳也把我想得太邪惡了吧？」孫一揚笑著，態度很隨意。

不然我要怎麼想？

一個說熟不熟、關係也不是很好的人跟著自己搭上同一班公車，還「湊巧」地坐在一起，我還能怎麼想？

我警戒地往後退，心裡千迴百轉，猶豫著是否該馬上按下車鈴，畢竟讓他知道我家在哪一站似乎不是個好主意。

「你怎麼知道我坐這班公車？」

「我不是跟妳說了是命運嗎？」孫一揚舒舒服服地靠著椅背，沒注意到我大翻白眼，「我啊，本來在便利商店買飲料，轉身正好瞥見妳坐在公車上。妳看，很巧吧？我心想反正也沒什麼事，就當日行一善，上車擔任妳的護花使者嘍！」

「多管閒事。」

「哦，現在是好心沒好報？」

「我不需要你的好心。」擅自給別人不需要的關心，就只是雞婆而已。我默默地看著他，沒把心裡的話說出口。「我要下車了，借過。」

不讓孫一揚有說話的機會，我提早按了下車鈴，也不管他有沒有讓路給我，就粗魯地越過身旁的他，大步走向公車前門。

孫一揚跟了過來，在我的預料之內。

我沒搭理他，他倒也識相不說話，等公車靠站，我和他一前一後下了車，一前一後走在路上，我故意走得很快，他跟隨的腳步卻顯得很自在，這讓我很不高興，但爲了和他劃清界線，我必須假裝孫一揚不存在。

可是，很難。

尤其在他開口和我搭話之後，更難。

「徐之夏，妳家還滿遠的耶！」孫一揚在後頭說話，我幾乎能想像他臉上那抹討人厭的笑意，「我原本以爲妳睡著坐過站，但看妳好像挺清醒的，沒想到妳家眞的這麼遠，妳剛才根本不該下車的……喂，妳幹麼自找麻煩？」

沒錯，我自找麻煩，那你可不可以不要煩我？

我裝作沒聽見，繼續往前直行。

「喂，妳幹麼答應韓靖來管我？」他問，音量提高。

深呼吸，我試著不去在乎路人投來的目光。

「喂！徐之夏，妳幹麼不理我？」孫一揚故意大喊我的名字，好讓別人知道我們是認識的，而非他單方面的糾纏。

我捏緊書包背帶，加快腳步。

「徐之夏？徐小夏？哈囉——」孫一揚輕快的聲音洩漏了他的好心情，我越是表現得像隻逃避問題的鴕鳥，他越是故意想激起我的回應，「徐之夏，承認吧，妳喜歡韓靖對不對？我看妳剛才的表現就知道了，眞的好害羞、好緊張喲……拜託，妳根本藏不住啊！」

再次回想起實驗教室裡的那一幕，我整個人都亂了。

即使我充耳不聞，走在身後的孫一揚卻沒打算放過我。

「噯，妳會不會談戀愛？會不會追人？不會的話，要不要我教妳？都什麼時代了，妳該不會以爲欲擒故縱有用？喜歡就要說出來啊，妳再這樣下去，韓靖根本不會喜歡——」

「我沒有要韓老師喜歡我！」猛然停下步伐，我忍不住大喊。

沒錯，我喜歡韓老師！

我討厭他，但我更喜歡他！

可那又怎樣？

這是我一個人的喜歡，不關韓老師的事，更不關孫一揚的事。

「妳終於願意承認了啊？」孫一揚勾起一抹壞笑。

我怒瞪他，找不到話語來表達我的惱火。

「別這樣嘛，承認自己喜歡他又沒什麼不好。」

「這到底關你什麼事？」爲什麼非得逼我承認不可？

「哦，對啊，是不關我的事情沒錯。」孫一揚挑眉，我正想發難，他抬起手打住我，「雖然我對妳選男人的眼光感到遺憾，但既然妳都跟我坦承了妳的心之所向，不如再進一步告訴我，爲什麼妳明明喜歡韓靖，卻不希望韓靖喜歡妳？」

不希望有兩種意思。

一種是不想要，一種是不敢要。

「……不關你的事。」我冷冷地打了回票。

不管是哪一種，我都不會告訴孫一揚。

偏偏我的反應勾起了孫一揚的興趣，只見他興味盎然地注視著我，彷彿發現了世界上最好玩的事，他甚至沒有想要掩飾，此刻的孫一揚渾身上下散發一股不懷好意的氣息。

「妳眞的以爲韓靖看不出來妳喜歡他？」

我抿緊唇，努力壓抑被人強行拆穿的難堪。

「韓靖又不是笨蛋，他當然看得出來。」孫一揚漫不經心地對我笑，「他知道，但他不說破，老是讓妳做些有的沒的，妳難道不覺得韓靖是在利用妳嗎？」

「因爲妳不會煩我。」

腦海中響起韓老師清冷的嗓音，我的心悄悄揪緊，我不知道韓老師是什麼意思，所以我沒辦法反駁孫一揚的話。

「很不公平，不是嗎？」

「你……到底爲什麼要來煩我？」

「我無聊。」孫一揚乾脆地撂下話，同時向前往我靠近一步，一雙眼閃爍著無法定義的光芒，「而妳，剛好能提供我一些樂趣。」

他說著，也笑著，盡是滿不在乎的恣意。

那瞬間，我說不出話來。

之前，我一直以爲沒有笑容的孫一揚是可怕的、有距離感的，所以只要他是笑著的，我就不覺得害怕，可是這個時候，我才發現，原來孫一揚的笑並非我想的友善，他的笑容是危險的，宛如尋找獵物的野獸。

我不知道眞正的孫一揚究竟是什麼模樣？

「喂，徐之夏。」孫一揚嘴角的弧度狂妄地勾起，「我可以幫妳。」

幫我什麼？我的防備心頓時升起。

「我不需……」

「我幫妳追韓靖。」

Chapter 3

我當然沒答應孫一揚。

我大概知道他在想什麼，孫一揚不是想幫我，他只是覺得我喜歡韓老師這件事很好玩，他想參一腳，想大鬧一場。

再說了，我不需要他的幫忙。

不是每一段暗戀都需要有明確的答案，我向來不理解有人告白是爲了要給自己交代，就算被拒絕也沒關係，無論如何都想將心情傳達給對方知道。

但是，明知道對方不會接受，卻仍堅持告白，不會造成對方的困擾嗎？

我不想成爲韓老師的困擾。

「噯，妳們覺得哪件比較好？」何敏芳將一本日系流行服裝雜誌攤放在桌上，問我和張文琪，「這件？還是這件？」

都不好。

我的目光很快掃過何敏芳選定的那兩件衣服，心中迅速有了定論。

「這兩件都很好啊！」張文琪回得很快，她自然地笑著看向何敏芳，「反正妳是衣架子，穿起來應該都滿好看的吧？」

「是嗎？」何敏芳掩不住臉上的喜色，但又不想表現得太開心，於是轉而詢問我的意見，「徐之夏，那妳覺得呢？」

她們兩人同時定定地看著我，等待我的回話。

我不確定張文琪是不是眞心認爲那兩件衣服很好看，也不確定她是不是眞的認爲何敏芳適合那樣的款式……有時候，我不曉得這種問題是在考驗審美觀，抑或是測試人性？

縱使我不認爲那兩件衣服好看，但我看得出來何敏芳很喜歡，儘管她開口詢問我和張文琪的意見，但其實她心裡早就有了定論，她只是需要別人的認同。

若別人的意見與她相左，並坦率說出，她不僅不會採納，還會很不開心。

既然如此，我當然不會選擇讓她不高興。

「我也覺得很好看。」我微笑說道。

反正，我的意見也不重要。

聽見我的回答，何敏芳滿意地笑了。

她和張文琪繼續圍著雜誌討論，小小一張桌子，兩人親暱地頭碰著頭交換意見，不時發出清脆的笑聲，我坐的位子很近，卻總是覺得離她們很遠。

可說眞的，我不在乎。

望向窗外的藍天，幾朵白雲緩緩飄過，我突然想起幾天前和孫一揚的對話，我拒絕他的提議後，孫一揚不斷追問原因，他就是不懂我爲什麼不願意讓韓老師知道我喜歡他，或許是因爲我始終沒有解釋，但我又何必向孫一揚解釋呢？

又不關他的事。

況且，他也不是眞心想幫忙。

那日之後，放學後的「晚自習」仍繼續，孫一揚還是一樣，他不跟韓老師說話，也不給韓老師好臉色，好像只要踏進那間教室，他的人格就會瞬間切換，從一個能說能笑的男孩子，變成一個正值叛逆期的青少年，活像所有人都欠他八百萬似地蓄意鬧著彆扭。

「徐之夏，妳呢？」張文琪輕推我一下。

我這才回頭，「……什麼？」

「妳怎麼老是在恍神啊？」何敏芳皺眉，揮了揮手上的飲料訂購單，「男生他們下午要訂飲料，妳要不要也訂一杯？」

私自訂購外食是違反校規的行爲，說是這麼說，大家卻從不放在心上，學生和店家之間早有了一套躲避查緝的方法和默契，訂購頻率之高，讓我懷疑教官說不定早就知情，只是睜一隻眼閉一隻眼罷了。

一旦做的人多了，對錯與否似乎也不那麼重要。

「嗯，我也要。」我點頭答應，老實說我根本不想喝，但我更不想和她們不一樣，「我跟妳喝一樣的就好……快上課了，我先去廁所。」

「不好喝別怪我喔。」何敏芳頭也不抬，專心研究起訂購單。

我輕輕一笑，起身離開教室。

距離上課的時間近了，廁所裡的人也少了，我時常覺得廁所才是女生最重要的社交場合，有什麼不能在教室說的話，全都可以在廁所交流，每個人話裡都帶有玄機，口中的代號A說不定就是身旁正在洗手的另一個女生。

站在最角落的洗手台，打開水龍頭，任冰涼的水沖著雙手，我覺得有點累。

其實我老是覺得累，與人相處，永遠都讓我覺得很累。

其中一間廁所傳來沖水聲，我本來沒有特別留意，只不過那人一推門走出來便狠狠地倒抽了一口氣，讓我不注意也不行。

「抱……抱歉。」楊千瑜開口就是道歉。

「妳道什麼歉？」我不知道哪來的心情，居然回了她一句。

我的回話似乎把她嚇壞了，楊千瑜整個人僵在原地。

「我……對不……」

「妳又沒做錯事，爲什麼要道歉？」我沒好氣地說。

楊千瑜漲紅了臉，怯弱地走到離我最遠的洗手台洗手。

對著牆上的鏡子，我整理額前的瀏海，眼角餘光卻飄到楊千瑜身前的鏡子上。

鏡子裡的她神態依然慌張，彷彿受到極大的驚嚇，就連洗個手看起來都很可憐……說眞的，楊千瑜不管做任何事看起來都很可憐，老是低著頭，說話小聲，沒有主見，永遠散發出一種可以隨意欺負的氣息。

「人學不會保護自己，就只有被欺負的份。」

韓老師的聲音再次在我心中響起。

「妳……」

我才開口，楊千瑜就嚇得連動都不敢動。

她不敢抬頭看我，只是盯著水流下的雙手，繃緊了身體。

我看得出她在想什麼，她怕我會和其他人一樣，欺負她，捉弄她，深怕我在下一秒就會說出傷害她的話。

看著這樣的她，我能說什麼？

難道我應該告訴她「妳不該容忍他們欺負妳」、「妳要站出來為自己說話」、還是一句「妳很堅強，加油」？

算了吧，我有什麼資格對她說這些？

「上課了，趕快回教室吧。」我轉身離開，不再看她。

最後，我還是什麼也沒對她說，什麼也沒為她做，什麼都沒有，我只是冷漠地掉頭離開，留下她一個人。

反正，我就是這樣的人。

回到教室，國文老師已經來了，我加快腳步坐回位子上，從書包裡取出課本，楊千瑜晚了我半分鐘進門，不意外地，她依然低著頭，踩著匆促的步伐溜回座位。

「上次上到哪兒了……徐之夏？」國文老師隨口點了我的名字。

我沒多想，翻開課本，眼前所見卻讓我說不出話來。

「徐之夏？」

我真的快瘋了。

看著乾淨得宛如全新的課本，我真的快瘋了。

這才不是我的課本，這是孫一揚的課本！

我沒有興趣探究孫一揚是在何時何地、又是如何將我的課本調包，一連兩堂國文課我坐立難安，一行筆記都沒寫，一心只想趕快拿回屬於我的課本。

下課鐘一響，我馬上抄起孫一揚的課本跑出教室。

託他的福，這是我第一次來到二年七班。

二年七班所在的位置很奇怪，它位於行政大樓頂樓的最角落，鄰近都是音樂教室、美術教室、家政教室之類的實作教室，除了七班以外，整層樓沒有其他普通班級。

正因如此，這裡可以說是二年七班的天下。

當我踏上最後一級登上頂樓的階梯，遠遠就能聽見來自二年七班的音樂聲，其中更混雜了人群的笑鬧，聽起來……很開心。

我不習慣的那種開心。

抱著課本，我一步步往二年七班走近。

音樂聲漸大，笑聲跟著清晰，我深呼吸，試著告訴自己沒事的，我只是來找孫一揚把課本換回來，換完就走，沒事的。

我想，其實我有點害怕，害怕那種陌生的愉悅，有一瞬間，我起了一股想要轉身逃跑的衝動。

但我沒有。

走到一片鬧騰的二年七班教室門口，我站了一會兒，他們兀自玩得開心，沒有人注意到我，而我也沒瞧見孫一揚的身影。

他跑到哪裡去了？

「猜猜我是誰？」

一陣溫暖伴隨黑暗覆上我的眼睛，慌亂一閃而過，我無須思考，下意識就揮手將那雙來自身後的大手給打掉。

孫一揚！除了他還會有誰？

「眞是稀客呀，徐同學。」孫一揚伸手，又想勾搭我的肩膀。

我再次拍掉他的手，沒跟他客氣，「把我的國文課本還來。」

「奇怪，妳手上拿著的不就是國文課本嗎？」

「你明知道這不是我的課本。」

孫一揚笑嘻嘻地望著我，「可是，我比較喜歡妳的課本耶，怎麼辦？」

「你喜歡不代表我要給你，快點把我的課本還來！」受不了孫一揚的歪理，我直接把課本推到他懷裡。

孫一揚被迫接下課本，他一臉好笑地看著我，站在原地一動也不動，絲毫沒有將我的課本拿出來物歸原主的意思。

「孫一揚……」我不懂，他到底想怎樣？

「所以妳是害怕韓靖也這樣對妳？」孫一揚自以爲抓到了什麼重點，歪了歪頭，說出令人惱火的話，「妳喜歡他不代表他也要喜歡妳，是嗎？」

「你不要每件事都扯到韓老師！」我受夠了！

「幹麼？生氣啦？」

「課本還我。」我不想理他，只想趕快離開這裡。

「好啦好啦，開開玩笑嘛，不要生氣，嗯？」見我不說話，孫一揚也不著急，他看了一眼腕上的手錶，笑了笑，「不然這樣好了，爲了讓妳消消氣，我請妳吃剉冰？」

剉冰？

他神來一筆的提議太怪異，我心中的疑惑一下子蓋過了不悅，只是一個勁地想，福利社又沒有賣冰，別說剉冰了，連根冰棒都買不到，孫一揚是要到哪兒生出一碗剉冰？

他肯定看出了我的不解，瞬間燦爛笑開，伸手朝我後方一指。

「跟我們一起去吃冰吧？」

我們？

我立即回頭，只見二年七班的同學全擠在窗邊，每個人臉上都是一副看熱鬧的表情，視線全集中在我和孫一揚身上。

「這……」

我瞠大眼，腦袋霎時當機，目光從那一張張帶著笑意的年輕臉龐掃過，不小心和其中一個人對上了視線，那人還對著我眨了眨眼。

因爲那記眨眼，我終於回過神，慢了好幾萬拍才重新看向站在我身前的始作俑者，孫一揚。

他依然笑得很討人厭。

「孫一揚，我只要我的國文——」

話還沒說完，窗邊那一大群人竟然搶走我的發言權。

「老大，再不走就來不及嘍！」

「對啊，快要上課了喔。」

「要課本還是吃冰，趕快選一個啦！」

聞言，孫一揚挑了挑眉，「徐之夏，聽見沒有？課本？還是剉冰？」

這不是廢話嗎？

「課——」

「白痴才會選課本！走啦，吃冰！」

不等我反應過來，孫一揚一手將課本甩進教室，任它飛到某個櫃子上發出巨大的聲響，另一手馬上抓起我的手腕邁開腳步，所有動作一氣呵成，如行雲流水。

「走嘍！」孫一揚歡快地吆喝。

「耶！吃冰嘍！」

「Go、go！」

「記得買我們的飲料回來啊！」

各種歡呼此起彼落在背後響起，幾個人從教室裡跑了出來，簇擁著孫一揚，浩浩蕩蕩地走下樓梯。

我被孫一揚拉著走，眼前是孫一揚的背影，身邊則圍繞著一群他們班上的男生。

他們這麼興高采烈是要去哪裡啊？

到底是能去哪裡吃冰？

幾分鐘之後，孫一揚拉著我來到校園的角落，站在圍牆斑駁的破口旁邊，我問了他這麼一句，換來他嘴角一抹彷彿對我十分無可奈何的笑容。

「當然是陳家冰店啊！妳傻傻的，那裡的水果冰超有名。」

重點不是店家，而是……

「那是在校外吧？」我問，抱著一絲能得到否定答案的期望。

孫一揚沒有馬上回答，他不安分的手臂再度勾上我的肩膀，然後又再次被我嫌棄地閃開。

他不在意，衝著我痞痞的笑。

「這位天眞可愛的徐同學，徐之夏，徐小夏，借問一下，妳有聽過陳家冰店在我們美麗的校園裡開設分店嗎？沒有嘛！人家門口不是寫得很清楚了，僅此一家，絕無分號！」

「所以你是要我蹺課去吃冰？」

他作出一副感慨的模樣，點點頭，「唉，妳終於抓到重點了啊。」

「我不要。」我秒答。

這次換我不等他回應，轉身就走。

但再快也快不過孫一揚，我剛要跨出步伐，他一個箭步又拉住了我。

「一起去嘛。」他放軟聲音。

就說了你撒嬌一點也不可愛！

「孫一揚，放手。」

「徐之夏，走嘛。」

「我才不會爲了吃冰蹺課！」

「那就不要怪我拿國文課本威脅妳啦。」

「你！」我瞪他。

孫一揚朝我挑眉，「怎樣？夠卑鄙吧？」

何止卑鄙，簡直無恥！

面對孫一揚占盡上風的跩樣，我完全束手無策。

「孫一揚，我不想蹺課。」深呼吸，我說。

「爲什麼？」孫一揚果然沒那麼輕易放過我，他只是笑笑地望著我，「妳沒蹺過課，怎麼知道自己想不想？」

「你這話似是而非。」

「那又怎樣？妳也找不到理由反駁我呀？」孫一揚得意地勾起唇角，右邊比左邊更爲上揚，「反正不管怎樣妳都會和我走，何必在這兒浪費力氣呢？放棄掙扎吧，徐之夏。」

誰說我一定會跟你走？

我不甘示弱地瞪視著他，他臉上漾開欠揍的笑容，我心一橫，旋即轉過身，用行動證明我才不會照著他的話去做。

忽地，一陣尖銳的哨音在不遠處響起。

那一刻，我們同時陷入沉默。

「教官。」孫一揚壓低了聲音。

沒錯，那是教官的哨聲，他人就在附近。

話說回來，現在是什麼時候了？已經開始上課了嗎？所以教官正在校園裡巡視，好抓蹺課的人嗎？

腦袋頓時靈活地閃過一大堆問題，身體卻僵硬得連邁出一步都不行。

現在該怎麼辦？

如果被教官抓到怎麼辦？

「徐之夏，快點！」

快點……什麼快點？

我慌了，完全慌了。

孫一揚不耐煩地嘖了一聲，伸出手一把扯過我，力道有點大，他先推著不知所措的我強行越過圍牆，牆邊的石塊刮到了我的手臂，因爲過於緊張，我感覺不到疼痛，站在牆外的柏油路上環顧四周，更讓我不曉得如何是好……

哨音又響起，這回更加接近。

「走了！」

比我晚一步越過圍牆的孫一揚再次拉住我的手，拔腿狂奔。

我不擅長跑步，上次體育課的長跑測驗是我硬拖著雙腿才勉強走完全程，孫一揚顯然和我相反，他步伐大，跑得飛快，我能跟上他的速度根本是腎上腺素超水準發揮的奇蹟。

他帶我跑進一條陌生的安靜巷弄，我們急促的腳步聲在巷子裡分外突兀，孫一揚熟門熟路地東拐西彎，我記不得經過的房子長什麼樣子、門前是不是放著盆栽，也不知道我們究竟要跑到哪兒去……

說眞的，我甚至不明白事情爲何會演變到這個地步？

我只是想換回我的國文課本而已啊！

當孫一揚拉著我一腳跨出巷口，停在車水馬龍的大馬路邊，這場莫名其妙的逃亡終於結束，他喘著氣，我則是差點沒命。

「累死了……」孫一揚轉了轉腳踝，手撐著腰，大口大口呼吸。

累的明明是我！

我很想大聲反駁他，但我眞的喘到說不出話。

「總之，到這裡就安全了。」他用袖子抹掉額上的汗，先看了看左右，才彎下身打量我，「徐之夏，徐同學，徐小夏，妳還好吧？沒事吧？」

「……我蹺……」

「什麼？」他聽不清楚，耳朵朝我湊近。

「蹺課……」

「我聽不懂耶，妳要不要等喘完了再說？」

「……你居然……害我蹺課……」我瞪著突然笑開的孫一揚，恨不得揪住他的衣領，用盡全力揍他兩拳，「你……你笑什麼？不准……笑……」

我缺乏氣勢的警告沒有半分威脅，孫一揚笑得更大聲，他笑彎了眼，拍拍我的肩膀，裝出一臉欣慰的表情。

「恭喜妳，終於跨出了新世界的第一步。」

「都是你……」

「是是是，都是我，是我害的。」孫一揚順著我的話說，趁我無力反抗，他的手臂終於勾上了我的肩膀，「既然妳都出來了，爲了彌補我們徐同學，且讓小的請妳吃一碗世界第一好吃的水果冰吧？」

我沒好氣地瞪向身旁的他。

從沒想過我居然會因為一本國文課本，或者，一碗剉冰，蹺了人生第一次課，孫一揚眞的以爲一碗剉冰就可以讓我比較好過嗎？

可是，能怎麼辦？

算了，我累了。

累到我再也不想抗拒，只能腳步虛軟地跟著孫一揚走向「新世界」。

平日午後的陳家冰店不像假日擠滿了人潮，即使如此，將近半滿的店內氣氛依然十分熱鬧，最顯眼的客人莫過於占了兩大張桌子、穿著學校制服的二年七班那群男生了。

孫一揚走在我前方帶路，其他人發現我們來了，開心地揮舞雙手。

「老大，你終於來了！」

「還以爲你們被教官抓到了咧。」

「來來來，老大，我給你們留了位子。」其中一名戴眼鏡的男同學移走放在隔壁桌椅上的書包，「鏘鏘，浪漫情侶雙人座！」

「同學，我和孫一……」

「不愧是丸尾，太懂我了。」孫一揚滿意地點點頭，他不給我插話的機會，拉開椅子推我入座，「我先去點冰。徐之夏，妳和他們聊聊天吧。」

「等等，孫一揚……」

孫一揚丟下話，轉身便往櫃台走去，我一慌，差點壓抑不住心裡的不安，就要伸手抓向他的衣角，求他別留我一個人。

聊什麼天，我這個人最不會聊天了啊！

我無力地閉了閉眼，做了永遠都做不好的心理準備，慢吞吞地回頭，只見後方兩大桌的男生全看著我，人人嘴裡都含著一把鐵湯匙，他們閃亮亮的眼神裡盡是我滿足不了的期待。

「呃，那個，我和孫一揚並不——」

「大嫂，妳哪班的啊？」丸尾率先發問。

「一班，但我不——」

「靠，那是資優班耶！」一名高壯的男生爆出大叫，「老大也太強了吧？明明平常都跟我們混在一起，脫離單身不揪不說，竟然還把到一個資優班的妹仔？」

「大熊小聲一點啦！沒看大嫂長得那麼像小動物，人家會怕啦！」一名染著紅髮的男生狠狠捶了大熊的背一記，對我抱歉地笑了笑，「對不起响，讓大嫂見笑了，他們都是粗魯人，不太懂文明世界的禮儀。」

「誰跟你粗魯人！」

「紅毛猩猩也敢在這裡撒野！」

上一秒嘻嘻哈哈，下一秒馬上翻臉，眨眼的功夫，一群男生打鬧了起來，面對當前荒腔走板的鬧劇，我只能尷尬地撐起笑。

我知道我說什麼都沒有用，不管是解釋我們班其實不是資優班，又或者是澄清孫一揚和我的關係根本不是他們想像的那樣，現在的他們完全聽不進去。

「大嫂，妳和老大是怎麼認識的？」無視身旁的玩鬧，看起來比較理性的丸尾再次把話題轉回我身上，「就像大熊說的，老大成天和我們瞎混，我實在想不出來他哪來的時間認識女生？」

「我和孫一揚是在圖書館……」

「圖書館！」

話還沒說完，一群男生同時發出驚呼。

「沒想到老大這麼有氣質，還會去圖書館耶？」

「幹，你沒聽過醉翁之意不在——」

大熊的酒字還含在口中，孫一揚不知何時出現在他背後，一巴掌就往他後腦勺伺候，大熊來不及防備，大大的腦袋直接向前撲倒。

除了動物星球頻道播出的野生熊特輯以外，我沒見過一隻熊栽倒得如此乾淨俐落。

「酒你個大頭鬼。」孫一揚甩甩吃痛的手，不顧大熊的哭號，朝我看來，「徐之夏，妳喜歡吃奇異果吧？」

我愣愣地點頭。

「那就好。」他一笑，走回櫃檯。

半晌，孫一揚端著兩碗鋪滿新鮮水果的剉冰回來，他一屁股坐到我對面，推了其中一碗給我。

不得不說，孫一揚拯救了我，他的座位正好擋住其他人好奇的目光，這讓不習慣和陌生人相處的我鬆了一口氣。

陳家冰店不愧是遠近馳名的店家，水果給得十分大方，小山似的雪花冰上擺滿了四種水果，切成塊狀的西瓜、芒果、香蕉、奇異果各自占領一小塊山頭，淡黃色的煉乳漂亮地繞圈，先不說味道，光是視覺效果就非常吸引人。

「其實我本來想點草莓的，但老闆說草莓已經過季了，冷凍草莓又不好吃，他們家也不喜歡用草莓果醬，所以就……」他聳聳肩，遞來一支乾淨的鐵湯匙。

「沒關係，我不喜歡草莓。」我猶豫了一會兒，才舀了一匙入口。

好好吃！

香甜的西瓜和沁涼的細冰融合出絕佳滋味，我忍不住在心底讚歎。

大概是我的表情前後變化太明顯，孫一揚笑了。

「好吃吧？」

「嗯。」我沒時間理他，馬上舀了第二匙。

「現在不後悔了吧？」孫一揚沾沾自喜地看著我，「要不是我拉妳過來，妳哪能吃到這碗世界第一的水果冰。徐之夏，妳說，要不要承認自己蹺課蹺得很值得？」

又是歪理。

我斜睨孫一揚一眼，「又不是你做的，少得意忘形。」

這回孫一揚只是笑了笑，沒繼續和我抬槓。

也許人就是一種很奇怪的動物吧，孫一揚不說話了，我反而不習慣，我們之間難得有安靜的時刻，各自吃著可口的剉冰，我的視線卻不受控地猛往他身上跑。

從孫一揚吃冰的方式看來，他大概是那種會把喜歡的東西留到最後的人。原本像座小山的剉冰以一定的速度減少，水果被他一口口送進嘴裡，漸漸地，只剩下芒果大軍獨占盤面。

孫一揚珍惜地將芒果送入口中，一臉滿足的模樣藏也藏不住。

「你喜歡吃芒果喔？」我問。

「超愛。」孫一揚毫不猶豫地回道，他的腦袋不曉得閃過了什麼，下一刻，他狡猾的眼神溜到我身上，手中的湯匙不懷好意地搖了搖，「幹麼？妳要分我嗎？」

「你想得美！」我護住盤子，深怕他會伸出魔爪搶走我的芒果。

孫一揚大笑，沒有眞的出手。

這時的他，好像又回到了在圖書館那時，雖然老是愛說歪理，雖然總是笑得很惹人厭，卻不是眞的令人覺得討厭。

望著這樣的他，我忽然有種……該怎麼說呢？很想了解孫一揚？不對，不到了解那麼深入，只是想問他一些問題罷了。

「喂，孫一揚。」我出聲喊了他。

「嗯？」

「你們……很常蹺課嗎？」

孫一揚聳聳肩，「就那樣吧，兩、三天一次，想到就蹺。」

「爲什麼？」

「爽啊。」他答得有些漫不經心。

「那上課呢？你們不擔心？」我只是疑惑，沒有批判的意思。

「擔心的話就不會蹺課了吧。」孫一揚支著頰，隨意舀了一口冰，「而且，我們班對於課業成績本來就沒那麼在乎。」

我不解地蹙眉，「什麼意思？」

「雖然沒有特別對外說明，但我們是特專班，特殊專長班。我們班的人當初會進這所學校，絕大多數是因爲有專長加分的關係。」孫一揚歪了歪頭，讓我得以瞥見在他後方的那幾個男生，「當然，他們也是。」

孫一揚告訴我，戴著一副高度近視眼鏡的丸尾是擅長水墨的美術專長生，高大魁梧的大熊是全國柔道錦標賽冠軍，染著一頭顯眼紅髮的紅毛則是差點被爸媽趕出家門的鋼琴能手。

「趕出家門？」

「妳不知道，紅毛本來不是紅毛，他會變成現在這副模樣，是因爲那小子上學期末突然發神經，說想突破自己，隔天就染了一頭紅通通的髮色跑來學校。拜託，他家是音樂世家耶！彈鋼琴的櫻木花道像話嗎？他爸媽爲了逼他染回黑髮，只差沒半夜倒墨汁在他頭上了。」

說眞的，我一直以爲二年七班是大家口中的放牛班，他們功課不好，愛玩、愛鬧、愛惹事，三不五時被教官叫去愛校服務……大家會這麼認定也不奇怪，畢竟，坐在我面前的孫一揚就是二年七班最具代表性的一號人物。

「那你呢？」我看著孫一揚問道。

他像是沒聽清楚，慢了半拍才回應我，「什麼？」

「既然你說二年七班是特專班，那你的專長呢？」

「田徑。」他一邊說，一邊玩著盤中的碎冰。

田徑，指的是跑步嗎？

我想起他剛才拉著我在街道上奔跑的情景。

「應該說，曾經是。」孫一揚抬起頭，對我笑了笑，「現在不是了。」

他的笑，看起來一點也不像在笑。

我微微皺眉，「我不懂你的意思……」

孫一揚放下湯匙，伸出右腳，指著腳踝。

「這裡，韌帶斷了。」

斷了？

即使不擅長體育，我也知道韌帶受傷對於一個運動員的傷害有多大……即使孫一揚表現得很平常，我依然覺得自己不小心觸碰到了他的痛處，望著對座的他，我的喉嚨像卡了根硬刺，不曉得該說什麼才好。

或許是我的沉默讓氣氛變尷尬了，孫一揚再度露齒一笑，不以為意地擺擺手。

「沒事，傷已經好了。」

「可是你剛剛說……」

「我沒騙妳，開刀動手術之後就好了，日常生活沒有問題，像剛剛那樣拉著妳跑也還撐得住，但比賽就不行了。」他語調輕鬆，還做了個鬼臉，「我絕對GG，輸慘了。」

這不好笑。

面對孫一揚刻意淡化的難過，我笑不出來，我明明最會虛假地迎合別人，但當下，我卻沒辦法假裝看不見他眼底深處的失落，無法爲了化解那份沒人敢說出口的難受而配合微笑。

這一點都不好笑。

「所以說，我現在什麼也不是。」他說。

他的唇角仍揚著微微的弧度。

後來，孫一揚按原路送我回學校。

我用了一句「身體不舒服」，輕而易舉就把失蹤兩節課的原因給應付過去，班上沒有任何人懷疑，連何敏芳和張文琪也沒有追問我是不是眞的病了，她們誤以爲我是生理痛，因爲剛吃完一大碗剉冰的我，碰也沒碰一口與班上同學合訂的飲料，恰巧證明了我的病假確有其事。

不過，偶然看見點名簿的班導就沒這麼好打發了。

「徐之夏，妳跑去哪裡了？」放學後，班導找我到導師辦公室質問。

「健康中……」

我本來也想用同樣的藉口應付過去，只不過話還沒說完，班導似乎早有預料，搶先一步止住了我的說詞。

「我問過了，那兩堂課根本沒有學生到健康中心休息。」他謹愼地盯著我，停頓了一會兒，才問：「妳蹺課？為什麼？」

我沒有說話。

班導並不是在責備我，他想了解發生什麼事，他想知道為什麼平時看起來乖巧懂事的徐之夏會離奇失蹤了兩節課？

我知道此時班導正在心裡揣測，我是不是在生活中遇上了解決不了的難題？或者，是不是受到了欺負……在其他人眼裡，我是個文靜內向的好學生，乖巧認分，沒有主見，總是以朋友的意見為意見。

也許，這就是我想為自己塑造的模樣。

安全，不引人注目，也就不會受到傷害。

我默默地聆聽班導的絮絮叨叨，假裝聽進了他的關心，其實完全當成耳邊風，我很清楚自己的問題在哪兒，對我來說，旁人打不著邊的提醒是最不需要的。

也許把孫一揚供出來會是一個好選擇，但我並不想這麼做。

我不想說謊，但我更不是說實話的擁護者。

於是，我只能沉默。

「徐之夏，妳不能——」

「她臨時被我抓去出公差了。」

這聲音是……

我驚訝地轉過頭，只見韓老師不知何時來到辦公室門口，略長的眼眸淡淡地掃過我，我還來不及分辨出他眸裡的情緒，他已經看向班導，眼中又是平時常見的溫和笑意。

「教務處出了紕漏，這幾天忙不過來，主任請我找一些同學幫忙。」韓老師說。

班導挑了挑眉，看來不是很相信。

「既然是出公差，妳怎麼不說？」他扭頭問我。

因爲根本沒這回事啊！

我表面上強裝鎮定，心裡卻是慌亂一片，韓老師的出現太過意外，我根本沒辦法馬上想出一個好理由圓他的謊。

「徐之夏大概以爲被我騙了吧？」韓老師笑了笑。

班導眉間皺起，「你騙她？」

「是啊，徐之夏本來說要回去上課，是我硬拉著她幫忙。後來我和她說好會幫她請公假，卻不小心忘了，她當然會覺得是我故意誆她兩節課，雖然想和您解釋又提不出證明，她可能也不曉得該怎麼辦……」韓老師侃侃而談，視線輕巧地轉向我，「徐之夏，抱歉，老師也有出錯的時候。」

我抿住了唇，沒有回應。

班導半信半疑地看著韓老師，「是嗎？可是我怎麼沒聽說……」

「我明天會幫她請好公假的。」韓老師面容溫和地搶先提出解決辦法，然後又說：「對了，如果您不介意的話，我這邊還有一些工作需要徐之夏幫忙，可以把她借給我嗎？」

或許因爲對方同樣身爲老師，班導也不好再繼續追問。

畢竟算不上什麼大事，怕問多了會被認爲是懷疑韓老師的爲人，就算韓老師的說詞有疑點，班導最後也只能被迫點頭表示理解，讓我跟著韓老師離開。

我不得不認爲，這一切都在韓老師的算計裡。

「徐之夏。」走在前往實驗教室的路上，韓老師突然喚我，卻沒有回過頭，腳步也絲毫未停。

「什麼？」

「妳眞的蹺課？」他笑了。

有什麼好笑的？爲什麼笑？

默默跟在韓老師背後，我搞不懂他是什麼意思，他笑聲朗朗，彷彿這是他今天聽過最好笑的笑話。

「你幹麼幫我？」我不懂。

他回頭，似笑非笑地睨我一眼，「原來不幫也行嗎？」

我被他的話堵住了口，一陣語塞。

他明明本來就不是個好人，現在倒想裝出見義勇爲的形象了？

「蹺課去哪兒了？」他的心情似乎很好。

「……吃冰。」

「陳家？」

「嗯。」

「跟誰？」

「孫……」我差點脫口而出，連忙止住了話。

韓老師停下腳步，扭頭看我，「孫一揚？」

我啞口無言，韓老師一眼看穿了我的默認。

「平時看妳和他在晚自習沒什麼互動，我還以爲你們不熟呢，這幾天還想叫妳以後別來了，讓妳省點時間，沒想到……」他的唇角噙著興味的笑意，「不錯啊，看來變成朋友了嘛。」

「我和孫——」我本來想要辯解，卻又不知從何辯解起。

「嗯？」

望著韓老師不以爲意的神情，我……想和他說什麼呢？向他解釋我和孫一揚的關係沒他想像的好？難道我以爲韓老師會因爲我和孫一揚的關係變好而吃醋？還是說，我希望韓老師不要誤會我和孫一揚的關係？

這對韓老師來說，重要嗎？

我從來不想讓韓老師知道我對他的感情，不是嗎？

「……沒事。」所以，我只能這麼說。

沒事，本來就沒事。

關於喜歡韓老師這件事，我只能當作沒這回事。

Chapter 4

六月到了，意味著期末考接近。

以往遇上期末考總是憂喜參半，憂的是書讀不完、考不好，喜的是暑假到了，終於能好好放鬆。

不過，身為高二生的我們，沒人有心思慶祝即將到來的暑假，它的出現只是把我們往學測的大門更推前了一步。

此時此刻，一堂枯燥的數學課正在進行。

正因為乏味無趣，耐不住寂寞的人便開始另找樂子，在課本上胡亂塗鴉、和隔壁的同學講悄悄話、越過大半個教室傳紙條聊天……或者，糾眾找楊千瑜的麻煩。

楊千瑜站在黑板前，寫著一行行算式。

拳頭大的廢紙團劃過一道拋物線，不偏不倚砸中她的背部，楊千瑜肩膀一縮，拿著粉筆的手停頓了一下，只有一下下而已，然後繼續書寫。

又一次。

這回打中楊千瑜的頭，由於反作用力，紙團正好反彈到第一排某個同學桌上，台下爆出了細碎的笑聲，「遭殃」的同學又羞又惱地把紙團朝楊千瑜丟了回去，好像那團廢紙沾上了什麼髒東西。

廢紙、瓶蓋、衛生紙團……杵在黑板前的楊千瑜彷彿是一座人形標靶，她不會說話，不會生氣，更不會反抗，她只是安安靜靜地承受這一切，任憑各式各樣的垃圾不停往她身上砸。

打到腳，五分。

瞄準背部，十分。

正中頭部，五十分。

壓低的爆笑聲在台下蔓延開來，有人忙著傳遞不要的垃圾，有人急著想丟出手中的攻擊物，更多的人在一旁竊笑。

那是一種極爲安靜的喧鬧。

數學老師站在門口，背對著教室，仰望藍天，一點也沒有注意到身後的教室發生了什麼事……他是眞的沒有注意到嗎？還是習慣了這樣的場面，所以視而不見？

我不知道。

寫完了三道題目，楊千瑜慢慢放下粉筆，最後一次檢查算式和答案，她悶不吭聲地轉過身，雙手環抱課本，低垂著低到不能再低的頭，打算默默走回座位。

她的打算，不代表別人的打算。

不曉得是誰伸出了腳，楊千瑜不小心一絆，止不住跌勢地往前撲倒。

爲了穩住腳步，她整個人撞上附近同學的桌子，伴隨巨大的聲響，原本排列整齊的桌子連人帶桌地歪了大半，桌上的文具、課本全掉到地上，包括一罐尚未喝完的咖啡。深色的水漬，浸染了散落在地上的物品。

「妳搞什麼東西啊！」

楊千瑜撞到的人，偏偏是何敏芳。

她瞪著沾上飲料汙漬的筆袋，臉色難看得嚇人。

「對不……」

「說對不起有用嗎？」何敏芳橫眉豎目地大叫，眼裡全是怒氣。

「我……」

不然妳想要她說什麼呢？

坐在教室另一方，我默默地觀望事態的發展。

「妳故意的是不是！」何敏芳用力摔下手上的筆袋，聲音之大，嚇得楊千瑜更加畏縮，「怎麼樣？妳現在不爽了，終於找到機會報復了，是嗎？」

「我沒有……」

「我看妳這副樣子就有氣！」何敏芳咆哮，全班頓時鴉雀無聲。

沒人料到何敏芳的反應居然會這麼激烈，所有視線集中在她們兩人身上，氣氛很僵，大家不再覺得有趣，表情變得凝重了起來。

「妳現在想怎麼辦？」何敏芳咄咄逼人。

「我不是故意的……」

「夠了！除了這句話妳還會說什麼！」何敏芳繼續對著楊千瑜叫罵，一點也沒有放過她的意思，「我問妳現在該怎麼辦！」

楊千瑜低下了頭，沉默不語。

面對楊千瑜一貫的退卻，何敏芳沒有就此停手，反而進一步猛烈攻擊。

「妳知不知道自己很討人厭？妳知不知道這個班沒有人想和妳來往？妳知不知道沒有人想和妳扯上關係？算我們活該倒楣和妳同班好了，但妳能不能有點自知之明？楊千瑜，妳這種人幹麼來學校！」

最後一句話尖銳地劃破了教室的空氣，也逼出了楊千瑜不曾落下的眼淚，她咬住顫抖的唇瓣，想忍，卻怎麼也忍不住，無聲的淚水滑下臉頰。

「怎麼了、怎麼了？」數學老師總算發現苗頭不對，三步併作兩步趕來關心，「發生什麼事了？地上怎麼亂成這樣？」

沒有人出聲回話，全班的焦點只在那兩人身上，何敏芳怒氣未消，臉上寫滿了厭惡與不屑，嫌棄地瞪著站在一旁掉淚的楊千瑜。

「到底……」

不等數學老師問完，何敏芳伸手一指，「問她啊！」

「楊千瑜？」數學老師蹙眉，看向正抬手抹淚的楊千瑜。

她搖了搖頭，說不出話來。

「妳不小心撞到何敏芳了？」

「我……不是故意……」

好不容易擠出聲音，楊千瑜才說了幾個字，卻又再次停下。

雖然楊千瑜平時唯唯諾諾、逆來順受，要她道歉息事寧人是一回事，但畢竟她也沒眞的做錯什麼，要她硬說這一切是自己的錯……再怎麼沒有自尊的人都沒辦法做到這樣吧？

我才這麼想著，就見數學老師嘆了口氣。

「不小心就道個歉就好了啊。」他不耐煩地揮手，示意楊千瑜趕快解決。

楊千瑜的沉默被當成了默認。

數學老師不在意眞相，對他而言，這不過是一場學生之間的小小紛爭，說句對不起就能解決，爲什麼要浪費這麼多時間在上頭？

說穿了，沒人在乎楊千瑜的委屈。

氣氛僵持了幾秒，孤立無援的楊千瑜往前一小步，哽咽地說了句對不起，仍在盛怒之下的何敏芳沒出聲，更沒有接受她的道歉，只是一個勁地惡狠狠瞪著楊千瑜。

我知道，何敏芳不可能滿意，只用這麼一句輕飄飄的對不起就讓事情落幕，但礙於老師在場，她就算再不爽，也不好繼續刁難楊千瑜。

現在不行，不代表以後不行。

今天發生的事，肯定在何敏芳心裡記上了一筆。

「這題的答案是B吧？」

「你在開玩笑？」我緩緩從書上抬起頭，看向坐在隔壁的男生。

孫一揚搔著筆，眨了眨眼睛，「我看起來像在開玩笑嗎？」

「不是，既然已經推出答案是介於0-3之間，怎麼會選B？」我曲指敲著計算紙上的公式，懷疑他到底有沒有用腦子思考，「孫一揚，你是故意的吧？你明明算出來了，爲什麼故意選錯的答案？」

「我沒有啊。」

「那你爲什麼選B？」

他頭一歪，「……憑感覺？」

「你……」我話聲一滯，好想揍他。

孫一揚欠揍地哈哈大笑，或許是看穿了我動粗的念頭，趕在我尚未付諸行動前，他很識相地伸手拉過了參考書，把正確答案塡上去。

晚自習進行至今快要一個月，當初韓老師找我來，是希望我能幫他監督孫一揚，我想，我做得還算不錯，經過前陣子的蹺課事件，我和孫一揚原本疏離的關係拉近了不少，至於所謂的課業輔導，也在他的配合之下，漸漸步入正軌。

這段期間，我對孫一揚的課業狀況有了幾分了解，他的理科還行，文科不好，尤其是國文和英文，好幾次小考都交白卷，我問他爲什麼，他總是痞痞地說他不會。

我覺得孫一揚不是不會，而是他根本沒花心力念書。

但我不想說破，沒什麼好說的。

他想怎麼做都好，那是他的事。

現下的實驗教室裡只有我和孫一揚兩個人，韓老師不在，他在半小時前接到一通電話，電話講著講著，人就不見了，不曉得是誰來電，但看這樣子，韓老師短時間是不會回來了。

我沒多想，繼續複習這次期末考的範圍。

「喂，徐之夏。」孫一揚拿原子筆戳了戳我的肩膀。

「幹麼？」我往旁邊移動，用行動表示我不喜歡他的舉動。

孫一揚噙著笑，直勾勾地看了我好半晌。

我不明所以，也沒心思揣測他在打什麼鬼主意，便想直接開口問他：「孫……」

「我問妳喔，妳那麼認眞念書是爲了什麼？」他不等我說完，搶先問了一個天外飛來的問題。

他問這個是什麼意思？

我遲疑未答。

「妳想想，人不管做任何事，背後總有原因，不是嗎？那妳應該也有認眞念書的原因吧？」見我回答不出來，孫一揚一邊爲我補充說明，一邊熟練地旋轉手上的筆，一圈又一圈，「爸媽要求的？爲了考上好學校？還是妳只是純粹喜歡念書？」

舉例到最後一項，他笑了，好像喜歡念書是一件很好笑的事。

「如何？」他問。

我抿了抿乾澀的唇，無法說明心底究竟是什麼感覺，我不認爲自己被他質疑，也不覺得孫一揚是在嘲笑我，但我不知道他爲什麼會問我這個問題？

原因，很重要嗎？

「不爲什麼。」我淡淡地說道。

「沒有原因？」孫一揚追問，藍色筆身在空中不停旋轉。

「沒有。」我沒說謊，我說的是實話。

但孫一揚不相信。

「既然沒有理由支持妳考高分，那妳不念書也不會怎樣吧？」

的確不會怎樣沒錯，但那又怎樣？

我不語，安靜地整理心中的思緒。

孫一揚見我沉默，「紳士」地等了我一會兒，直到他認定我不打算回應，才瞇眼笑開，他以爲我默認了，而他贏了，嘴邊的笑容肆無忌憚地張揚著。

「看吧，沒有原因的話，不就表示考高分也沒有意義嗎？那妳考零分也沒關係啊，反正又沒損失，幹麼那麼認眞？」

「若P則Q，非Q則非P。」

孫一揚挑眉一愣，「妳說什麼？」

「孫一揚，你不知道什麼叫邏輯推論嗎？」我看著他明顯浮現困惑的表情，一字一句慢慢地說得清清楚楚，「若P則Q，非Q則非P。按照你給的條件來說，如果有原因，人就會認眞念書，因此，如果不認眞念書，就表示沒有原因推動他認眞。沒錯，這是成立的。」

「蛤？」

「然而，如果有原因，人就會認眞念書，因此，如果認眞念書，就代表背後有原因——不好意思，這是錯誤的推斷，這是換位不換質，這是形式謬誤，你懂嗎？」

「不、等等，妳……妳到底在說什麼？」

「我說你邏輯不好，不要老是靠似是而非的理論誆人。」休想再牽著我的鼻子走！我越說越有自信，嘴角不自覺揚起，「我之所以認眞念書，不代表我受到了任何原因的推動，我沒特別喜歡念書，也沒有特別想念的大學，當然，我爸媽也沒逼我，我只是覺得這是我能做好的事情。既然能做好，爲什麼不做？」

孫一揚傻眼，說不出半句話。

也許是他難得如此，我的心情一下子大好。

「如何？」這回換我主動挑釁。

「……好一個非Q則非P。」

「好說。」我藏不住得意。

認眞念書還是有用的吧？至少，碰上流氓痞子還能恫嚇他一下。

孫一揚就是那個痞子。

「喂，徐之夏。」

我輕鬆地回應，「怎樣？」

「妳很跩嘛。」

什……什麼？

孫一揚的聲音像瞬間墜入冰窖，毫無防備地接收到他的敵意，一時之間，我來不及細想，直直迎向他的視線，這才發現他不知何時卸下了笑容，冷冷地瞪視我。

「你……」

「書讀得好了不起？也是，至少可以看不起別人。」他嗤笑，說出口的字字句句全帶了尖刺，「在心裡笑人笨、笑人連這個都不懂的感覺一定很好吧？眞好啊，是不是該給妳拍拍手？」

我擰眉，「我沒有那個意思。」

「那妳是什麼意思？」

「我只是——」我只是開玩笑。

本來想解釋，但看著面無表情的孫一揚，我忽然不想說了，臨到嘴邊的話語全嚥了下去。

我想，我大概踩中了孫一揚的地雷，才會讓他誤會我是在嘲笑他吧？

即使我半點嘲笑的意思也沒有，但卻無法向他解釋，因爲這麼一來，就會像是在諷刺他沒有風度……

所以，我只要道歉就好。

「對不起。」我停頓了一會兒，才讓自己用最平靜的語氣開口。

如果要我道歉，那就道歉吧。

如果這是最快解決爭執的方法，那我做就是了。

我非常清楚該怎麼處理這種情況。

上一秒明明還笑著談天，下一秒卻連朋友都不是……因爲一句話而翻臉的情況，我見多了，不管對錯與否，只要有人願意退一步就沒事了。

我不在意認錯會不會讓我顯得很懦弱，那不重要，我不想浪費時間計較誰對誰錯，沒有意義，也不會有答案，而且，非常麻煩。

這個世界就是這麼教會我的。

「妳幹麼道歉？」

聽見孫一揚的問句，我還以為他想逼問我錯在哪裡，然而當我再次迎向他的視線，卻見到他臉上有著難以置信的訝異。

現在……是怎樣？

「徐之夏，妳道什麼歉？」

不就是因為你莫名其妙朝我發脾氣嗎？我只是為了省事、為了敷衍你而已……諸如此類的話，我當然不可能說出口。

「……我說錯話了，不是嗎？」我斟酌字句說道。

「哪有？」

「沒有？」

「妳該不會以為我真的生氣了吧？」

我緊閉著唇，看著他驚訝的神情。

「拜託，一看就知道我是演的，那是騙妳的啊！就算我真的生氣好了，還以為妳會跟我吵架耶，妳……」孫一揚話聲一停，細細打量我，「奇怪，妳怎麼會道歉？妳又沒做錯事，徐之夏，妳不是那種隨便道歉的人啊？」

我不是會隨便道歉的人？

「妳道什麼歉？」

忽然，我想起之前自己也曾這麼問過楊千瑜，那時的我甚至在心裡評論她的心態，我瞧不起她，認爲她無時無刻掛在嘴邊的道歉是懦弱的表現。

可是，我有什麼資格批判她呢？

楊千瑜和我，明明就是一樣的人。

所謂的道歉對我們而言，並不是眞心表達歉意的方式。

楊千瑜學會了用道歉交換不受傷害的可能，而我則是學會了用道歉示弱討好，只爲了維持和平的假象……

同樣懦弱的我們，選擇了同一種生存方式，我不過是比楊千瑜幸運一點罷了。

只有一點點。

我卻卑鄙地爲此深感慶幸。

「徐之夏？」

見我久久不出聲，孫一揚再次拿筆戳我的肩膀。

我沒有閃避、沒有抗拒，只是重新拉回書本，默默地低下頭複習。

「妳生氣啦？」他悄聲問道。

我不理他，盯著課本。

標注著必考星號的那些理論根本進不了我混亂的腦袋，可是我沒辦法面對孫一揚，只能悶著頭，假裝自己爲他的玩笑感到生氣。

我沒有生氣。

即使有，也是對自己感到生氣。

因爲我的沉默，孫一揚難得安靜了下來，我不曉得他是怎麼想的，大概以爲他眞的惹我生氣了吧？

後來的時間，孫一揚沒再找我搭話，安安分分地待在位子上念書，直到晚自習結束爲止，我們之間的氣氛一直沒有好轉，死氣沉沉，像是吵了很凶的一場架。

當然，我們沒有吵架。

「徐之夏，徐小夏，徐同學——」走在點起燈光的樓梯間，孫一揚亦步亦趨地跟在我身後，他討好的聲音在只有我們兩個的空間裡震盪出轟隆隆的回音，「不要生氣了嘛！我只是跟妳開個玩笑，又不是故意的。」

忽視他的和好提議，我用力抓著書包背帶，故作鎮定地步下樓梯，逼自己默數皮鞋踩在階梯上的響聲，此時此刻，腦海裡全是一些我不願重溫的畫面。

人前人後。

說三道四。

恃強凌弱。

那些回憶全成了詭異的黑白電影，片段的畫面一閃而過，幾個女孩漂亮的臉上滿是和外貌不符的凶狠，一旁圍觀的群眾或不懷好意，或竊竊私語，或冷眼旁觀……

背景的嘲笑、咒罵、嘲諷聲就像是貼附在我耳邊低語，細碎地說著誰誰誰不好，音量一點一點放大，直到震耳欲聾。

我好想吐，好想遮住耳朵，好想大聲尖叫，然而，最令我作嘔的是，我明明身處其中，卻因爲下意識想要逃避的心態，把自己扭曲成了超然的旁觀者。

複雜的情緒湧上心頭，差點讓我喘不過氣。

「徐之夏，不要生氣了嘛——」

孫一揚猛然拉住我的書包，我被迫停下腳步，腦海裡紛亂的聲音頓時消失。

不得不說，我鬆了口氣。

「沒事，我沒生氣。」感覺到手心的涔涔冷汗，我緩緩張開僵硬的手。

「騙鬼，妳看起來明明就有事。」

「那是因爲……」

他探過身，一張臉湊到我面前，「因爲？」

對上孫一揚充滿好奇的雙眼，我……我能和他說什麼呢？

這些事，這些過去，這些回憶，我不想和他人談論。

「不關你的事。」我推開他，走下最後一級階梯。

「蛤？」

「說了不關你的事！」我快步走出樓梯間，逕自往校門口前進。

「妳看、妳看，又生氣了。」孫一揚跟了上來，這次他沒走在我身後，而是超前我一段距離，他轉過身，故意倒著走，「愛生氣。」

他揚唇一笑，討人厭的笑。

「要不是因爲你很煩，我才——」

「喔喔，原來一切都是我的錯？」孫一揚繼續倒退行走，不管我走得多快，他還是一副遊刃有餘的樣子。

反倒是我，開始注意起他的身後有沒有障礙物。

可惡，我幹麼擔心他？

「誰叫你要騙人！」

「好玩嘛，我怎麼知道妳會上當？」

「所以你現在是怪我嘍？」我瞇眼瞪他。

「嘿，這倒沒有，我可不是那個意思，」孫一揚舉起雙手投降，眼睛笑成了彎月，「徐之夏，妳都說了我邏輯不好，少挖坑給我跳。」

「你摔死算了。」

「什麼？徐小夏，妳好狠的心哪……」孫一揚可憐兮兮地捧心哀嘆。

夏天的晚風陣陣吹來，吹走了適才的煩躁，那些回憶畫面似乎也隨風而去。

是啊，沒事的，那些都是過去的事了。

我不該想這麼多的。

「終於笑了。」

「嗯？」我沒聽清楚。

孫一揚指了指我，再指向自己的嘴角，「笑了。」

說不上是尷尬還是害羞，我感覺臉上的熱度一口氣上升，就連直視他的眼睛都覺得困難……不是啊，不管是誰，聽見這種話都會渾身不自在吧？

「幹麼？不能笑嗎？我想笑你也要管？」我不想這麼說的，眞的，但我管不住嘴巴，每講一個字，我就想把自己打昏一次，「我就是笑你白痴、笑你笨、笑你傻，怎麼？又要生氣了嗎？」

孫一揚沒有生氣，反而彷彿像是見到了什麼有趣的事，他朝我邁了一步。

「不氣呀。」

「你、你幹麼——」

「妳果然還是這樣比較像妳。」

怎樣？我怎樣才像自己？

我連自己是什麼樣子都不知道了，我……

「孫一揚，走開啦，公車——」

公車還沒來。

我愣愣地望著校門口，看見韓老師站在那兒。

和一個女生。

一個和他抱在一起的女生。

那個女生幾乎埋進了韓老師的懷裡，纖白的手指緊緊掐著他的衣服，像是在哭泣，也像是在撒嬌，我聽不見他們的談話，只能看見韓老師輕輕拍了拍那女生的背，小聲說了些話，像是安撫，或是安慰。

那一瞬間，我忽然理解了什麼。

原來，韓老師接到的電話是她打來的啊……

他們是什麼關係呢？

朋友？親戚？

還是，女朋……

忽地，韓老師的視線直直投了過來，我毫無閃避的機會。

心一緊，雙腳不自覺後退了一步。

這時，一隻手從身後扶住了我，不讓我繼續往後退縮，同時，另一隻溫暖的手覆上了我的眼睛。

「孫一揚……」

「別看了。」他說。

「你放手，我又沒……」我的話未能說完。

我沒關係。

眞的，我眞的不覺得怎麼樣。

大力扳開孫一揚覆在眼睛上的手，只見遠處的兩人早已鬆開了擁抱，韓老師體貼地爲那名女生拉開計程車車門，她沒有立刻上車，而是踮起腳尖，往韓老師的臉頰印上一吻。

果然是女朋友吧？

「就叫妳別看了，幹麼非得看韓靖和別人曬恩愛？」

孫一揚不悅的低語傳進我耳裡，我沒心思回應，只是靜靜地杵在原地，動彈不得，眼睜睜看著韓老師朝我們的方向走來。

他來了。

「韓靖，行情不錯嘛……」

「早點回家。」韓老師無視一旁的孫一揚，輕輕拍了拍我的肩膀。

他就這麼走了，只說了這句話。

半晌，我慢慢鬆開不知何時握緊的雙手，指節因爲過度用力而變得有些僵硬疼痛，我的視線停在校門口的路燈，我死死地盯著那道燈光，直到光線逐漸在我眼中渲染成模糊的光影。

也是啊，不然他要和我說什麼呢？

韓老師總不可能和我解釋那個女生是誰，他和那個女生是什麼關係？爲什麼接到她的電話就離開？爲什麼會留我一個人在實驗教室？爲什麼……

他不需要和我解釋，就像他也不需要我的解釋。

這不就是我要的嗎？

我又想奢求什麼呢？

「喂，徐之夏，妳沒事吧？」

「你……幹麼跟上來？」我不解地問孫一揚。

第二次了。

這是他第二次陪我坐上返回我家的公車。

今晚的乘客不多，我和孫一揚獨占車廂後半部的座位，我坐在窗邊，他坐在我旁邊，從旁人的眼光來看，我們兩個一定就像是約好了一起回家。

「當然是因爲擔心妳啊，」他伸直了腿，順便伸了個懶腰，「妳眞該看看自己那副要死不活的樣子，失魂落魄，好像下一秒就要衝過去給車撞，我這人那麼善良，關心同學是必須的，懂？」

我想也不想便回：「要你管。」

孫一揚聞言一笑，伸手就想揉亂我的頭髮。

我一閃，沒讓他得逞。

「唉，說眞的，不過就是看到韓靖和女人摟摟抱抱而已，妳也太誇張了吧？」孫一揚不在意我的閃躲，他收回手，慵懶地靠在椅背上碎念，「又不是看見他公開告白、下跪求婚什麼的，再說了，徐之夏，那個女的說不定只是普通朋友，妳──」

「孫一揚。」

「嗯？」

「你現在是在安慰我嗎？」我面無表情地轉頭，望向他頓時變得倉皇的目光。

「幹……」孫一揚差點罵出了完整的髒話，他不自然地嚥了嚥口水，「幹麼？我不能關心一下？我關心妳也要被罵？關心犯法啊？所以我不是叫妳別看嗎？我都蓋住妳的眼睛了，誰知道妳硬要──」

「謝謝你。」我沒讓他繼續喋喋不休。

「……不客氣。」他悶聲回道。

大概是沒想到我會如此坦率地道謝，孫一揚反而尷尬了起來，他摸摸鼻子坐好，向來停不下來的話匣子也跟著關上。

其實，我心裡很清楚。

即使口口聲聲說不想從韓老師那裡得到任何回應，像現在這樣已經很足夠，我知道得到的越多，就會越不滿足，於是我一直在心底反覆告誡自己，一定要很小心，不能變得貪心。

我喜歡韓老師，但不能貪心地想要他也喜歡我。

那些……全部都是騙人的。

我從來就不灑脫，那些說詞都是用來欺騙自己的。

不管韓老師交派給我的工作有多瑣碎、多不該由我來做，我還不是一次又一次接受？就連答應幫他監督孫一揚也是。

我從來就不是別無選擇，這就是我要的，我其實想在他心底留下些什麼，我根本不是那麼別無所求。

可是，我究竟該怎麼做？

「我眞是搞不懂妳。」

「什麼？」

「搞不懂妳喜歡韓靖哪裡？明明喜歡卻還假裝不在意？妳覺得告白了會怎麼樣？地球毀滅？世界末日？」孫一揚蹙眉盯著我，搖了搖頭，「徐之夏，妳眞的好奇怪。」

「奇怪的是你吧。」

「哦？」

「如果說了也不會有改變，那我爲什麼要說？」

「妳沒試過怎麼知道？」

「所以，你是要我努力嘍？努力讓韓老師喜歡上我？」

「雖然我不覺得爲了韓靖那傢伙有什麼値得努力的啦。」孫一揚嫌棄地歪了歪嘴，他對韓老師還是一如既往的感冒，「不過，沒錯，我就是這個意思。」

我嘆氣，不曉得該怎麼說才好。

「如何？」他架起拐子撞我。

「孫一揚，不是每件事都能靠努力達成的，你知道嗎？」

我撇過頭，望向窗外，不想再聊下去。

說眞的，我爲什麼會喜歡韓老師？關於這點，我並不比孫一揚更清楚明白，很多時候，我甚至覺得喜歡上韓老師是個錯誤。

其實我也知道，我跟韓老師的距離太過遙遠，不只是年齡的差距，身分的差距，還有一種他不可能會喜歡我的自覺。

當所有的差距加總，便成了我與他之間遙不可及的距離，那不是努力就可以克服的難題，世界上本來就有很多事就算再努力也沒辦法完成，例如戀愛。

如果可以選擇，我不會選擇喜歡上韓老師。

偏偏世界上也有很多不是靠理智就可以控制的事，例如戀愛。

所以，我喜歡上了韓老師。

我喜歡他，也只能這樣而已。

期末考的最後一個科目在中午結束，終於迎來了結業式。全校學生在大禮堂集合，站在台上的師長殷切囑咐，希望我們過個快快樂樂、平平安安的暑假，最重要的是，謹記自己學生的身分，不要在校外做出有辱校譽的行爲。

不曉得爲什麼，總覺得教官這句話是針對二年七班說的。

「嗳，等一下一起去吃冰吧？」排在我背後的張文琪靠了過來，對我和何敏芳說悄悄話，「男生他們會先去陳家占位子，怎麼樣？去不去？」

「有誰會去？」何敏芳反問。

「誰啊？差不多就那些吧……」

耳邊聽著張文琪細數參加的人有哪些，我默默望著台上，心裡湧起一股不耐，旁人或許看不透，張文琪看似在探尋何敏芳和我的意願，但其實她要聽的只有何敏芳一個人的答覆。

我不想去，但不能坦率地說出，去與不去，取決於何敏芳的決定。

「嗯，那就走吧。」何敏芳點點頭。

「耶！徐之夏，就這麼決定嘍？」

看吧。

我扯出微笑，「好啊……」

「韓老師！」

「韓老師，你暑假要去哪裡玩？」

「老師會來學校嗎？」

排在後方的二班忽然熱鬧了起來，我直覺地轉過頭，只見不知何時出現的韓老師被二班的女生簇擁，他一邊用手勢維持秩序，一邊笑著回答此起彼落的問題。

說巧不巧，我和他對上了視線。

不曉得是在心虛什麼，我突兀地別過頭，想假裝沒有在注意他。

「徐之夏。」

可惡，他是故意的嗎？

聽見來自身後的叫喚，我懊惱地閉了閉眼，比起前一秒不知所謂的心虛，我現在眞的有了心虛的感覺。

我回頭，看見韓老師笑得很溫柔。

一如既往的溫柔。

「……是？」

「教務主任找妳過去幫忙。」

教務主任？

我困惑地問：「主任找我是……」

有那麼一瞬間，我瞥見韓老師的眼中閃過不耐。

我沒看錯，而且我知道那是什麼意思。

他要我不要多問，跟著他走就對了。

「走吧？」他臉上的笑容依然，往旁邊讓了路。

儘管心裡有些莫名其妙，但我沒再多問，轉身和何敏芳說了教務主任找我，要她們不用等我，我就不一起去吃冰了。

跟上韓老師的步伐，不得不說，我其實是感到慶幸的，雖然在放假前一刻還要出公差難免有些無奈，但與其得端起笑容和何敏芳她們相處，我寧願整天耗在無聊的工作裡。

只不過……我越想越不對勁，覺得事情似乎不是那麼簡單。

「韓老師，你不是說教務主任找我嗎？怎麼……」

「騙妳的。」韓老師淡淡地拋下一句，不顧我的驚訝，他率先走進實驗教室，指著桌上好幾疊文件，「這些交給妳了。」

交給我了？

「主任交代我做的嗎？」

「主任交給我，」韓老師指著自己，然後又指向我，「我交給妳。」

「哪有人這樣……」

「想快點走人就快點動手。」他懶得解釋，逕自拿起其中一個文件夾，「檢查有沒有缺漏或錯放的資料，確定沒錯的話就按照日期排好。」

「你爲什麼老是有這麼多事情要做？」

「菜鳥老師的宿命？」韓老師一笑，有點不屑的那種。

不曉得爲什麼，「宿命」兩個字從韓老師口中說出來有種難以形容的怪異。

也許是因爲在我看來，韓老師比較像操縱命運的那個人，而不是習慣服從的那一方，就算表面上聽從，他也會如同現在這樣，找到方法讓自己過得輕鬆，卻又能順利達成目的。

手上整理著滿桌子的文件，我偷偷覷了韓老師一眼。

他不發一語地檢閱資料，側臉線條又變得嚴肅。

「韓老師……」

「嗯？」他應了聲，沒有抬頭。

「那天在校門口的女生……」我聽見自己的聲音這麼說著。

韓老師手上一頓，看了過來，眉峰輕挑。

我一愣，心神一下子亂了，頓時發現這個問題有多不恰當，「你、你不說也沒關係啦！我只是……」

「妳想知道？」

「也、也沒有，好奇而已……」

「好奇？」他似笑非笑，放下了文件夾，「老師的私事也能好奇嗎？」

「我不是故……」

「妳覺得呢？」

什麼？

「我覺得？」我怔怔地望著他。

「是啊，徐之夏，妳覺得我和她是什麼關係呢？」韓老師問我，語氣正經得彷彿要我解出問題的答案是A還是B，偏偏他的表情不是那麼回事，他、他看起來……似乎覺得很有趣。

「……女朋友。」我懷抱著複雜的情緒低聲道。

即使不想承認，但韓老師和那個女生的關係不可能只是朋友這麼簡單。

然而，我之所以會這麼回答，並非因爲我認爲這是最可能的答案，我只是……只是想聽韓老師出言否認而已。

「嗯。」

心臟不爭氣地揪緊，我吸了口氣，低下頭翻閱文件。

「是嗎？你們看起來……」感情很好。

我來不及說完，就聽見韓老師補上了一句：「只不過是前女友了。」

「啊？」

「她是我的前女友。」韓老師抽出幾張資料，眼神淡淡地掃過來，「如何？有滿足妳的好奇心嗎？」

「可是你們——」

「她遇到了一點事情，想找我聊聊，聊著聊著就哭了。」韓老師笑了笑，笑意很淺，不達眼底，「過了這麼多年，她還是一點也沒變。」

「你不喜歡她來找你？」

聞言，韓老師停頓了一會兒，沒有看資料，也沒有說話。

「我覺得很煩。」半晌，他輕輕吐出這幾個字。

可是，你還是去陪她了，不是嗎？

她打電話，你陪她聊天。

她說想來找你，你就去。

她需要你的擁抱，你也給了……

「徐之夏，妳爲什麼想知道？」忽然，韓老師問我。

我愣怔，心跳漏了一拍。

他一瞬也不瞬地直視著我，「眞的只是好奇而已嗎？」

不是。

完全不是。

我會問這些，是因爲我喜歡你。

「徐之夏？」

「我去廁所。」放下手中的文件，我頭也不回地走出教室。

結業式結束後的學校很安靜，無人的廁所更是另一個世界，我旋開水龍頭，任憑水流沖刷著發熱的雙手，心跳、思緒皆是一片混亂。

「妳眞的以爲韓靖看不出來妳喜歡他？」

孫一揚的聲音驀地在腦海迴蕩，我凝視鏡中的自己，拚命思索韓老師剛剛最後的問句究竟是什麼意思？

他眞的知道了嗎？

如果他知道了，爲什麼這麼問我？

「我搞不懂啊……」不顧手心仍溼漉漉的，抬手撫上額頭，我的腦袋眞的快要爆炸了。

「呼叫！呼叫！呼叫廁所裡面的『螺絲』，聽到請回答。」

蘿絲？誰啊？

等等，這聲音不是——

我立刻跑出廁所，果然，孫一揚正倚著牆邊等著我。

「你、你怎麼會在這裡？」

「嗨，『螺絲』。」他抬手，算是打招呼。

不知爲何，孫一揚感覺怪怪的。

「什麼『蘿絲』……」我皺眉，小心翼翼地觀察他，「你幹麼叫我『蘿絲』？」

「啊，還是妳想當『鐵鎚』？」不顧我的困惑，孫一揚勾起笑，站直了身子，「算了，我不管妳是螺絲還是鐵鎚，但這是第幾次了？好好的人不當，偏偏要當韓靖的工具人。徐之夏，我眞是不懂妳耶！」

孫一揚他……在生氣嗎？

「孫一揚，你生什麼氣？」

他猛然一僵，「我、我哪有生氣！」

「明明就有。」還結巴了呢。

「沒有！」

「有！」

「就說了我沒……」孫一揚居然瞪我，他停頓了一下，彷彿下了多大的決心才開口，「對！我就是在生氣！我氣妳笨，可以了嗎？」

「你到底在說什麼啊？」

「打賭吧，徐之夏。」

打賭？我完全搞不懂孫一揚究竟在玩什麼把戲。

「下學期的模擬考，如果我考進前三十名，妳就向韓靖告白！」

他到底在說什麼……

看著孫一揚自信十足的驕傲表情，我傻眼了。

在我還釐不清狀況的時候，暑假，就這麼開始了。

Chapter 5

「妳不是說世界上不是每件事都能靠努力達成？我要證明妳說的是錯的，如果我考進前三十名，就代表努力還是有用的。」孫一揚看著我，自信滿滿地挑起眉，「所以，妳也要努力，努力和韓靖告白，如何？」

如何個屁。

努力告白又是什麼鬼？

夢見昨天孫一揚莫名其妙的宣言，我一下子從睡夢中驚醒，窗外的天空已然轉亮，沒有報名暑期輔導，也沒有補習的我，在暑假開始的第一天，呆呆地望著天花板發愣。

不吉利。

我搖了搖頭，想撇開雜念。

近年來，越來越多學生傾向在暑假自行安排補習課程，爲了尊重個人意願，學校在幾年前不再強制學生參加暑期輔導，除了返校打掃的日子以外，只有七月底的第一次模擬考需要回校報到。

這對我來說，簡直是一大福音。

用過早餐，我回到書桌前打開講義，決定按部就班由高一的課程開始複習，看了一眼牆上的時鐘，時間正好是九點整。

當分針往前移了一格，門鈴響起。

「之夏。」媽媽的腳步聲在我房門外停下，她敲了敲門。

「怎麼了？」我放下筆。

聽見我的回應，媽媽推開門，臉上的表情是說不出的微妙。

「有朋友來找妳。」

朋友？

腦海中直覺浮現了幾個可能的人選，何敏芳、張文琪很快被我否定，畢竟她們連我家在哪裡都不知道，然後……我想起了她。

心口一抽，我用力壓下那股不切實際的期待。

不可能的，我在想什麼？

我沒有朋友，早就沒有了。

陰魂不散的討厭鬼倒是還有一個。

「哈囉！徐小夏。」

孫一揚站在我家門口，笑容滿面地和我揮手。

「你怎麼會……」我瞠大眼，無法不驚訝於他的出現，眼角餘光瞥見身後探頭探腦的媽媽，我一個大步跨出家門，直接把門掩上，「你怎麼會來我家！」

「我來接妳呀。」他話說得自然。

「我又沒跟你有約！」

孫一揚搖搖手指，「嘖嘖嘖，徐同學，妳看看妳，記憶力這麼差，邏輯也不好，妳說說，這樣的妳怎麼考學測呢？」

我想也不想，直接拍開他的手，「趕快把話說清楚。」

「韓靖叫我來的啦。」孫一揚吃痛地甩了甩手，沒好氣地瞪我。

「韓老師？」

「晚自習啊，傻瓜。」他撇撇嘴，仰首望了望頭頂上耀眼的藍天，「雖然現在是早上，但意思是一樣的，假期的學習不能荒廢，您說是吧，徐同學？」

「我……完全聽不懂你在說什麼。」我特別強調「完全」兩個字。

「嘖，簡單來說，就是自習還要繼續，妳不要以爲暑假就可以擺脫我，地點改到我家！時間是早上九點到下午四點！可以了嗎？了解了嗎？Do you understand？」

「韓老師也會在？」

聞言，孫一揚瞪大眼，一副快被我搞瘋的樣子。

「韓靖、韓靖……妳就只在意韓靖在不在！」他哈了一聲，一根手指頭又要往我腦門上戳，「在在在，妳滿意了嗎？順便告訴妳，韓靖那傢伙就住我家樓上，我們不只是表兄弟，還是鄰居，怎麼樣？羨慕嗎？」

我一邊躲開他的攻擊，一邊猜想這傢伙到底在想什麼啊？

他幹麼突然發火？

「懂了沒？」孫一揚挑眉。

「喔。」

「懂了就趕快去收拾東西啊！」

「現在？」

「吶，我看妳是真的不懂。」

孫一揚越過我，一手推開我家大門，好巧不巧，媽媽正好捧著一盤水果經過，一臉驚訝地打量我們。

她看了看孫一揚，又看了看我，笑容越來越明顯。

「孫一揚你！」我慌了，急著想把一腳踏進客廳的孫一揚拉出門外，「媽，妳不要在意，他、他馬上就走了！」

「徐媽媽好！」孫一揚朗聲問好，我根本來不及阻止。

就、就跟你說你撒嬌一點也不可愛！

「同學，進來坐啊。」偏偏我媽很吃這一套。

她開心地招手，熱情邀請孫一揚進門吃水果。

接收到孫一揚勝利的眼神，我嘆了口氣，在媽媽殷切期盼的注視之下，我被迫放他進家門，自己則是認命地回房間收拾講義課本。

等我好不容易把聊開了的孫一揚和媽媽分開，拽著他離開我家，坐上公車，來到他家社區樓下的時候，已經是兩個小時之後的事了。

明明連書都還沒念到，我怎麼覺得累了呢？

根據孫一揚的說法，今天聚集在他家念書的不只我和他，還有上次一起吃冰的丸尾他們，算是個小型讀書會。

至於孫一揚爲何會有我家地址，他說是韓老師給他的。

「他說他忘了跟妳約，叫我直接帶妳過來。」

「嗯。」

「幹麼？不高興？」走進電梯，孫一揚按下六樓的電梯鈕，連按了兩下關門鍵，「是不是想要韓靖親自到家接妳呀？」

「你煩不煩啊……」我無奈地覷他一眼，懶得吵了。

其實，我是有點不高興。

不高興韓老師居然把我家地址隨便給人……好吧，或許孫一揚不是隨便的人，但是，比起學生，不是應該由老師親自來說這件事會好一點嗎？或者，打個電話也行呀。

就像、就像家庭訪問那樣，不也是老師直接到學生家裡，而不是把地址交給另外一個學生，讓他們自行約一約，再前往老師家中吧？

難道不是嗎？

看著電梯的樓層逐漸上升，就算再怎麼想忘卻那股失落，失落始終沒有消失……也許吧，我可能眞的希望韓老師來接我。

我不該找藉口掩蓋我眞正的想法。

六樓很快到了，出了電梯，孫一揚領著我走向右邊走廊，一層兩戶的格局，他家是其中的A戶，門外很乾淨，放置兩盆常見的植栽，墨綠色大門貼著一張手寫的春字春聯。

「這是我媽寫的。」孫一揚摁下門鈴，順口和我介紹。

「很好——」

來不及稱讚孫媽媽的書法很有個人特色，原本緊閉的門一下子大敞，前來應門的不是別人，正是韓老師本人。

「來了？」他看著我，目光刻意忽略孫一揚。

我點點頭，只聽孫一揚不屑地嗤了一聲。

「說什麼廢話。」他故意用身體撞向韓老師，頭也不回地走進屋內。

韓老師臉色一沉，倒也沒說什麼。

孫一揚和韓老師的關係從沒好過，至少在我面前，他們總是像剛才那樣，不是忽視對方的存在，就是用言語或行動挑釁對方，兩人的關係之差，彷彿只要不打起來就是最和平的狀態了。

才踏進門，只見寬敞的客廳擺放了兩張大桌子，丸尾、紅毛、大熊……幾個大男生趴在桌上奮筆疾書，認真到彷彿背後冒出熊熊火光。

「妳就坐那個位子吧。」韓老師伸手指向孫一揚對面的空位。

孫一揚抬頭睨我一眼，隨即清空了原本隨意丟在桌上的題目卷，他笑意全無，硬是擺張臭臉給韓老師看，存心和他對抗到底。

「妳打算從哪裡開始複習？」韓老師見我拿出講義，走過來問我，「需要我幫妳安排進度嗎？」

「高一範圍——」我話還沒講完，就被一堆氣急敗壞的聲音打斷。

「不要讓韓老師排！不要！」

「他是魔鬼！」

「This is Sparta！」紅毛登高一呼，將自己的身體重重摔向沙發。

現在是什麼情況？

幾個大男生趴在桌上哀號，真假難辨的哭聲之中，隱約可以聽見他們在抱怨韓老師太刁難人，出的題目根本寫不完，乾脆放棄學測去國外念書算了……諸如此類不曉得是認真還是開玩笑的聲浪沒完沒了。

我覺得有點好笑，嘴角不爭氣地揚起。

「除了笨以外，你們的人生還剩下什麼？」韓老師淡淡地開口，一手撐在桌上，俯身取過我正準備攤開的講義，「我是在幫你們開發新的優點，叫做『努力』。」

男生們的怨念又再加劇，而我卻完全無法感同身受。

韓老師站得離我太近，我的左半邊身體一僵，動彈不得。

「這個版本是你們國文老師推薦的？」他問，聲音幾乎就在我的耳邊。

我小心翼翼地控制呼吸，差點連話都說不出來。

「對、對啊……」

「這本有幾個地方寫得不夠詳細。」韓老師隨手翻了幾頁，我緊盯著他骨節分明的大手，努力不去注意他身上乾淨的沐浴香氣，他的聲音再次出現在耳際，「我待會兒拿我之前用過的參考書給妳，妳先看別科吧。」

「好……」

韓老師沒有馬上離開，我不曉得他在想什麼，我沒時間猜想，只是悄悄地側過頭，視線落在他捲起袖子的手臂上，他正要開口說話時，我忍不住屏息——

桌子另一頭的大熊卻在這時插話。

「韓老師，你站得離大嫂太近了吧？」他蹙眉，比畫著我和韓老師之間的距離。

我嚇了一跳，目光不由自主拋向孫一揚。

他顯然也被大熊突如其來的發言嚇到，整個人彈跳了起來。

「大熊，我不是說過——」

「大嫂？」韓老師重複了一次，口吻含笑。

他收回撐在桌面的手，直起身，空調送來的冷空氣拂過我們之間，韓老師站在我身後，我看不見他的表情，卻能感受到他的笑不是真正的笑。

「幹麼？」大熊困惑地搔搔頭，「徐之夏不是老大的女朋友嗎？」

「大熊！」一旁的丸尾直接伸手摀住了大熊的嘴。

「女朋友？」韓老師聲音裡的笑意更加明顯，「孫一揚，我怎麼不知道你們在一起了？」

「韓老師，我們沒有——」

我轉身，急著想解釋，孫一揚卻比我快了一步。

「大熊誤會了，我和徐之夏沒有在一起。」此時的孫一揚已經不再慌亂，取而代之的是一種帶著挑釁的冷靜，「幹麼？你在意？」

韓老師沒有接話。

他漸漸收起笑容，回到最像韓老師……或者該說，回到屬於韓靖的模樣。

「我去拿講義。」他說完，轉身離開。

留下一室無人可解的寂靜，以及我不敢妄自猜測的疑問。

那天，韓老師拿了講義回來以後，客廳裡的氛圍低迷了好一陣子，大夥兒悶著頭念書，沒人敢說話，也不知道該說什麼，直到用過午餐，幾個大男生吃飽喝足，氣氛才漸漸回復熱絡，念起書來也不再那麼有壓力。

只不過，也許是孫一揚私下和其他人說了什麼吧？那天發生的事彷彿成了我幻想出來的記憶，他們沒有一個人覺得奇怪，沒有一個人追問，就連一向心直口快的大熊都沒再提起。

翻著韓老師給我的舊講義，撫過他留下的筆跡，我沒辦法不在意。

韓老師他……為什麼不回答呢？

孫一揚的問題並不是那麼難應付，如果他不能回答，是不是代表他……

及時拉回失控的思緒，我揉了揉發疼的額際，試著讓自己專心在講義上的古文釋義。

我在想什麼？答案很簡單，韓老師只是純粹不想理孫一揚罷了。

「之夏。」敲門聲起，媽媽探頭問我，「要不要休息一下？」

「好啊。」我放下筆，跟著媽媽一起走到客廳。

電視頻道正在播送新聞，平日晚上多半只有我和媽媽兩個人待在家裡，我們並肩坐在沙發上，一邊收看整點新聞，一邊有一搭沒一搭地閒聊，吃著媽媽親手烘焙的餅乾。

媽媽問我最近念書念得如何？會不會太累？

「如果想補習的話，儘管說喔。」媽媽遞了杯熱茶給我，溫柔地笑了笑，「妳爸這幾天老是打電話回來問妳的狀況，怕妳自己念書念得太拚，一直和我討論要不要送妳去補習班，想說有人幫忙掌控進度，妳會比較輕鬆。」

「爸想太多了啦，我真的不想補習。」我連忙拒絕，先別說是否有需要，和人相處從來不是我的強項，好不容易熬到放假，我才不想再把自己丟進另一個深淵裡。「而且，我現在不是一個人念書呀，沒事的。」

「妳沒說我都忘了！」媽媽的眼睛忽然閃閃發光，她激動地拍了我的大腿一記，「那個、那個誰，孫一揚，他是妳的同班同學嗎？」

「沒有同班……」

「那你們是怎麼認識的？」

「唉唷，這……說來話長啦……」用膝蓋想也知道媽媽絕對想歪了，趁著誤會還沒擴大，她的想像力尚未失控之前，我向她鄭重澄清，「媽，先說好，我跟孫一揚不是妳想像的那種關係！」

聞言，她倒是委屈了，「我又沒說什麼……」

「少來，那妳剛才和巷口阿珠嬸一樣的表情是怎麼回事？」

「我是關心我的女兒呀！」媽媽挺起胸膛，振振有辭，「人家孫同學長得一表人才，高高帥帥的，看起來人很好、很聰明的樣子……」

「就知道妳看人不太準……唉唷！妳怎麼可以偷襲！」後腦勺無預警挨了一記打，我叫出聲來。

媽媽半是好笑，半是羞惱地望著我，「書都讀到哪裡去了，就知道損妳媽媽！」

「本來就是！媽妳不知道，孫一揚他功課才不好，他考試常常交白卷耶，居然還敢和我打賭他模擬考要考進全校前三十名。對了，上次他還——」蹺課帶我去吃冰。

這句話硬生生被我吞了下去，怕說出來會破壞孫一揚在媽媽心中的好印象。

「……反正，他只有小聰明啦，沒有其他強項。」

我快速說完，心忽然沉了一下。

腦海中突然浮現吃冰那日的情景，那天孫一揚指著他的右腳踝，用輕鬆的語氣告訴我，他再也不能參加比賽。

「所以說，我現在什麼也不是。」

我不自覺收起笑容，像那天一樣。

「但我覺得，孫一揚應該是個很好的人。」媽媽的聲音打斷我的思緒。

「……什麼？」

「功課好不好是其次，重點是他給人的感覺。」媽媽笑了笑，似乎回憶起和孫一揚在家裡客廳的那場談話，「我說的不是開朗呀、活潑呀這種外顯的個性，而是內在散發出來的氣質。雖然那天只是隨便聊了一會兒，但孫一揚一直很認眞聽我說話，也很誠懇地回應。我認爲一個人能做到這樣就夠了，他是個很眞的人。」

這點，我沒辦法反駁。

孫一揚向來是那樣，想做什麼就做什麼，很衝、很莽撞，有時候讓身旁的人跟不上，可他不會自顧自跑開，也不會停下來等你，他會拉著你一起跑。

沒錯，他有點煩人，但，是個好人。

「有空多帶人家回來坐坐啊。」

我回過神，只聽見後半句。

見我發呆，媽媽笑了，拍拍我放在腿上的手。

「其實看見孫一揚來找妳，我心裡也放下了一塊大石頭。」她微笑的面容有些釋然，「國中發生那件事以後，我覺得妳越來越不快樂，笑容少了，時常皺眉，升上高中這麼久，也沒聽妳提過學校的事，我很擔心，又不知道怎麼開口問妳，我怕關心反而會加重妳的壓力。」

「媽，拜託，我早就沒事了……」我笑了笑，隨手拿起桌上的一塊餅乾送入口中，不敢對上媽媽的目光。

甜甜的滋味在舌尖蔓延開來，心頭卻嘗到了一股酸澀。

「沒事就好，看妳交到了孫一揚這個朋友，我也放心多了。」媽媽欣慰地說。

我能感受到她是真的很擔心我，也是真的很慶幸孫一揚變成我的朋友。

然而，我卻無法和她同樣感到高興。

沒事，不過是我刻意編織的謊話，她以爲我真的好了，其實我還在谷底掙扎。

說眞的，我可以承受這些，只是還是會難過。

但再怎麼難過，我也不想讓媽媽一起難受。

「媽，妳心不要亂放，孫一揚不是值得妳託付的對象。」我藏起低落的情緒，故作輕鬆地和媽媽開起玩笑。

幸好，這招一向很管用。

媽媽失笑，又打了我一下，「妳這孩子眞是！」

我堆起笑容，用盡全力不讓媽媽發現我的難過。

整點新聞結束後，我重新坐回書桌前，拿起筆，打開書本。

平時只要一翻開書，我很快就能進入情況，專心念書，然而此時的我，卻只是怔怔地望著參考書上一行行的字，直到字型變得模糊扭曲。

抬頭看向檯燈溫煦的光束，我不自覺伸出手，擋住光線，手指半透明的影子落在書頁上，隨著我的動作而變化。

蝴蝶。

兔子。

小狗。

我專心地造出一個又一個手影，思緒越飄越遠。

所有回憶成了幻燈片般的畫面，啪地一聲，出現，啪地一聲，熄滅——穿著相同制服的我們，手勾著手走在相同的道路上，一起笑鬧、玩耍、談天，她曾經笑得那麼開心，和我一起。

「我們是永遠的好朋友。」

「之夏，妳爲什麼不理我？」

「妳和他們都一樣……」

也許吧。

閉上眼睛，我深深吸了口氣。

❧

「剪刀、石頭、布——」

隨著口令，眾人一起伸出了手。

三個剪刀，兩個布。

「誰！是哪兩個衰尾道人出布的？哈哈哈，眞的有夠衰的啦！」紅毛大笑，開心地拉著大熊揮舞勝利手勢，跳起螃蟹舞來了，「請客、請客、請客！」

孫一揚毫不留情地揮出一巴掌，狠狠地搧往他倆的後腦。

「吵死了。」出布的孫一揚甩甩手，冷哼一聲，「徐之夏，走吧。」

沒錯，另一個出布的輸家就是我。

今天的天氣特別炎熱，氣象報告說，有機會達到十年前的最高溫度。縱使待在冷氣房裡，看著窗外豔陽高照，大夥兒不自覺渴望起沁涼暢快的冰棒。

想了許久，沒人肯提議去買，好像誰先開了口，就會是那個得頂著大太陽，前往路程少說十分鐘的便利商店買冰棒的倒楣鬼。

眾人咬牙苦撐許久，好不容易等到丸尾起了頭，決定用猜拳來決定命運，基於安全考量，還說好要兩個人一起去，若是其中一個人中暑昏倒，另一個人還能把冰棒安全送回來。

沒錯，大家考量的是冰棒的安全，不是人的。

「好熱！」

走出大樓的第三秒，孫一揚已經開始拉扯領口。

「要不要一起撐傘？」我好心提議。

孫一揚不領情，他不屑地上下打量我的折疊傘，充滿嫌棄的目光隨即轉移到我身上。

「妳這把小不嚨咚的傘可以擋多少太陽？」他高傲地用下巴比畫一下，接著朝我做了個鬼臉，「而且，和妳靠在一起更熱，我才不要。」

這算什麼？

先罵我的傘，再罵我的人？

「不要拉倒。」我瞪他，快步往前走，「你熱死算了。」

「嘿嘿，聽妳這麼說，我非要死纏著妳不可！」孫一揚換了副表情，死皮賴臉地追上來，一把搶過我手中的傘柄，硬是和我一起站進傘下的陰影裡，「哇，好涼快呀，好像來到艾莎的冰雪王國，我都快冷死了！」

他的語氣十足浮誇，演戲演得一點感情也沒有。

「走開！」我推他。

「不要！」他不動。

「不是說我的傘小嗎？」我這人就是記恨，怎麼樣？

「我發現我錯了，不行嗎？」他這人就是厚臉皮，可惡。

我皺眉覷他，換來他的挑眉和痞痞一笑。

算了，懶得和他抬槓。

反正孫一揚搶走拿傘的工作，我樂得輕鬆，兩手空空跟在他的身邊走，難得有人服務，也算是一種享受。

摺疊傘遮住了刺眼的陽光，但無所不在的炙熱高溫仍烘得我們失去聊天的興致，滿心都在抱怨夏天，有時在心裡罵得太多太滿，還會不小心脫口而出。

眞的好熱，熱死了！

我們就這麼相伴無語，走在據說是最毒辣的下午兩點大太陽底下，彷彿是迷失在沙漠中的旅人，遠遠地，只見過度曝晒的柏油路上方，空氣出現微微波動。

「……我快要看到海市蜃樓了。」我說。

「要是看到曾祖母在橋的那邊揮手，千萬不要走過去喔。」孫一揚涼涼道。

我在說什麼，他又在說什麼？

面對他牛頭不對馬嘴的回應，我翻了個白眼。

「如果眞的碰到她，我會請她先帶你走。」

「喂喂喂，那是妳阿祖，又不是我阿祖！」

「好阿祖要和好朋友分享。」我笑說，一抬眼就發現前方路口的便利商店招牌，掩不住興奮地拍拍他撐傘的手，「噯，快到了，走快一點啦。」

「喂，徐之夏。」他的腳步沒加快，反而停了下來。

我來不及停步，跨出了傘下。

「你幹麼不走？」

「我是妳朋友喔？」孫一揚問，表情……

有點認眞。

我心裡一陣倉皇，這種問題不問則已，一旦問了，就讓人……很尷尬，好像把心拿到檯面上供人檢視、秤斤論兩，詢問對方的心意是不是和自己等値？

爲什麼不能心照不宣就好，非得要問出口才甘願呢？

「……不然呢？」我嚥了嚥口水，故作冷靜地回應。

孫一揚笑了。

一點也不討人厭的笑。

「沒呀，朋友！對嘛，我們是朋友嘛！」他走上前，換用右手撐傘，空出的左手又想摟過我的肩膀，我蹙眉閃身，他哈哈大笑，「喂，朋友，妳幹麼這麼見外？」

「你少動手動腳。」

「動腳？像這樣嗎？」他說著，左腳故意撞我。

「孫一揚，你煩不煩！」

「不煩呀，哈哈哈哈……」

都是因爲孫一揚，最後一小段路，我走得好累，他一下子動手、一下子動腳，好不容易我們終於來到涼爽的便利商店。

然而，苦難尚未結束，之夏仍須努力。

孫一揚一進店裡便像個孩子似地到處遛達，說要看看有沒有其他東西可買，留我一個人對著滿櫃子的冰品發呆。

買我自己的也就罷了，我挑得很快，但想到家中那夥人……我怎麼會知道丸尾跟紅毛喜歡吃什麼？搞不好我買巧克力雪糕給大熊，那傢伙喜歡的卻是草莓甜筒呢？

孫一揚的口味我倒是知道。

拿起冰櫃中的芒果雪酪，我想起他說最喜歡芒果時的模樣。

喔，不對，他是怎麼說的？

「……超愛。」我笑了笑，關上冰櫃拉門。

爲了避免買到丸尾他們不喜歡的口味，我想了想，還是決定把孫一揚找來一起苦惱，繞了半間店，發現他正站在雜誌架前，專注地翻閱手中的雜誌。

「孫一——」

我連他的名字都來不及喊完，孫一揚的反應卻大得嚇了我一跳。

他的身體明顯一震，同時大力闔上雜誌並慌亂地放回架上，轉身看向我，緊張之情怎樣也掩飾不了。

「幹、幹麼？」

「你才幹麼咧……」我狐疑地觀察他，孫一揚臉上擺明寫著「作賊心虛」四個大字，見他如此，我撇撇嘴，不想說破，「買冰啦，我不知道要幫他們買什麼口味。」

「喔喔，好啊，買冰，買冰，我幫他們挑，買最難吃的冰給那群白痴……」只見孫一揚一邊自言自語，一邊慌慌張張地走向冰櫃，走到一半還不忘回頭叫我，「徐之夏，妳、妳還待在那邊幹麼？那裡又沒錢可以撿！」

聽聽，眞是此地無銀三百兩的最佳寫照。

離開雜誌架之前，我忍不住偷瞄他剛剛拿在手上的雜誌。是一本體育專刊。

封面人物我不認識，但我知道那人身上穿的是田徑服裝。

後來，孫一揚果然買了芒果雪酪，我選了巧克力雪糕，至於家裡嗷嗷待哺的三個人，孫一揚怎麼也選不出最難吃的冰，冰嘛，不可能難吃到哪裡去的，於是他只好退而求其次，幫他們買了他最不想吃的香蕉雪糕。

「喏。」

一陣冰涼襲上臉頰，我一抖，發現是他遞來一罐飲料。

我抬手接過冷飲，「謝啦。」

「不客氣。」他瞇眼假笑，率先踏出店門，在豔陽下撐起傘，「走吧。」

回程的路上，孫一揚明顯沉靜許多，我大概知道爲什麼，大抵脫不了那本雜誌的干係。

只不過，我不曉得他的低落是受到某篇雜誌報導影響，或是不小心被我發現他的留戀而感到難堪？

「那個——」

「那個——」

我們同時開口，尷尬地瞥了對方一眼，不約而同停住了話，也停住了腳步。

「妳先說——」

「你先說——」

再一次，我們愣了一下，笑出聲來。

「好啦，看在難得這麼有默契的份上，讓妳先說啦！」因爲這段突如其來的小插曲，孫一揚看起來放鬆不少，「徐之夏，記得感謝我喔！」

「想得美。」我瞪他，卻控制不住上揚的唇角。

「其實我知道妳要問什麼啦。」明明說要讓給我，他還是沉不住氣，「妳想問我那本雜誌的事，對不對？」

對，但也不對。

「孫一揚，你……你真的不能再跑了嗎？」我說完，覺得自己的用詞不夠精準，於是又再問了一句，「我的意思是，你很喜歡跑步的，對吧？」

他笑了笑，「喜歡啊，怎麼可能不喜歡。」

我在問什麼廢話……

我很懊惱，努力想找出一句更合適的話語來表達我的疑惑，可是卻怎麼都想不出來，只能傻傻地呆站在那裡。

後來，依然是孫一揚早我一步開了口。

「我從來沒想過要放棄。」孫一揚的目光落向遠處，像是正在看著另一個我不知道的世界，「徐之夏，妳是不是想說，我不用逼自己放棄，就算受傷了，也是可以繼續跑步？」

我不知道。

說眞的，我根本不知道自己想和他說什麼。

只覺得我好像強硬地揭開了孫一揚的傷疤，自以爲能理解他的難受，甚至有那麼一瞬間，不自量力地認爲自己能幫助他面對……

但我根本不懂。

「喂，不要這副表情啊！妳再這樣，我不說嘍。」孫一揚空出手，揉亂了我的頭髮，「其實，類似的話也不只妳和我說過，丸尾啊、紅毛啊，嗯，大熊倒是沒有說過。我明白你們是爲了我好，但是……」

他笑了笑，卻不像在笑。

「但是？」我小心地回應。

「妳知道嗎？短跑曾經是我的全部。我喜歡不顧一切奔向終點，喜歡掠過耳邊的風聲，喜歡自己跑得像是快要飛起來的錯覺，我也很喜歡訓練過後，肌肉痠得快要爆炸的成就感。」他的語氣前所未有的平靜，「我甚至覺得，只有在跑步的時候，我才是我，我才是孫一揚。」

「那爲什麼……」不跑了呢？

聽見我小聲且未完的問句，孫一揚低頭看了我一眼，仍是笑著的。

「因爲不一樣，完全不一樣。」他搖搖頭，目光重新拋向遠方，「不能盡全力奔跑的感覺很痛苦。我想跑，卻不能跑，我知道我不只如此，可是身體卻告訴我不能這樣……每次跑步都在掙扎，我不知道自己到底爲了什麼而跑？興趣嗎？但我要的不是興趣，我要的不是這些。」

到最後，跑步竟成了他最痛苦的事。

「就像是自己的一部分不見了一樣，我越想奔跑，就越找不回原本的自己。」說到這裡，孫一揚的笑容終究是消失了，「我沒想過放棄，可只要我緊抓著不放手，就會越來越痛苦，於是我不得不放棄，只能讓自己遠離那一切。」

不跑了，或許可以好過一點。這是孫一揚說的最後一句話。

話題到此結束，我們之間再也沒人出聲。

我什麼也沒辦法說，不論是安慰，或是建議，由我口中說出來一點說服力也沒有，我根本無法眞正了解孫一揚的痛苦，說再多都毫無用處，只能滿足我自以爲是的同情心。

因此，我只能沉默。

「喂，徐之夏。」忽然，孫一揚用手臂撞了撞我。

「……幹麼？」我應了聲，盡量裝作若無其事。

「來比賽吧？」他說。

我驚訝地抬頭，「什麼？」

「再不快點回去，冰就要融化啦！」孫一揚舉高手中的塑膠袋，朝我燦爛笑開，「我們來比賽，比賽看誰先跑到我家？」

「我、我不——」

孫一揚沒等我回話，逕自把傘一收，刺眼的陽光突然灑下，站在向光處的我只能瞇起眼睛，看見他做出了起跑姿勢。

「等等，孫——」

「開始！」

話聲落下，孫一揚立刻飛奔出去。

「可惡！」

儘管萬般不情願，聽到指令後，我下意識地跟在他身後跑了起來。

這是第二次了。

看著他的背影，逼自己跨開大步，喘著氣，數著腳下的步伐，我想起爲了躲避教官而拔足狂奔的我們，所有的感覺頓時變得好不眞實，若是現在的我回到過去，告訴那時的徐之夏，她的未來會和孫一揚牽扯在一起……

馬的，我的腹部好痛，我最討厭跑步了！

「我、贏、了！」

孫一揚故意放慢動作，每跨一步喊一個字，炫耀得非常徹底。

汗水沿著額頭滑落，頭髮全黏在脖子上，呼吸急促得連自己都嫌吵，我單手撐著發疼的腰，拖著老太婆似的蹣跚腳步，一步一步走向終點，那個有孫一揚在那兒耀武揚威的終點。

「你這是……勝之不武……」好不容易走進大樓下的陰影，我忍不住抗議。

「話不是這麼說的啊，徐小夏，」孫一揚的額上也有汗，但神態輕鬆，「我可是有傷之人耶，妳跑不贏我就要認輸，怎麼能說我勝之不武呢？」

「歪……理……」我覺得我快死了。

大概是看我的狀況不對，孫一揚趕緊攙扶我。

「嘖，妳也太弱了吧。」

「太陽很大……」

「小姐，難道我是在北極圈跑步嗎？」

「你是男生……」

「喲，妳不要亂開地圖砲，拖其他女生下水。」

一連好幾句話都被堵了回來，我沒好氣地瞪他。

「誰、誰叫你是孫一揚……」

「咦？這倒是，誰叫我是孫一揚呢？」他沾沾自喜，笑得可開心了。

我懶得理他，繼續調整呼吸。

也許是豔陽高照的餘毒作祟，我開始有些暈眩。

「喂，徐之夏，妳沒事吧？」孫一揚蹲下身，想看清楚我因為難受而低下的臉，「很不舒服嗎？要不要我背妳？」

「……休息一下就好了。」

「都到我家樓下了，乾脆我背妳上去休息吧？」孫一揚轉過身，示意我攀上他的背，「上來吧，不要逞強了。」

「我不——」

沒等我拒絕，他抓住我的手腕猛力一拉，我發軟的身軀就往他的背上跌，孫一揚扶住我的腿，調整好姿勢，隨即站起，動作一氣呵成，等我回過神來，已經穩穩地被他安放在他的背上。

我早該知道他不是個輕易接受拒絕的人。

不得不說，倚在他背上，不用硬撐著疲軟雙腿勉力行走的感覺真的很好，暈眩感瞬間消退許多，而且……原來男生的背部竟如此寬大。

讓人有種莫名的安全感。

一旦意識到這樣的差異，我開始在意身上的汗水，擔心會不會有不好聞的味道傳進孫一揚的鼻間，不自覺想要離他的身體遠一些，不自在的感覺蔓延到四肢百骸。

看著電梯樓層數逐漸上升，我不安地拍拍他的肩膀，要他放我下來。

「孫、孫一揚，我沒事了。」

「沒差，快到了。」他雙臂一用力，又把我整個人往上抬高了些。

「但我想下去……」

「徐小妹妹，妳能不能安分一點？」透過電梯門的鏡面，我瞥見孫一揚不耐煩地翻了個白眼，「再動，我就把妳扔下去。」

「喂，我不是這個——」

「徐之夏。」他打住我的話。

「怎樣？」

「謝謝妳聽我說那些。」他說。

我一愣，「但我又沒有爲你做什麼……」

「光是願意聽我說就夠了，妳不需要爲我做什麼。」他的目光在鏡中和我對上，「老實說，我還是有點留戀的，應該說，這輩子都不可能忘記吧？但……」

他揚起嘴角，笑容滿是無奈。

「在我找到新的意義，找回眞正的自己以前，我……大概就是這樣了吧？」

眞正的自己。

儘管孫一揚陷入掙扎與迷惘，但我很想告訴他，他活得很眞實，比起我……

我根本不知道自己究竟是什麼模樣？

我甚至懷疑自己有沒有眞正活過？

「孫一揚，我——」我的話聲突然停住。

電梯門開了。

門外的韓老師看著我們，挑了挑眉。

「韓老師……」

「不錯啊，」韓老師話聲清冷，「挺有情趣的嘛？」

聞言，我心頭一凜。

我慌張地拍了拍孫一揚，示意他趕緊放下我來，暗自祈禱他這次會聽我的，不要在韓老師面前做出讓人誤會的事。

孫一揚不像我那麼緊張，他冷靜地步出電梯，到了走廊上才放我下來。

當我雙腳落在地上的那一刻，韓老師從我身旁掠過，踏進電梯。

「韓老師，你、你要去哪裡？」我急忙上前，不在乎我的問話是不是越了線。

世界似乎停止了一秒，韓老師冷淡的眼神才終於落到我身上。

「不關妳的事吧？」

電梯門緩緩關上。

Chapter 6

我爲什麼會喜歡韓老師呢？

這個問題的答案，我也很想知道。

平心而論，韓老師待我並不算好……想想那些他要我做的雜事，的確連「好」的邊緣都搆不上，他從來沒給過我等值或者一點點報酬，有時候，他甚至連一句謝謝也沒說。

那我爲什麼會喜歡韓老師？

因爲我登記成績的時候，他坐在一旁自顧自地玩手機？

因爲教務主任臨時交代他一堆沒人要做的行政工作，他逼我在放學後和他一起寫報告？

還是因爲他在情人節收到滿坑滿谷的巧克力，他討厭甜食，卻又不得不收，最後只好丟了三分之二給我解決……

他自個兒留下的三分之一是高價品牌，有挑過的。

明明都不是美好的回憶，爲什麼我還喜歡上韓老師？

原因很明顯，也很隱諱，所有的線索都指向同一個理由——

韓老師只對我如此。

他只在我面前展現眞正的自己。

我是這麼想的，以一種沒來由的自信。

但追根究柢，我連那是不是眞正的韓老師都不確定。

話說回來，我呢？

先別說韓老師是不是在我面前做自己，我呢？我有在韓老師面前做過自己嗎？又或者該說，我……做過自己嗎？

到底什麼是眞正的做自己？

盯著講義上的高一下數學習題，我忍不住分神。

如果每個人都可以像數學公式一樣，有一個專屬的定理該有多好，一旦遇上問題，只要套進公式，能解出一個不會錯的答案。

既然是定理，就永遠不會改變。

我也就不會像現在這樣忘記自己是什麼模樣……

「你怎麼知道這題的答案是C！」大熊一聲大喝，拉回了我的注意力。

循聲看去，只見大熊滿臉震驚地瞪著桌上的參考書，而一旁的紅毛卻神情驕傲，自在地旋轉手中的原子筆。

「拜託，老子天資聰穎還要你認可？」紅毛哼哼笑了兩聲，「我聰明啊、我厲害啊，哪像你這頭大熊，頭腦簡單，四肢發達，居然連關係代名詞都搞不清楚。」

「你、你英文不是才考三十分？」

「那是因爲我前一晚練琴練太累，才會寫到一半睡著。」

「還、還有，上次我們在夜市遇到外國人，你明明連個屁都放不出來啊！」

「喂，你能不能有點世界觀？你以爲每個外國人都講英文啊？」紅毛摳摳耳朵，不可一世地對大熊補充說明，「我告訴你，哥呢，英文挺好的，法文不錯，德文也懂一點皮毛，要是哪天你想到歐洲尋找熊祖先的足跡，我還可以勉強幫你翻譯一下。」

大熊沒回話，依然震撼於紅毛不爲人知的驚人實力，久久無法回神。

「紅毛，你別太刺激他了，」眼看大熊呆成一座熊雕像，丸尾一如往常地打圓場，「大熊又不知道你從小在歐洲各地飛來飛去，再說，你也不只考過一次三十分啊，你之前不是還把英文老師氣哭嗎？」

「我只是說她講英文有印度腔而已，這也要哭？」紅毛皺眉，語氣滿滿不解，「我講英文也有台灣腔啊，不懂這有什麼好哭的？」

「你是台灣人有台灣腔很合理，但你卻說英文老師有印度腔……」丸尾講到一半也笑了，「她當然無法接受啊！之夏，妳說對不對？」

突然被點名，我有些慌張，「對、對啊……」

「是嗎？」紅毛撇撇嘴，又想了想，「我眞的覺得沒什麼啊。」

「對了，說到歐洲，你學測考完不是要去奧地利嗎？」丸尾順著話題又說。

紅毛雖然點了點頭，表情卻甚是不以爲然。

丸尾好奇追問：「幹麼？不想去？」

「去那裡陪一群老頭彈琴有什麼好玩的？你不知道那些老阿公有多煩人。」紅毛翻了個白眼，看樣子心中的不滿已經積累很久，「這樣彈太匠氣，那樣彈技術不到位……換作是你，會喜歡有人在旁邊規定你要怎麼畫畫嗎？」

「這倒也是。」

「唉，但我也說不準，如果哪天我眞的被我家的瘋子爸媽丟去歐洲吃冷麵包過生活，看在這幾年的交情上，拜託每個月都寄一箱麻辣鍋底給我。」說著說著，紅毛打了個冷顫，「……噁，光是想想，我的身體就快呈現假死狀態了。」

他們繼續聊著關於歐洲的各種大小事，話題包括了丸尾和水墨老師一起到法國開展的往事，紅毛推薦他一定要試試某家開在劇院附近的法式薄餅，還有哪一區的人特別不友善等等……

孫一揚曾和我提過丸尾和紅毛都是藝術方面的專才，但我從沒放在心上，直到現在，聽著他倆的談話內容，我才眞正有所體會。

必須承認，單就外表來看，紅毛那頭顯眼紅髮，加上吊兒郎當的氣質，以及丸尾臉上那副厚厚的大眼鏡，我一定不會將他們和音樂、美術聯想在一塊兒。

不可「以貌取人」是老生常談，但不是人人都能做到。那些隱藏在兩人外表下的其他面向，如果不是經過這段時間的相處，我大概永遠不會發現他們的和善有趣，也不會知道和他們相處是那麼輕鬆愉快。

正因爲如此，我不免會想，要是沒有在圖書館和孫一揚相遇、沒有答應韓老師的要求，我是不是就會一直用刻板的角度去評價他們？而其他人是不是也和曾經的我一樣，用有色的眼光看待他們？

答案，或許是肯定的。

「大嫂……不對，之夏，」大熊不知何時湊到我身邊，賊兮兮地盯著我，「趁老大去買午餐不在，我可不可以問妳一個問題？」

我沒多想，點了點頭。

「妳和老大是怎麼回事啊？爲什麼突然分手了？」

分手？

我訝異地眨眨眼，注意到丸尾和紅毛的視線也投了過來。

「其實我們沒有——」

「沒有分手？」大熊搗嘴大叫。

「沒有在一起啦！」我終於明白孫一揚爲什麼老是想打他了，可是……我蹙眉猶豫了一會兒，「孫一揚到底是怎麼跟你們解釋的啊？」

「老大他沒解釋啊，只叫我們不要問。」

……我服了。

孫一揚未免太獨裁了吧。

「不然事情的眞相是什麼？」丸尾雙臂撐在桌上，好奇地發問。

「眞相……眞相就是我們從頭到尾都沒有在一起呀。」我氣弱地說完，連自己都覺得心虛，但到底是在心虛什麼我也不清楚，「眞的，我沒騙你們。」

「那你們當初爲什麼要假裝在一起？」

「沒有假裝啊，是你們誤會了而已……」

「我就說嘛！老大怎麼可能背叛我們脫離單身團！」大熊霸氣拍桌，在場所有人都嚇了一跳，「一日去死團，終身去死團！愛情算什麼，兄弟價更——」

砰地一聲巨響，大熊趴倒桌上。

這回換紅毛受不了大熊的音量，拿起參考書就往他頭上砸，力道之猛，一旁的人看了都替他覺得頭痛。

想來，大熊之所以是大熊，或許不只是他個頭大，還因爲皮粗肉厚，夠耐打吧？

我不自覺地揉了揉後腦，感同身受。

「之夏，妳難道沒想過嗎？」

我轉頭看向丸尾，只見他噙著笑，厚重鏡片下的眼神深不可測。

「沒想過和老大在一起？」

「我？」我嚇壞了，差點說不出話，「當然沒有！」

「爲什麼？」

「我又不喜歡……」

我打住了話，那種心虛的感覺再次襲來。

「妳怎麼知道妳不喜歡？」發現有機可乘，丸尾笑了笑又問。

「不是，我……」我好想投降，「我和孫一揚不是那種關係。」

「不是那種關係，那是哪種關係？」

「朋友，只是朋友……」

「什麼?朋友?這要問哥，哥最懂朋友了！」唯恐天下不亂的紅毛湊了過來，完全不給我逃避的空間，「之夏，哥問妳，『朋友』這個單詞，只要加一個神奇的字，它就會變成什麼呢？」

「女朋——」

大熊搶答失敗，突然出現的孫一揚又一巴掌往他頭上伺候。

孫一揚扭了扭手，瞇眼看向一臉心虛的丸尾和紅毛，他倆看狀況不妙，正準備逃跑，就聽孫一揚警告地咳了兩聲，兩人當場身形一滯。

「不要跑啊，玩猜謎怎麼可以少了我的份呢？是不是？」他扯唇一笑，笑得讓人心底發寒，「紅毛，我問你，我們是兄弟嘛，『兄弟』這個單詞，只要加一個神奇的字，它就會變成什麼呢？」

「老大……」

「嗯？」

「……兄弟」

「什麼？說大聲點，我聽不見。」

「好、好兄弟！」紅毛閉眼大叫。

聞言，孫一揚的笑更張揚了。

「恭喜你答對了，嗚呼！」孫一揚掌聲歡呼樣樣來，然而，下一秒他的笑容突然轉狠，「聽不懂人話是不是！不是警告過你們不要和徐之夏說些有的沒的嗎？兄弟！我現在就把你們變成『好兄弟』！」

「老大不要！」

「救命啊！」

伴隨著慘烈悲鳴，幾個大男生開始在客廳四處追逐、逃竄，一下子跑到桌子底下，一下子拿起椅子防衛。

候。

孫一揚不愧是孫一揚，沒多久就把紅毛、丸尾逮住，一旦被他抓到，一律十字固定伺候。

看著躺在地板上哀號的兩人，孫一揚呼出一口氣，滿臉得意。

「哼哼，『好兄弟』，看你們還敢不——」

砰地一聲，上一秒還在講話的孫一揚，下一秒直接飛到沙發躺平。

施展了一記漂亮過肩摔的大熊拍拍手掌，露出微笑。

……結、結束了？

眞是一場神奇的反轉劇碼，我先是看了看倒在地上的兩名苦主，再看向受到突襲的孫一揚，最後的勝利者竟然是一連挨了好幾次打的大熊……我忍不住了，終於放聲大笑。

後來，大家聚集到桌前準備用餐，午餐是由孫一揚買單的麥當勞，請客的原因沒有別的，他根本衰神來著，猜拳又猜輸了。

分配好餐點後，大家各自回座享用，只有孫一揚兀自站在桌旁，盯著紙袋，不知道在沉思什麼，我也沒多想，注意力很快就被金黃噴香的薯條吸引過去。

「喂，徐之夏。」孫一揚忽然喊我。

「嗯？」我咬著薯條，心不在焉地應了聲。

「拿一份上去給韓靖。」

捧在手上的薯條盒差點掉了。

我以爲聽錯了，連忙嚥下嘴裡的馬鈴薯泥，問：「你剛剛說什麼？」

他揉揉眉間，「我說，妳拿一份餐點上去給韓靖。」

「爲什麼？」

「什麼爲什麼？不然韓靖要餓死嗎？」不知爲何，孫一揚的語氣很火爆，像要和我吵架似的，「我這是在幫妳，不要說我沒遵守承諾。」

什麼幫我？什麼遵守承諾？

搞清楚，我本來就不要他幫！

被他凶得莫名其妙，我心底湧上一把無名火。

「……我不要。」頭一撇，我直接拒絕。

「喂，徐之夏！」

凶屁啊。

我自顧自地啃著薯條，不打算理會孫一揚。

氣氛瞬間降至冰點，我不說話，孫一揚也不吭聲，我不看他，卻知道他仍在看著我，其他三人面面相覷，沒人知道發生什麼事，所以也沒人能幫忙緩頰。

是啊，鬧場的是孫一揚，只有他知道自己在發什麼瘋，誰闖的禍誰收拾！

我悶悶地想著，心裡一股氣無處發洩。

「老、老大，你幹麼那麼凶？」

「對啊，大嫂……不對，之夏又沒做錯什麼。」

「要不然我拿上去好了？」

「不用！」孫一揚阻止正打算起身的丸尾，他的目光依然停在我身上，「徐之夏，妳眞的不去嗎？」

他非得這樣不可嗎？

我先前就說過了，我不想告白，我不需要他幫忙！

孫一揚強硬的態度讓我很難堪，明明剛才一切都好好的，他爲什麼突然這樣對我？

放下薯條盒，我倏地起身，抄起紙袋就走。

「之夏……」

「大嫂……之夏！」

「老大你幹麼啊！」

後方傳來紅毛他們三個的聲音，獨缺孫一揚。

我才不在乎。

出了門，我走向樓梯間，迴蕩在樓梯間的步伐聲特別響亮，我一步步向上，心裡的鬱悶消散了一半，剩下那一半卻更加橫衝直撞，讓我非常煩躁。

孫一揚到底在想什麼？我不懂。

摁下韓老師家的門鈴，我的心思還繫在樓下的孫一揚身上。

「徐之夏？」

「韓老師！」所以突然見到韓老師的臉，我竟然嚇了一跳。

韓老師的嘴角難得失守，「到我家按門鈴的是妳，妳幹麼一副很驚訝我會出現的樣子？」

「不、不是，我……我剛剛在想事情，沒有注意到門……」雙頰的熱度直線上升，我尷尬地想鑽進地洞。

「所以，怎麼了嗎？」韓老師半倚著門框，含笑問我。

我困窘到極點。

「你的午餐。」舉高手中的紙袋，我根本不敢看他的表情。

「哦？怎麼有我的份？」韓老師有些訝異地接過，打開紙袋看了看裡頭的餐點，「徐之夏，這是妳買的？」

「不是，這是……孫一揚買的。」孫一揚的名字我講得特別小聲，因爲我還在生氣，現在不想提到他，連名字都不想。

「還眞是難得。」

是啊，我也搞不懂他幹麼買？他不是很討厭韓老師嗎？

我瞪著自己的腳尖，怒火重新燃起。

「徐之夏。」

「幹麼——」我直覺回應，突然想到喊我的人不是孫一揚，急忙收住口，換了另一種方式應答，「韓老師，怎麼了嗎？」

韓老師似笑非笑地望著我，我被他看得不知所措。

「要進來嗎？」他問。

「喔，好……什麼？」

韓老師這次眞的被我的反應逗笑，「要進來嗎？」

要、進、來、嗎？

這問句大概在我的腦袋中以一秒三千轉的速度跑了好幾秒，我才終於理解聽見了什麼……

慢了好幾萬拍，我輕輕頷首。

「……好啊。」

韓老師一笑，側身讓我進去。

自從孫一揚……天啊，我眞的不想提到他的名字！總之，自從他告訴我，韓老師住在他家樓上的時候，我理所當然幻想過韓老師家的樣貌。

韓老師家的格局和孫一陽家一樣，不過室內裝潢不同，給人的感覺也不同。

簡潔的北歐風格，雪白的牆面、充滿設計感的家具，以及淺色的木質地板，簡單俐落，一切以功能爲導向，沒有任何雜亂的擺飾。

環顧韓老師的住處，我不禁想，這裡和他給人的感覺很像。

他就是這樣的一個人。

「坐吧。」

聽見韓老師的聲音，我回過頭，才發現他早就盤腿坐在地板上。

「韓老師，其實、其實我還沒吃午餐，所以……」

「要跟我一起吃？」他想也不想，拿起一根薯條問我。

「不是！我的意思是——」

「我開玩笑的。」韓老師把薯條塞進口中，隨意地點了點頭，「嗯，沒關係，妳想走可以走啊。」

爲什麼今天每個人都那麼奇怪？孫一揚、韓老師……還有我。

我沒有離開，反而在沙發上坐下。

「不走了？」他側頭看我，嘴角帶笑。

「……坐一下沒關係吧？」我沒看他，我不敢看。

幸好，韓老師沒再多說什麼，但也沒招呼我，就讓我一個人坐在一旁，他逕自享用著午餐。

後來，可能是真的太安靜了，連他也難以忍受，韓老師總算開了電視，讓新聞報導塡滿我們之間的沉默。

韓老師並非時時刻刻都待在孫一揚家守著我們念書，大部分時間他都待在自己家中，每隔幾小時才會下樓看我們是否有遇上什麼難解的問題。

小的問題由我解決，大的問題等他來再說。自習第一天，韓老師是這麼說的。

雖然我懷疑他故意把責任推到我身上，自個兒樂得輕鬆，因爲截至目前爲止，我解決不少小問題，大問題倒是一個也沒碰上。

坐在韓老師身後，我偷偷觀察他。

他今天穿著灰色短袖上衣、白色寬鬆短褲，打扮很居家、很隨意。

或許是因爲他的服裝，還是因爲他席地而坐，又或者……我不知道，可能所有因素綜合起來，讓我覺得韓老師今天特別不一樣。

「後面的，妳打算一直偷看我嗎？」

「我、我哪有，我——」可惡，幹麼每次都這樣嚇人啊？我一時想不到好說詞，心急之下，只好隨手拿起茶几上的一本書擋在臉前，「我在看書！」

「書？」韓老師回頭，「什麼書？」

不看還好，一看，他又笑了。

「徐之夏，妳是小朋友嗎？」

什麼意思？

我愣了一下，這才朝拿在手上的書定睛一看——

《國王的新衣》。

怔怔望著充滿童趣的書封，我整個人僵住了，這一刻，我完全能體會國王的感受，我和他一樣，簡直丟臉丟到銀河系，我幾乎能聽見書封上那群民眾哈哈大笑的聲音。

「妳喜歡這個故事嗎？」不曉得是不是想為我解圍，韓老師開口問我。

我不喜歡，甚至稱得上討厭。

但我不知道該不該和韓老師說我討厭這個故事，畢竟這只是童話，和它認真的人不只輸了，還很奇怪。

「……還好。」於是，我聳聳肩。

「眞的？」

「好吧，我很討厭。」我立刻放棄假裝。

韓老師揚唇一笑，「爲什麼討厭？」

「我不太懂故事想表達什麼……」我謹愼地斟酌字句，「我的意思是，對我來說，這個故事裡面有很多盲點。」

「盲點？」

「像是那兩名宣稱自己會魔法的裁縫師在故事中被當成了騙子，可是，如果他們眞的有魔法呢？爲什麼城裡的人看不見那件衣服就能證明它不存在？要是全城的人都是笨蛋，看不見不是理所當然的嗎？還有——」意識到自己有點激動，我稍稍打住，停了一會兒才繼續說：「國王的反應，我也覺得很奇怪。」

「怎麼說？」

「我知道不該這麼苛求童話故事的邏輯性，但故事裡的國王不是一個自我中心又愛漂亮的人嗎？這麼愛面子的人，根本沒辦法忍受有人拆穿他的面具，何況是當著所有人面前被嘲笑。」說著說著，我的嗓音一低，「那個說出眞相的小男孩不被殺人滅口就是萬幸了，怎麼可能得到國王的獎賞？」

《國王的新衣》這個故事告訴了我們什麼？

我們必須活得像小男孩一樣誠實、一樣勇敢？

不對，根本不是這樣的。

這個故事只告訴我們，故事裡全部的人都是笨蛋，包括國王、大臣、侍衛、全城的民眾，甚至是那兩個魔法裁縫師……

然而，其中最笨的，非那個小男孩莫屬。

沒人喜歡聽實話。

說實話的人，永遠是最笨的人。

「徐之夏，我一直覺得妳很像我認識的一個人。」聽完我的論述，韓老師卻接了句八竿子打不著關係的話。

我不曉得該說什麼，只能沉默地等待下文。

「看到妳，就像看見以前的她，我本來以爲妳們是同類型的人，也許，是我想錯了。」韓老師看著我，目光專注，「妳們的確很像，但是不一樣。」

很像，但是不一樣。

我並不想問那個人是誰。

很奇怪的，我想，我知道那個人是誰。

「那本書送給妳吧。」他說。

我一愣，「……可是我又不喜歡這本書。」

「很難說啊，哪天妳突然喜歡上了也說不定。」韓老師嘴角噙著微笑。

有可能嗎？我明明這麼討厭這個故事，有可能會突然改觀嗎？

不過，縱使我不喜歡《國王的新衣》，也不認同韓老師的說法，我還是收下了韓老師送給我的第一份禮物。

「喂，徐之夏。」

走出社區大廳的時候，「那個人」跟在我身後喊住我。

沒錯，我和他還沒和好，整個下午我們沒跟對方說過一句話。

我停下腳步，沒有回頭，打算聽他想說些什麼。

「我陪妳回去。」

嗯？順序不對吧？

「不要。」我拒絕，非常強硬地拒絕，「不需要。」

「妳還在生氣？」

什麼叫做「還在」？

聽聽他這驚訝的語氣，好像我生氣很無理取鬧一樣！

搞清楚，明明是你惹我生氣的，你「還沒」道歉，爲什麼我不能「還在」生氣？

世界上不是每件事都能假裝沒發生，船過水無痕！至少我不行！

我越想越不甘心。

後方的他等不到我的回答，見我死不肯回頭，也不肯說話，乾脆直接走到我身前。

我不肯看他，低著頭，死盯著他穿著球鞋的腳不放。

「妳到底想怎樣？」

奇怪，是你想怎樣吧？莫名其妙對我發脾氣的人是你，怎麼幾個小時過去，事情竟一百八十度大轉變，變成我想怎樣了呢？

做人不能如此顚倒是非呀！

「妳可不可以理性一點？」

等等，他說我不理性？有沒有搞錯啊？

「你把話講清楚！我哪裡不理性！」我怒瞪他，第一次像這樣衝著人喊。

然而，孫一揚的反應卻是勾起微笑，好像鬆了多大一口氣似的。

「徐之夏，妳終於願意理我了。」

幹麼？現在是怎樣？

「你裝什麼可憐？」我抿了抿唇，告訴自己一定得沉住氣，不能這麼輕易被他蒙混過去，「不好意思，我『還在』生氣，我『還沒有』原諒你。」

好吧，我一再強調出我的「不理性」。

「對不起。」

「什麼？」我蹙眉，以爲聽錯了。

「我說，對、不、起。」孫一揚一字一字說得清楚分明，他立正站好，鄭重地又說了一次，「徐同學，徐之夏，徐小夏，對不起，我不該亂發脾氣，請妳原諒我。」

說完，他誇張地深深一鞠躬，維持俯身的姿勢一動也不動。

「孫一揚，你幹麼這樣啊……」突如其來的發展害得我手足無措，慌亂又尷尬地望向四周，深怕有人會注意到我們奇怪的互動，我趕緊要他直起身來，「好、好了啦，又不是什麼大事……」

「不生氣了？」他抬頭看著我笑，笑得很可愛。

可愛？我剛剛說他很可愛嗎？

我心下一驚，再次看向孫一揚，發現他還是和以前一樣，眼睛笑得彎彎的，嘴角勾著討人厭的弧度，那股可愛的感覺早已消失得無影無蹤。

「你都道歉了，我再生氣也很奇怪吧？」對於方才掠過的感覺，我並不打算深究，「但你還是要告訴我，你今天幹麼突然衝著我發脾氣？」

聞言，孫一揚的微笑一僵，笑意倏地消逝。

我卻看得很清楚。

「我們……先去公車站吧？」他伸手指向公車站牌。

點點頭，我答應了。

他沒再開口，靜靜地走在我身旁，可能是在想要怎麼和我解釋吧？

我不想催促他，即使我們已經站在公車站牌好一陣子，公車再過不久就要來了，我還是沒有催促他。

也許是氣消了，我甚至覺得，就算孫一揚不跟我說也沒關係，如果真的讓他這麼苦惱、這麼難以啓齒，那就算了。

我不想知道了。

「嗳，孫一揚。」

他低頭看我，「……嗯？」

「算了啦，你不想說也沒關係。」我莫名地感到害臊，「反正……我不氣了，你也忘記吧，就、就當作沒這回事……」

「但我不想當作沒這回事。」

「什麼？」我驚訝地抬頭，視線撞進他認眞的眼底。

「我、我今天突然……」孫一揚才啓口，又迅速打住，他有些焦躁地抓了抓頭髮，似乎正在猶豫該怎麼說，最後他像是下定了決心，吐出一口大氣，「我今天不該突然發脾氣。」

「沒關係，你已經道過歉啦！」

「至於我生氣的原因，」孫一揚沒理我，逕自往下說：「我只是……只是突然覺得很不爽。爲什麼會覺得不爽，原因我不能告訴妳，反正是我的問題，跟妳無關。不對，其實和妳有關係，天大的關係，但那是我自己的問題……嗯，就是這樣！」

他在說什麼？

「孫一揚，我完全聽不懂耶？」

「妳不懂也沒關係。」他的表情放鬆許多，「我懂就好。」

「……我搞不懂你。」

「沒關係，我懂就好。」

「你好奇怪。」我狐疑地覷著他，偷偷往旁邊移動腳步。

不料，孫一揚發現我的舉動，隨即跟了過來。

「幹麼？想逃？」

「我怕被你傳染。」我又往旁邊移。

「傳染什麼？」

「奇怪病，笨蛋病，突然發火病……」我扳指細數，卻發現孫一揚的笑容越來越詭異，「你……幹麼？你想要幹麼啊？」

下一刻，他忽然朝我撲過來。

我差點沒被嚇死，下意識拔足狂奔。

「妳不要跑啊！徐之夏，妳逃不掉的！」

白痴才不跑！白痴才不逃！

我邊跑邊尖叫，只差沒用裝滿書的背包砸向他的臉。其實我很想，偏偏我連跑步都有問題，跑沒幾步就喘得要死要活，比起我，孫一揚根本只是悠閒地快走。

「逃呀，怎麼不逃了？」他把我逼到牆邊，我無路可退。

背貼上冰冷的牆面，我忽然覺得眼前的孫一揚高大得好可怕。

「哼哼，怕了吧？」他勾起唇角，那微笑有幾分壞，「我想想，妳剛剛說了什麼？嗯，好像有奇怪病，笨蛋病，突然發火病……這位客人，妳想先被傳染哪一項呢？」

我的心跳快得幾乎無法負荷，只見孫一揚的臉離我越來越近，越來越近，近到我甚至可以清楚數出他有幾根睫毛……

怎、怎麼辦？我閉上眼，感覺他的氣息越來越靠近。

「徐之……」

「公車來了！」靈光一閃，我忽然指著他的後方大叫。

孫一揚立刻彈開，我趁機逃跑。

哪來的公車？公車根本還沒來！

自由的微風拂過我發熱的頰邊，我在心裡大笑，笑孫一揚太好騙、笑自己太聰明、笑命運女神居然也站在我這——

一股強硬的力道將我往後拉，來不及思考，連一句話都沒時間說，只覺得身體一下子往後飛，下一秒，我已經被鎖在那人的懷中。

我笑不出來了。

孫一揚從我的身後抱住我，我傻住了，動彈不得。

我不曉得該怎麼辦，只能怔怔地感覺他的手臂正環繞著我，感覺自己被他身上散發的熱氣籠罩，感覺他的呼息聲就在我的耳邊……甚至，我只要往後一靠，就能聽見他怦怦作響的心跳。

這個擁抱並沒有持續很久，不過幾秒，孫一揚很快就鬆開手。

「孫一……」

我才轉身，他的舉動卻讓我止住了話。

孫一揚的額頭靠上了我的肩膀。

「孫一揚，你、你沒事吧？」我輕輕推了推他，不知如何是好。

「徐之夏，我該拿妳怎麼辦？」

什麼？這是什麼意思？

「或者……我到底該怎麼辦才好？」他低喃。

我的心不自覺一緊，「孫一揚，你在說什麼啊……」

「沒事。」悶悶的聲音傳來，我正想說話，他又搖了搖頭，「……不對，我有事，超級有事。」

我有點擔心，沒有推開他埋在我肩上的頭，「是什麼事？」

「不能告訴妳的事。」他說。

孫一揚的話只說到這兒。

我不敢再問下去。

直到公車來了，我回家了，太陽再次升起，我依然不敢再問他一次。

Chapter 7

暑期模擬考的前一個禮拜，台灣迎來了號稱地表最強的第二十三號颱風。

颱風登陸那天，社區停電了四個小時，強風豪雨颳了整整一個晚上，直到隔天早上也沒有減緩，各地紛紛傳出災情。

「氣象預報說，颱風下午就會離開了。」午餐時間，媽媽挾了一塊糖醋肉到我的碗裡，「沒想到這次會這麼嚴重，好幾個地方都淹大水了……之夏，妳有沒有打電話給朋友，關心一下他們家裡的狀況呀？」

「特地打電話也太誇張了吧。」我皺了下眉頭，撥弄碗裡的飯菜，「大家都住在市區，頂多陽台淹水、家裡停電而已，應該不會有什麼大礙吧？」

「那，孫一揚呢？」

幹麼特別挑孫一揚出來問？

沒辦法忽略媽媽話裡的試探，手中的筷子停下，我抬頭望向對座的媽媽，不發一語。

「我、我又沒什麼特別的意思。」被我盯得發慌，媽媽急著解釋，「唉呀，我只是想說，雖然你們讀書會因爲颱風暫停了，還是要關心一下彼此的狀況嘛，畢竟下星期就要模擬考了，打通電話應該也不爲過吧。」

「最好是。」我撇撇嘴，只能用眼神極盡所能地表達自己的無奈。

我不曉得到底該不該再次捍衛自己的清白，但我又不是沒解釋過，媽媽若硬要想歪，我再怎麼努力導正她的想法都沒用啊！

桌邊的手機響起音樂，我很快地瞥去一眼來電顯示。

「誰呀？」媽媽好奇探問，「朋友打來關心妳？」

「……孫一揚啦。」

眞是說曹操，曹操到。

我不甘願地想著，一把抓起手機離開餐桌，走沒幾步，就聽見身後的媽媽爆出大笑，好像抓住了我的小辮子，笑得我百口莫辯，跳到黃河都洗不清了，唉。

走到窗邊，我按下接聽鍵，「幹麼？」

「好凶喔，嗚嗚，人家怕怕！」孫一揚不正經的聲音從話筒的彼端傳來，聽起來心情很好的樣子，「沒事不能打電話給妳嗎？倒是妳，徐之夏，妳在幹麼？」

「吃飯。」

「吃什麼飯？」

「午飯。」什麼爛問題，我在心裡吐槽。

「嗯哼，妳家有怎樣嗎？」

「昨天晚上停電而已。」我的目光落向窗外的大雨，「你呢？」

「我家沒什麼影響，電也沒停，一切都好。」孫一揚輕快地答完，卻突然陷入一段突兀的沉默。

我感到奇怪，抓著手機等了一會兒，忍不住先開口：「你幹麼不講話？」

「哦，如果妳想知道的話，韓靖也沒事。」

對話又打住了，停在這一刻。

聽見孫一揚提起韓老師的名字，我的腦海一片空白，也不覺得惱怒，只是好像腦袋裡負責思考區域的齒輪被誰動了手腳，讓我不知道該說些什麼，像個笨蛋。

「我沒有想……」

「噯，徐之夏，我不是說過會幫妳了嗎？」孫一揚急急打斷我的話，語氣忽然變得躁動，「幹麼？妳不相信我？我告訴妳，我這個人絕對說話算話，我說會幫妳，就是會幫妳！疑心病不要這麼重，妳小時候是被騙大的嗎？這點通風報信的小事，我當然會幫妳……」

可是，我剛剛是真的沒有想到韓老師。

手機話筒不斷傳來孫一揚碎碎念的保證，我的思緒老早飛到了無窮遠處，甚至不想管他話裡偷渡了多少罵我的言論，我想，我有點怪怪的……打從孫一揚亂發神經的那天起，我就覺得事情變得不一樣了。

我說的「事情」，其實就是「我們」。

孫一揚和我，我和孫一揚。

我相信他也有察覺，但我們很有默契地沒有說破，假裝沒發現，假裝一切如常，即使我們彼此都知道，有一道看不見的隔閡突然從天而降，橫在我和他之間。

讀書會的時候，我只是從靠近他的桌上拿本書，他就刻意閃到旁邊；他說了笑話，我總是裝作沒聽見；又或者像現在這樣，明明難得通上電話，卻言不及義。

可是，就算尷尬已經難以忽視，瘋狂地將我們逼到無路可退，孫一揚和我仍然不願講開……畢竟，那有什麼好處呢？

沒有。

那就不要說了。

「喂，徐之夏。」電話那頭不知何時停下了胡言亂語，用他一貫的方式喚我。

「嗯？」

「妳覺得晚上會放晴嗎？」

我睨了一眼天色陰暗的窗外，目前雨勢極大，「你是說出太陽？」

「妳傻了啊，我說的是晚上，當然是出月亮。」孫一揚說完，自己都笑了，「出月亮、出星星、出飛機、出火箭……天空出現什麼都好，隨便，有外星人也行，就是不下雨，妳覺得呢？」

「你白痴啊？」雖然是罵他，我的嘴角卻跟著揚起。

孫一揚沒有反駁，只聽他低低的笑聲傳進我的耳中。

「我說……」

「什麼？」

「如果放晴了，妳能陪我去一個地方嗎？」他說。

我想了很久，真的很久。

孫一揚靜靜地等待我的答覆。

我能聽見他那方傳來的雨聲，清晰得像是我和他就待在同一處空間，我好像能看見孫一揚的身影就站在眼前，拿著手機，望著窗外，和我看著同樣的方向。

於是，我說了好。

那天晚上的大雨始終未停。

雖然颱風一如氣象局預測遠離了台灣，但挾帶豐沛水氣的鋒面依然使得豪雨連連，讀書會也在一幫男生假藉「下雨天出門好麻煩」，實際上是「終於有藉口不用念書」的聲音之中一再延期。

當然，我和孫一揚的約定也是。

不知不覺，第一次的模擬考就在明天。

問我緊張嗎？我不緊張，一點也不。

往書包裡放了筆袋，還有兩本做做樣子的參考書，如果可以，我其實連參考書都不想帶，畢竟帶了也不是真的想看，我一向不是臨時抱佛腳的類型，但不帶的話，我就找不到理由逃避和其他人說話。

下課的時候，只要拿出參考書假裝念書，就能避開與同學的閒聊，以某種層面來說，這兩本參考書還算是我的護身符呢……

意識到自己的想法後，我笑了，感到悲哀，卻又無可奈何。

拉開書桌左邊最下層的抽屜，動作輕緩，我明明很清楚抽屜裡放著什麼東西，卻還是害怕似地小心翼翼。

不論什麼時候，不論我是不是做好了心理準備，一看見那個背面朝上的木質相框，我的心依然忍不住揪痛。

我記得它拿起來的重量、摸起來的觸感，也記得擺放其中的照片，更忘不了照片裡的那抹身影屬於誰，所有的一切都一清二楚，我卻沒有勇氣將之拿起。

彷彿只要看了一眼，一切又會回到原點。

可是，現在的我又比從前的我向前了多少呢？

「之夏，幫我去超市買東西。」

媽媽的呼喊聲才傳來，我立刻將抽屜關上，砰地一聲，發出突兀的聲響，我怔怔地看著緊閉的抽屜。

「之夏？」媽媽敲了敲門，探身查看，「那是什麼聲音？怎麼了嗎？」

「沒、沒事。」我搖搖頭，連忙起身，「要買什麼？」

「本來是想請妳幫我買瓶醬油就好，但我剛剛看了一下，發現衛生紙也快沒了，還有沙拉油、洗碗精和牙膏……」媽媽忽然打住，朝我尷尬地笑了笑，「就這樣、就這樣，沒了，真的沒了，乖女兒，不要用這種眼神看我。」

自己心虛還怪別人，我的眼神很正常好嗎？

「外面還在下雨？」我問，拿起掛在椅子上的隨身小包。

「嘿嘿，剛好停了，不然媽媽怎麼捨得讓寶貝女兒冒雨出門買東西呢？」媽媽撒嬌似地勾住我的手臂，另一手從皮夾抽了張千元鈔票遞給我，「要是看到什麼想買的，儘管買，別客氣唷。」

「說的好像妳給我信用卡一樣。」我抽走她手上的鈔票。

「記住，要去保證最便宜那家，不可以跑錯間喔！」

保證最便宜的超市距離我家搭公車有六站，說遠不遠，說近不近，反正都出門了，既然我沒事要忙，也不趕時間，便還是應下了。

來到超市，我提著購物籃，遊走在貨架之間，一一找到媽媽要我添購的物品，手上的購物籃越來越重，我不以為意，站在一字排開的各式食用油品前面，認眞回想家裡平常用的是哪個牌子？

「應該是這個吧。」我猶豫了好一會兒，瓶上的介紹也看不出差異，只好選了一瓶看起來有點眼熟的橄欖油放入購物籃。

手腕已經被提把勒出一道紅痕，我正想換手，卻突然有人伸手接過了購物籃。

「孫……」

不知為何，我覺得是孫一揚。

沒有原因，就覺得是他。

「妳說什麼？」那人提著我的購物籃，挑眉望了我一眼。

不是孫一揚。

幫我的人是韓老師。

「老師你……」我愣住了，一時反應不及，「你怎麼會在這裡？」

「買東西，妳不也是？」韓老師勾起嘴角，對我的問題感到好笑。

「喔，對、對啊……」

「買完了嗎？」他問。

我搖搖頭。

「那走吧。」

走？走去哪兒？

眼看韓老師正準備邁開大步，我來不及思考，下意識抓住他手上的購物籃——我的，不是他的——有些魯莽地拖住了他的行動。

「你要幹麼！不是，我的意思是……」我差點咬到舌頭，急著想把話說清楚，「我是說，你……韓老師，你現在是要陪我逛超市？」

聞言，韓老師思索了一下。

「不是。」

「那你可以把購物籃還我……」

「我也要買東西，妳也要，這叫『一起』，是『順路』，不是『陪』。」他的嘴角仍掛著有趣的笑意，「懂了嗎？那就走吧。」

我不懂。

我搶了很多次購物籃，把自己搞得和搶匪一樣，還是沒辦法把籃子從韓老師手上奪回來。

他到底爲什麼要這樣？他明明不是這樣的人啊，韓老師才不是什麼親切體貼的人。

他今天吃錯藥了嗎？

「我拿就好。」我從一旁的貨架上取下一包抽取式衛生紙，搶先聲明，「這個很輕。」

「嗯，我也沒要幫妳。」韓老師有些挑釁地回應，彷彿在嘲笑我沒看見他的雙手各提著一個沉重的購物籃。

「我……可以自己拿。」又沒人逼你。

「還要買什麼？」他裝作沒聽見。

後來，韓老師繞到乳製品區買了鮮奶，又買了泡麵和零食，已經挑完東西的我，只能默默跟在他後頭走著。

我不自覺出了神，凝視他後頸上修剪得很乾淨的頭髮、他襯衫背後燙得一絲不苟的摺線、還有對我來說一點也不陌生的背影……不管什麼時候，我好像都只能走在韓老師身後，在學校的時候是這樣，現在也是。

他的背影，是我最熟悉的模樣。

然後，我想起了孫一揚。

想起他討人厭的笑容、想起他不成道理的歪理、想起他率性自在的行動，即使我跟不上他的步調，但他總是拉著我和他一起奔跑，要不然就是被賭氣的我甩在後方……

奇怪，我怎麼又想到孫一揚？

甩甩頭，我追上前方韓老師的腳步。

「喏。」

結帳的隊伍逐漸縮短，韓老師終於願意把購物籃還給我。

我故意不收，「你不『順便』買單嗎？」

他似笑非笑，「妳敢讓我買單？」

「有什麼不敢的？」我說，當然只是玩笑話。

韓老師挑眉，也沒說什麼。

原以爲事情就這樣落幕，沒想到輪到韓老師結帳時，他竟然眞的要店員一起結算，急得我趕緊將收銀台上的購物籃一把搶走。

約莫是我太有殺氣，還不小心嚇到店員，韓老師很沒義氣地大笑，留我一個人猛和店員說不好意思。

「不是要我請客？」

結束丟臉的小插曲，我們走到店外的停車場，韓老師手上依然是兩袋沉甸甸的購物袋，一袋他的，一袋我的。

「哪有那麼厚臉皮？」我沒好氣，誰曉得他會當眞？

我說過了，韓老師不是那樣的人。

「不然……」韓老師從他的購物袋中取出一包餅乾，「這個給妳。」

他拋過來，我接住。

「老師你……」我低頭一看，那是一包巧克力餅乾，我再也忽視不了心中的怪異感，忍不住問：「你今天好像有點奇怪……」

「哪裡奇怪？」他的笑容很淺，停在唇角。

看吧，眞的很奇怪。

「全部。」我說。

「妳知道什麼更奇怪嗎？」

下意識地，我搖了搖頭。

「來吧，我送妳回家。」

韓老師說完，按下遙控器，不遠處的轎車閃燈呼應。

現在，我是眞的傻住了。

我想，我可能說了不下三百次的「不用了」、「謝謝」、「我可以自己回家」。以往，韓老師應該會在我說第二次的時候就放生我，順便用嫌棄的眼神說他只是講客套話，嘲笑我的當眞。

但今天的韓老師眞的很奇怪。

抱著購物袋，坐在副駕駛座，我偷偷覷了開車的他一眼。

不曉得是不是因爲開車的緣故，韓老師看起來分外成熟……

「要開冷氣嗎？」

「蛤？」我猛然回神，慢了好幾萬拍才把韓老師的問句解碼完畢，「不、不用！開窗戶就可以了，吹風很好，很自然……」

什麼自然？自然個頭！

懊惱地閉了閉眼，無法形容此刻有多想跳車。

「明天模擬考準備好了吧？」

「嗯。」避免多說多錯，我決定簡單應聲。

「有信心嗎？」

「還好。」其實是有的，但我不想那麼說。

「想考第一名？」他問。

我聽得出韓老師的語氣是在開玩笑。

但我卻認眞地搖了搖頭，「不想。」

「爲什麼？」

前方紅燈，韓老師踩煞車，車子在停止線前完美地停下。

也許是察覺我不是隨便附和，韓老師似乎對我的答案很感興趣，他看著我，我沒看向他，但很清楚地感覺到他的視線停在我身上。

「我做不到。」我說。

「做不到？」

這個問題讓我再次聯想到孫一揚。

我曾經和他討論過類似的問題，關於爲什麼要認眞念書、關於努力與不努力……就因爲和他討論過，所以才會想到他，就是這樣而已，我不打算思考這份聯想的背後是不是有更深層的涵義。

「我很清楚自己的能耐。」看著紅燈倒數，我回答。

就像我對孫一揚說過的，世界上有很多努力也做不到的事，也有很多不需要拚命就能做到的事，比方說，拿第一名就是。

我認眞念書，只因爲我認爲這是我該做、並且能做好的事，我並不是爲了某個目標而認眞，我做了該做的，得到的報酬也會是相對的，我明白這道理，也坦然接受。

其實不需要模擬考的測試，大部分的人都心裡有數，或多或少知道自己的落點在哪兒，我也是，我知道自己能夠得到一個不錯的結果，但不到第一名的程度。

只不過，模擬考的存在不是爲了我這種人設立的，它的存在是爲了讓人知道自己距離目標還有多遠？還需要多少努力？或者，讓你乾脆就此放棄，另尋目標。

而我從來就不想努力，不管在任何事上。

「是嗎？」韓老師大概覺得無趣，隨意回我一句。

對於韓老師輕描淡寫的回答，我不意外。

他不是那種以鼓舞學生士氣爲己任的熱血老師，聽到我如此不帶鬥志的回答，他只會覺得各人造業各人擔，他才不會干涉。

天底下會那麼雞婆的人也只有孫一揚而已……

怪了，怎麼又想到孫一揚？

我蹙眉，逼自己看向窗外的景色，分散注意力。

「那本書還好嗎？」韓老師今天格外有聊天的興致。

《國王的新衣》？

問一本書過得好不好是要我說什麼呢？

「應該吧……」我藏不住困惑，想了想又補上一句，「如果它對花生或任何東西過敏的話，記得先和我說一聲。」

聽見我的回應，韓老師大概發現自己的問題有點奇怪，他笑了，低低的笑聲在昏暗的車內迴蕩，在這個只有我和他的空間，一點小聲響都很清晰。

「那倒沒有，它不挑食。」他笑說，食指輕巧地敲著方向盤。

「韓老師，你怎麼會有那本書？」我隨口問。

這是我拿著那本書回家的時候就存在心中的疑問，但我並未特別細想。沒有刺探的意思，只是閒聊，也許韓老師會說他有年紀尚幼的小親戚之類的，我以爲會是很普通的答案。

沒想到，韓老師卻陷入了沉默。

「韓老……」

「別人送的。」他說，噙著淺淺的笑，卻不像在笑，「我和妳說過，我有個朋友和妳很像，就是她送給我的。」

我一怔。

「她和妳不一樣，她很喜歡那個故事。」韓老師穩穩地踩著油門，朝前方一路直行，「她覺得小男孩很勇敢，可以在所有人都不敢出聲的時候，說出自己的想法，因爲小男孩過人的勇氣和誠實，他才有資格拿到別人得不到的獎賞。」

我默默聽著，卻不知道該有什麼看法。

「她一直很想成爲那個小男孩。」韓老師勾動唇角，終於像眞的在笑了，「而妳，卻把小男孩當成笨蛋。」

這樣的她，和我又是哪裡相像呢？

我沒有問韓老師，我不想問。

望著車窗外熟悉的街景，強風颳進車內，吹亂了我披在肩上的長髮，再過不久，車子將抵達社區巷口那間便利商店。

「我在那裡下車就可以了。」

「不用送妳到家門口？」韓老師轉動方向盤。

「不用，我可以……」

手機響了，不是我的。

音樂恣肆作響，伴隨著震動，音量不大，但我說過了，在這狹小的空間，任何聲音都會被毫無節制地放大，像是壞掉的音響在耳邊咆哮。

不知為何，我有種感覺，這段音樂屬於某一個人。

「老師，你不接嗎？」我平靜地問。

他沒回答，任憑樂聲反覆。

來電未接的時間過長，音樂中止。

幾秒後，再次響起。

不管韓老師再怎麼想裝作不在意，細微的動作仍透露了他的情緒，他瞥了一眼放在架上的手機，握在方向盤上的雙手微微收緊，像是拚命克制自己不要接起。

樂聲中斷，車內恢復寧靜。

可我感覺得出來，韓老師沒有因此放鬆。

他的下巴繃著，頸側也是，彷彿正在等待下一次的鈴聲響起，不知為何，我總覺得他在心底下了賭注，對方只要再打一次，他就會接。

像要驗證我的想法似的，手機真的響了。

「抱歉。」

下一秒，韓老師向我道歉。

他用最快的速度將車停靠在路邊，拿起手機，走下車接聽。

我被突如其來的寂靜籠罩，也許是太過突然，卻又理所當然，我反而不曉得該做何反應，但我也不想乾坐在這裡等韓老師說完電話，這裡離我家已經不遠，想了想，決定自己走路回去。

我拿起購物袋，打開車門，韓老師的目光向我投來。

他看著我，我看著他。

我向他點點頭，算是謝謝他送我回來。

韓老師沒有說話，他只是看著我離開。

「……別哭了。」

他的聲音在背後響起，音量不大，卻清晰地傳進我耳裡。

原來，那就是韓老師安慰人的語氣。

果然，很溫柔。

提著沉重的袋子，片片段段的思緒在心中不停飛掠而過。

路邊商店的螢白色燈光灑落身上，在人行道上映照出我的影子，我垂著頭，踩著影子前進，一步、兩步，我和自己玩著無聊的遊戲。

那個人……應該很漂亮吧？

那天在校門口，隔了一段說近不近的距離，我看不清楚她的長相，更別說有好一段時間，她幾乎整個人都埋進韓老師的懷裡……但我想，應該很漂亮，光是看著他們站在一塊兒的畫面，心裡浮現的形容詞除了登對，還是登對。

那我呢？我和韓老師之間又是如何？

將近一年的相處，從來不曾逾越的距離，韓老師對我的評價只是一句不會煩他，想起韓老師面對孫一揚的質問出現了遲疑，還有前陣子在電梯前的擦身而過，忍不住揣測韓老師的冷淡回應是否另有涵義……

我曾有過不切實際的期待，偷偷以為一切不是那麼不可能，但親眼目睹韓老師對待她的別樣溫柔，答案……是不是很明顯了？

經過了離家最近的公車站，再過不久就能到家了。

我停下腳步，換手提購物袋。

感覺一口氣悶悶地堵在胸口，我閉上眼，緩緩呼出……

「喂，徐之夏！」

熟悉的聲音響起，我睜開眼睛看向來人。

「孫一揚？」

這次是真的孫一揚，不是我的想像。

孫一揚攢著眉宇，困惑地朝我走來。

「奇怪，妳媽說妳坐公車去買東西……」他偏著頭，神態自然地接過我手上的袋子，

「我剛才怎麼沒看到妳下車？」

「你在等我？」我問。

這份認知讓我忽然覺得很安心，說不出為什麼，就是……很安心。

聞言，孫一揚瞪大眼，耳朵瞬間紅了起來。

「幹、幹麼等妳？我只是順路！順路！」

「最好是。」

「就是！」

「所以呢？」我感覺心上的大石頭一下子被移開，就連原本沉重的嘴角也能輕易揚起，「找我做什麼？」

「就說我是順路……」

「也就是說，你現在沒事？」

他愣了好大一下，「蛤？」

「陪我聊聊天吧。」

有時候，事情的發展是無法預料的，往往在我們冷靜下來之後，才會發現事態變得有些失控……

現在就是那種時候。

我端著冰涼的飲料進房，就見孫一揚盤腿坐在地板上，好奇的眼珠東張西望，活像是一隻誤闖人類世界的小動物……

獸。

不對，孫一揚才不是小動物。

「喝飲料。」我放下杯子，轉身坐到書桌前的椅子上。

他一口氣喝了大半，表情享受地閉了閉眼，豪邁地發出「呃啊」的爽快叫聲。

看吧，那才不是小動物會發出的聲音，他根本就是野獸，活脫脫就是一隻難馴的野獸。

「然後呢？妳想聊什麼？」孫一揚抬手抹掉嘴邊的水漬，「等等，妳還是先告訴我，妳到底是怎麼回來的好了？我明明就在公車站等，怎麼可能沒看到妳下車？」

「還說你沒等我。」我不屑地覷他。

孫一揚居然翻我白眼，「快說。」

「那是因爲——」

面對他半是好奇、半是期待的目光，我突然語塞，心虛的感覺竄上心頭，猶豫著是不是該和他說實話，說眞的，這並不是什麼需要隱瞞的祕密。

但和孫一揚提起這件事，卻讓我感到不安。

「是……韓老師送我回來的。」

世界彷彿停止轉動了幾秒，氣氛靜得能夠聽見遠方救護車的鳴笛聲。

「妳說，韓靖？」

半晌，孫一揚說話了。

「嗯。」我啜了口飲料，卻品嘗不出味道。

「妳怎麼……他爲什麼……你們……」孫一揚連試了好幾次，都講不出一句完整的話，他被自己氣到，索性閉上嘴，緩了緩急促的呼吸。

他的視線始終沒離開過我。

就算表現得多麼平靜，只有我自己知道，我心中有著一股莫名的慌張，像是等著領罰的小孩，我屏著氣，等著孫一揚的反應。

「……恭喜妳啊。」

我慢了半秒才愣愣地應：「什麼？」

「恭喜妳啊，邁出成功的一大步。」孫一揚做作地揚起笑，笑意明顯不達眼底，「韓靖可不是那種日行一善的類型啊，看來他對妳應該也有意思了吧？不錯嘛，徐之夏，沒有我的幫忙，還是可以做得很好嘛，果然，不愧是徐之夏！」

他豎起大拇指，笑得很討人厭。

「我們……是在超市遇到的。」

「超市這麼多間，還能碰在一起，命運啊，命運！」

「他還幫我拿東西。」

「韓靖那傢伙還學會體貼人了啊？」

「所以，他才送我回家。」

「也是，總不能讓妳提著大包小包坐公車嘛！」

「後來，韓老師接到一通電話……」

「電話？」

「是那個人打來的。」我摸著玻璃杯的杯緣，低聲說道。

「那個人？」他愣了一下，然後露出恍然大悟的神情，「妳是說上次在校門口的那個……所以妳才會自己走回來？韓靖那傢伙要妳下車？他去找她了？」

「不是。」

「那是怎樣！妳……」孫一揚看起來很想把我揍一頓，「徐之夏，妳可不可以說快一點？明天還要模擬考，我的時間很寶貴！」

「你現在會擔心模擬考了？」

「還不是因為我——」

你怎樣？

孫一揚像是被魚刺梗住喉嚨，他嘆了口氣，擺擺手，用非常不耐煩的語氣要我快點把話說完。

「是我自己下車的。」我說，不意外地看到他眼裡萌生的困惑，「韓老師接到她的電話，他下車聽，但都到我家附近了，我一個人在車上空等也沒意思，所以……」

我聳聳肩，真要解釋，大概也就這樣了吧。

「妳……」

「怎樣？」

「妳還好嗎？」最後，孫一揚這麼問我。

我差點笑出來，「怎麼？我應該不好嗎？」

這回換他聳肩，不置可否地撇嘴。

「其實，我也不知道。」我想了想，卻找不到言語陳述確切的感受，「我好像沒有很難過，也沒有低落，更沒有大受打擊，但我也不是什麼感覺都沒有……」

即使不知道韓老師和那個人有什麼樣的故事，我還是能感受到他們之間深深的牽絆，那牽絆不容許他人介入。

我一直覺得韓老師不是那種會和別人牽扯不清的人，他理性又有點冷漠，或者說，有點無情……憶起韓老師對著話筒的溫柔安慰，或許，她就是韓老師的例外？

意識到這一點，除了理解，我好像沒有其他感受，彷彿那一切都與我無關。

這是喜歡一個人的時候會有的想法嗎？

「孫一揚，我是不是很奇怪？」

「我早就說過了，妳一直都很奇怪。」他別開視線，喝完最後一口飲料，「要我說的話，妳就是太壓抑了，之前還說什麼不想讓韓靖知道妳喜歡他……喂，徐之夏，妳真的喜歡韓靖吧？」

「大概吧。」我應該是喜歡韓老師的，可是……

「什麼大概？妳難道不能確定一點嗎？」

「我不知……」

「那妳到底知道什麼？」孫一揚不耐煩地打斷我。

被他這麼一凶，我有些愣怔，還未釐清的思緒更亂了，一時之間，整個人像是當機一樣。

「我只是、只是不太確定……」

面對我的搖擺不定，孫一揚沒了耐心。

「不知道！不確定！除了這些妳還會說什麼？」

「我就是不知道啊！我也不明白為什麼會這樣，我也很想弄清楚，可是……」感覺自己連話也說不好，心下一急，我只想趕緊逃離話題，「可是那又怎樣？反正這也不關你的事！」

「對，不關我的事！我就是多管閒事！」孫一揚衝著我大喊，認真的眼神震懾了我，「可是，徐之夏，我告訴妳，喜歡就是喜歡，如果真的喜歡一個人，妳不可能沒有感覺！」

他專注地看著我，眼底映滿我未曾見過的複雜。

「孫一揚，我……」

「妳到底知不知道喜歡一個人是什麼感覺？就是看到她笑，你會跟著開心，看到她難過，你會急著想逗她笑，就算她生氣不理你了，你還是會跑過去跟著她，因為你怕她會突然想哭，可是卻沒有人陪在她身邊……」

他……他在說什麼？我到底應該……

望著眼前的孫一揚，我一句話也說不出來。

心，卻是痛的。

時間像是暫停了好久，孫一揚低頭不語，我不知道他在想什麼，我也不敢確認他剛才說的話是不是釋出了某種涵義，我只知道我不該為了轉移話題而嘴快，我……

我傷到他了，是嗎？

「孫一揚，我……」

「哈，我到底在說什麼啊？」忽然，孫一揚發出一聲嗤笑，他避開與我對視，故意看向其他地方，「算了，我只是……總之，妳是喜歡韓靖的沒錯，是啊，妳怎麼可能不喜歡韓靖？妳——」

「孫一揚……」

「我要回去了。」他站起身，單方面決定結束對話。

眼看孫一揚已經走向客廳，我急著跟出房門，明知道我在後面追，他也沒有停下腳步，只見他擠出笑容和媽媽道別，我站在他身後，很想說點什麼，卻像啞了般擠不出半個字。

「徐媽媽，再見。」

「謝謝你今天幫之夏提東西回來，以後也要常常來玩喔。」

「不客氣，那我先走了。」

他再次向媽媽點點頭，刻意避開了我，轉身往玄關走。

「孫一揚……」

「進去吧。」他低頭穿鞋，頭也不抬。

「可是我……」我還是不曉得該說什麼才好。

「既然不知道要說什麼，那就不要說了吧。」孫一揚起身背對著我，「剛才的話，妳就當我發神經，不要放在心上。」

說完，他逕自推開大門走了出去。

我也不懂自己是什麼心情，但我就是不甘願讓事情就停在這裡。

我衝動地追了出去，默默站在孫一揚身後，看著電梯逐層向上，來到我家這層樓。

沒人出聲，氣氛凝重得讓人想逃，金屬製的電梯門反射出孫一揚緊繃的神情，我試著張了張嘴，卻什麼聲音都發不出來。

電梯門敞開，他跨步而入。

「孫一揚，我……」

「回家吧。」

「你今天爲什麼來找我？」情急之下，我脫口而出。

聞言，孫一揚愣住了。

我手握緊成拳，手心幾乎泌出汗水，緊張地等著他的回答。

不過幾秒，卻長得彷彿一個世紀，孫一揚緩緩抬眸，直直迎向我的視線，嘴角揚起笑。

「因爲放晴了。」

Chapter 8

放晴了。

兩天的模擬考皆是萬里無雲的好天氣，陽光燦爛，彷彿連日的大雨是一場夢境，只不過，現實卻不是那麼美好，第一天的國文作文，我寫出的文章連自己都看不懂，自然科也考得亂七八糟。

就像我現在的心情，亂成一團。

「徐之夏！」

我停下收拾書包的動作，只見何敏芳朝我走來。

「怎麼了嗎？」

「待會兒和我去買東西吧？」她在我前方的座位坐下。

「張文琪呢？」我沒回答，只是往左右看了看。

「她下午有事。」何敏芳一手支著頰，另一手伸進我的筆袋胡亂翻找，她一邊挑揀，一邊評價我的用筆品味，好不容易發現了一枝合她心意的水性筆，問我能不能給她？

我心不在焉地「嗯」了聲，答允了她。

何敏芳隨口道聲謝謝，立刻打開筆蓋，在我的筆記本隨意寫下今天考過的公式。

「噯，所以呢？妳要陪我去逛街嗎？」

「抱歉，我不能去。」

「什麼？」何敏芳挑眉。

她不是真的沒聽見，只是給我機會更改答案。

但我今天真的沒那個心情。

「我晚點有事。」我淡淡地拒絕。

聽見我的回答，何敏芳臉色一沉，狐疑的目光銳利地掃來。

「幹麼？妳有什麼事？」

關妳什麼事？

沒被何敏芳的氣勢嚇到，事實上，我感到非常厭煩，這兩天累積的煩躁無處釋放，此時的我沒辦法像以前一樣裝出笑臉。

「我和其他朋友有約。」微微撇開臉，按捺住回嘴的衝動，我隨便找了個藉口。

「朋友？」何敏芳冷笑，語氣十足十的嘲諷，「徐之夏，我怎麼不知道，除了我們，妳還有別的朋友？」

「……妳不認識。」

「不准去。」

什麼？

我皺起眉，以為自己聽錯了。

「我心情不好，不想回家，」她繼續在紙上塗鴉，說著一些我無法理解的話，「我想和妳去逛街，妳跟妳朋友講妳不能去了。」

「我說過了，我不能……」

「我不管。」

「何敏芳，我真的——」

下一秒，那枝原本屬於我的筆甩了回來，差點砸到我的臉。

「妳沒聽到嗎？」何敏芳狠瞪著我，「我叫妳不准去！」

隨著她一聲大喊，教室裡其他同學都往這邊看來，他們交頭接耳，猜測發生了什麼事，有人甚至露出看好戲的嘴臉，而何敏芳似乎對於引來側目一點也不在意。

至於我，只覺得可笑。

「聽到沒有！」她再喊，引來更多注意。

我盯著她，實在不曉得她哪來的資格要求我？

「我不是說了我心情不好嗎！」

所以呢？那又怎麼樣？

冷眼看著何敏芳的蠻橫無理，我一點也不想處理她的情緒。

「妳們……發生什麼事了？」也許是有人通風報信，張文琪從教室外跑了回來，倉皇地抓著何敏芳的手，「妳們兩個是怎麼了啊？吵架了嗎？什麼事需要這樣？」

「徐之夏，妳的回答呢？」何敏芳盛氣凌人，逼著我回應。

不願隨她起舞，我低下頭，逕自整理文具。

她手一掃，我課桌上的所有東西應聲落地。

有那麼一瞬間，我聽不見周遭的聲音。

盯著空無一物的桌子，我沒有生氣，沒什麼好生氣的，這一切荒唐得讓我想發笑，抬起頭，迎向何敏芳充滿怒氣的眼神，我眞的無話可說。

見我不肯說出她要的答案，何敏芳大力甩開張文琪的手，和我擦身而過的那一刻，她不忘再次瞪我一眼，彷彿要我記住忤逆她的罪行。

「等等！何敏芳！」張文琪慌了，眼看情況不對，她轉頭對我跺腳大叫，「徐之夏，妳幹麼惹她生氣啦！」

原來，錯的是我嗎？

看著張文琪跟在何敏芳身後跑出教室，我不禁這麼想著。

少了製造混亂的始作俑者，教室忽地靜下，我能感受到眾人的視線還落在我身上，觀察著我的一舉一動，也許他們正在猜測我會不會哭出來？還是轉頭把怒氣發洩在他們身上？

拜託，我才不會做那種事呢。

無視他們的目光，我蹲下身，撿拾被掃落在地的文具。

「這個……」

楊千瑜蹲在我身前，遞給我一枝掉在遠處的原子筆。

我看了她幾秒，才伸手接過。

「……謝謝。」我說。

她抿了抿唇，似乎想和我說些什麼。

我假裝沒看見，確定四周沒有遺落的東西後，逕自起身，楊千瑜一慌，她也跟著我站起。

後來，她就這麼站在我身邊，看著我把筆袋、參考書收進書包，傻愣愣地待在一旁，試圖尋找機會和我說話。

可惜，今天的我，沒有配合別人的心情。

「徐之……」

「我先走了，再見。」

眼角餘光瞥見楊千瑜受傷的神情，我再次視而不見，不願停下腳步，逼自己目視前方，不去想、不去在意……這樣輕鬆多了，不是嗎？

也許，這就是眞正的我。

何敏芳究竟有多生氣？

從張文琪瘋狂傳訊息給我，要我快向她道歉的次數看來，何敏芳是眞的很生氣，張文琪大概被煩到受不了，前幾天甚至打電話過來，告訴我何敏芳當天心情不好的眞正原由。

原來，何敏芳的爸媽正在協議離婚，一向以爲父母關係和樂的她受到很大的打擊，因爲不想待在家裡，這幾天一直拉著張文琪出去，玩樂之餘，也不忘抱怨我不夠朋友，讓她很心寒。

我聽了，沒有難過，只覺得莫名其妙。

在那之後，張文琪用極爲可笑的理由對我曉以大義。

她說，讓何敏芳生氣沒有好處。

我當然知道沒有好處，我比任何人都清楚，破壞團體的和平有多麼罪不可赦，即使那和平是表面的、虛假的，也不容許別人打破，因爲這樣對大家都好。

所謂的好，就是假裝不知道就好。

就像《國王的新衣》裡的人民，就算目睹裸體的國王，都不能說破，要說服自己，盲目讚歎著國王身上那件看不見的衣裳是多麼美麗。

這就是好，這就是和平。

不管何敏芳做了什麼、想做什麼，身爲「朋友」的我們都必須無條件同意，並配合她，只因爲讓她生氣沒有好處。

眞該慶幸現在是暑假，我還可以躲在家裡等風頭過去，不需要像在學校一樣，憂慮明天要怎麼面對那樣的窘境。

難以形容的疲憊一湧而上，靜不下心的我放下筆，揉了揉發疼的額際，放在一旁的手機忽地震動，來電顯示是一串陌生的電話號碼。

若在平時，我是不會接的。

「……喂？」也許今天不是平時。

「通了、通了！」

「什麼？大嫂說什麼？開擴音啦！我聽不到！」

「你們兩個閃邊啦！」

等等，這些聲音是……

「喂?之夏，妳聽得見嗎?」

「丸尾?」我不敢置信，「你、你怎麼會……」

「之夏，妳最近還好——」丸尾話才說到一半，紅毛的聲音從中攔截，「白痴喔，你是她前男友嗎?問這什麼廢話!」

「不然要說什麼?」丸尾無奈。

「你不會問大嫂吃飽了沒?」這是大熊的聲音。

手機那方瞬間噤聲，緊接著，聽起來很痛的拍擊聲響起，一次不夠，傳來了兩次，然後是一聲再熟悉不過的怒吼。

大熊又被打了。

「之夏，妳還在嗎?」丸尾搶回了發話權。

「啊，我在，可是你們……發生什麼事了嗎?」抓著手機，我有些摸不著頭緒，「你們怎麼會有我的號碼?」

「偷的。」

「偷的?」我問，「跟誰偷的?」

「當然是孫一揚啊，不然還會有誰?」丸尾笑了笑，忽然停頓了一下，像是在猶豫如何開口，「其實，我們幾個會突然打電話給妳，也是因爲他。」

聽丸尾這麼說，我沒有特別驚訝，早已隱約猜到他們是爲了孫一揚才會打電話過來。

「孫一揚怎麼了嗎?」我問。

「說怎麼了是有點嚴重……」

「噯，他就是怎麼了好嗎！自己一個人裝死演陰屍路，這還不算怎麼了？」紅毛氣急敗壞地加入談話，「之夏，我是不知道妳和老大發生什麼事，但他現在眞的很糟……妳、妳看過當機的機器人嗎？我問他午餐要吃什麼，他居然跟我說他覺得強尼戴普很不錯。孫一揚他壞、掉、了！」

「之夏，孫一揚沒那麼慘，紅毛危言聳聽，妳不用理他……」丸尾搶過手機，一邊抵擋紅毛激烈的抗議，一邊無力地和我解釋，「但孫一揚的確有點沮喪，看起來心事重重，一整天說不到三句話，加上妳最近都沒來讀書會，我們自然就聯想到妳和他之間是不是出了什麼問題？」

「我和孫一揚……」才剛起了頭，我就不知該如何接續。

我們吵架了嗎？

或許是吧。

但我們究竟是爲了什麼吵架？

「之夏？」察覺我的沉默，丸尾喊我。

「抱歉，我……」

「之夏，妳不需要和我們道歉呀。」彷彿能看見丸尾搖了搖頭，他以一貫沉穩的語氣說著，「會打這通電話，只是希望你們能好好談一談，孫一揚也是，妳也是，你們大概沒把話說清楚就各自悶著頭生氣了吧？」

不曉得是第幾次想起那天的事，我想，我和孫一揚不只是沒把話說清楚，或許，我們根本搞不懂自己到底說了什麼？對方又是怎麼想的？而我們想說的話究竟有沒有確實傳達給對方？

半晌，我輕輕應了一聲。

「妳也別怪我們小題大作，說眞的，幫朋友打電話給女生和好這種事，對男生來說是很尷尬的啊，這件事要是被孫一揚知道，我們就死定了。不過……算了，不管了，反正我們之所以這麼緊張，紅毛的反應之所以那麼激動，是有原因的。」

「原因？」

「妳知道孫一揚的腳傷吧？」

我的喉嚨乾澀，嚥了嚥口水才說：「知道一些。」

「上次看他這麼消沉，就是他被醫生宣判從此不能參加比賽的時候。」丸尾的聲音沉了下來，「但那時，他表現出來的樣子倒是一點也讓人感覺不到他的沮喪。」

丸尾告訴我，孫一揚就是那樣，即便心裡難受，他還是可以笑、可以玩、可以鬧，也可以照常和別人興高采烈地聊天，如果有人想安慰他，他還會反過來笑別人見識狹隘，告訴對方這世界除了跑步以外，還有很多事可以做。

「拜託，他可是孫一揚耶！不能跑步根本是要了他的命！那些話騙騙別人還可以，休想騙過我們這幾個好朋友。」

是啊，他可是孫一揚。

「所以，我現在什麼也不是。」

「妳知道嗎？短跑曾經是我的全部。」

「只有在跑步的時候，我才是我，我才是孫一揚。」

「他現在……眞的很不好嗎？」遲疑了一會兒，我問。

「不好！」紅毛大喊。

「超級不好！」大熊跟著大吼。

我心一緊，不知該說什麼，心中好像只剩下難以言說的不安。

「喂？之夏？」

慢了半拍，我才回過神應聲：「我在。」

「孫一揚眞的沒那麼慘。」丸尾語帶無奈地糾正另外兩個人的誇大其辭，換來那兩人的大聲抱怨，「他的狀況沒像上次那麼糟糕，那傢伙還是有一些抗壓性的，但說眞的，雖然不像上次那麼糟，卻也沒好到哪兒去。」

「那孫一揚他……」

我正想問得更清楚一些，丸尾直接打斷了我。

「如果妳想知道孫一揚究竟好不好，去看看不就知道了嗎？」

我不是那種喜歡主動維繫關係的人。

我會害怕。

我害怕對方其實不想和我說話、不想和我有所交集，所以，我不僅一點也不好奇別人心裡的想法，還非常害怕知道別人心裡在想什麼。

如果她不喜歡我，該怎麼辦？

如果她覺得我很討厭怎麼辦？

如果她表面上說好，心裡卻不是那麼想的，又該怎麼辦？

於是，我一直都是被動的一方，等著別人來和我說話、等著別人約我出去、等著別人給我選擇……因爲主動並不安全，換來的，很有可能會是傷害。

正因爲如此，即使丸尾打了那通電話給我，告訴我孫一揚最近常去的場所，我還是猶豫了好久，遲遲沒有動作。

我不敢去，就算我每一天都在想，明天就去，明天，明天……

不曉得是第幾個明天，儘管我已經站在田徑場的入口，想轉頭逃跑的恐懼依然隨時在心底蠢蠢欲動。

經過身旁的民眾來來去去，傍晚的天空從耀眼的橙色逐漸染上神祕的深藍，我還在猶疑今天要不要就算了，不然我給孫一揚打個電話也行，直接過來找他實在太尷尬了……

左思右想到最後，我還是沒離開，仍呆站在這兒。

等到田徑場的燈亮起，我才終於鼓起勇氣。

平日晚上的田徑場比我想像得要熱鬧，運動的人很多，我鎖定那些在跑道上慢跑的人，試著在昏暗的天色下找到孫一揚的身影。

可不管我怎麼仔細定睛尋找，孫一揚就是不在其中。

站在田徑場邊，我越來越侷促不安。

該不會丸尾的情報有誤，孫一揚根本沒有來吧？

說不清是鬆了口氣，還是不甘願就這麼離開，也許兩種心情矛盾並存，我不想走，卻也不曉得接下來該怎麼做……

就在這時，我的目光無意間落向田徑場最頂端的座位區，若不是那人剛好動了一下，我絕對不會發現那個籠罩在夜色之中的人影。

那是孫一揚嗎？

直覺告訴我，那個人一定是孫一揚沒錯，但那不過是沒來由的直覺罷了，我和對方的距離太遠，根本看不清他的長相，如果不是孫一揚的話，我不就白上去了嗎？

但，如果是呢？如果那個人眞的是他呢？

掏出口袋中的手機，找出孫一揚的號碼，我按下了撥出鍵。

「……孫一揚。」電話接通，我喊了他的名字。

他沉默了幾秒，「有事？」

他的聲音從手機那端傳來，我沒有餘力在乎他的冷淡，我的耳邊充斥太多的聲響，不只是附近的嘈雜人聲、呼呼風聲，還有我飛快的心跳聲，一時之間，我竟無法分辨他是不是和我待在同一個場地。

「徐之夏？」

「你可以揮手嗎？」因爲緊張，我的聲音變得僵硬平板。

「什麼？」

「你可以揮手嗎？舉高一點。」

「我幹麼要聽妳的吩咐？」

「你揮了嗎？」我緊盯著那道人影，希望他能有所動作。

「我真是……好，揮了、揮了！」孫一揚說著，位於高處的那個身影也同時揮舞手臂，「喂，徐之夏，妳到底要——」

「你站在那裡不要動！」我大叫著打斷他的話。

那個人果然是他！

一股難以言喻的興奮感瞬間湧上，我仰望他所在的位置，顧不得孫一揚拚命在手機那端呼喊我的名字，我轉頭找到上樓的樓梯，想也不想便衝了過去。

我討厭跑步，但這時的我忘了這件事。

踩著階梯，我往上飛奔，心裡祈禱孫一揚千萬不要亂跑，腳步聲在樓梯間反覆迴蕩。

我跑上二樓，偌大的座位區在眼前展開，孫一揚所在的位置在我的對角，看起來遙不可及，我沒有停下腳步，繼續努力地跑著，努力地朝他的方向前進。

當我終於來到可以清楚看見他臉上表情的距離，孫一揚驚訝地朝氣喘吁吁的我看來，他目瞪口呆地望向我，手裡還抓著尚未斷訊的手機，似乎不敢相信自己的眼睛。

「孫一揚……」

「妳搞什麼東西啊！」

第一時間，孫一揚的反應是對著我大吼。

「我……」沒想到他會生氣，我不禁往後退縮。

「妳以為這樣很好玩嗎？話說得不清不楚，電話講到一半就放著不管，誰知道妳在跟誰說話！徐之夏，妳到底在想什麼！」孫一揚瞪著我，胸膛激烈地起伏。

我嚇到他，讓他擔心了。

意識到這點，適才湧上的退卻立刻消失無蹤。

「孫一揚，我沒有那個意思……」我試圖解釋，孫一揚卻在我往前一步的同時，煩躁地轉身走開。

他明顯的拒絕讓我很難堪，可是我還是跟了上去。

這不像我。

「孫一揚，我沒想那麼多，我只是……」

「沒想那麼多！」孫一揚猛然頓住步伐，轉身對我大吼，「妳知道妳剛才說的最後一句話是什麼嗎？如果那句話不是對著我說的話，那會是誰？妳是不是出事了？妳在哪裡？我該怎麼辦？我該去哪裡找妳——去妳的沒想那麼多！」

「孫一揚……」

這次孫一揚沒有離開，但仍難掩怒氣，他隨意找了個座位坐下，手撐著額頭，不肯看我。

我走到他的身前站定，不知如何是好。

晚風拂過，吹不走我和孫一揚之間長長的沉默，腦海中浮現好多聲音指示著我該怎麼做，包括轉身走人，不要待在這裡惹人嫌……最後，我選擇聽從其中一個最明顯的聲音。

「孫一揚——」

「徐之夏——」

我們同時開口，尷尬地望著對方。

「妳先說——」

「你先說——」

又一次，我們都愣住了。

我想讓孫一揚先說，他卻遲遲不肯開口，僵持久了，沉默再度肆虐，爲了趕緊結束僵局，我決定接受孫一揚的禮讓。

「對不起。」

「對不起。」

話一說出口，他的聲音也同時傳來，我不敢相信自己的耳朵，慢了好幾萬拍才緩緩看向孫一揚，他一臉驚訝，我們四目相接了好一會兒，沉默變得不再難捱，下一刻，我們同時笑出聲音。

「又來了。」孫一揚的唇角勾起弧度，他笑了，一臉無奈地望著我，「這是第幾次了?徐之夏，妳可不可以有點創意，不要老是搶我的話?」

「明明是你搶我的話！」

「是妳！」

「你！」

孫一揚和我幼稚地互相指責彼此，你一言我一語，直到那股莫名的輕鬆愉悅逐漸消散，沉默重返，避開了目光的交會，我們又開始感到坐立不安。

「那個，孫一揚，我……」

孫一揚朝我看來，我的心跳忍不住加快。

我說過了，我不是那種會採取主動的人，和人道歉更是從未有過，躊躇了好一陣子，我聲音彆扭地開口：「我、我不應該沒把話說清楚就丟著不管，我不是故意的，我只是……我只是發現你在這裡，有點……我真的沒想那麼多，讓你擔心了，真的……對不起……」

「錯的是我，我不該對妳這麼凶。」孫一揚撇了撇嘴，「我憑什麼對妳大吼大叫？妳嚇到了吧？對不起。」

「不是，這不是你的錯，我也……」

「還有，」他打斷我的話，「那天，我也不該對妳發脾氣。」

「那天？」

「我大概是瘋了吧，才會跟妳說一堆廢話，可能就像妳說的，我有突然發火病，神經突然短路了，所以……」孫一揚凝視著我，突兀地停下話來，露出微笑，「對不起。」

沒料到他會在這個時候提起上次的事，我愣住了，一時來不及釐清思緒，只覺得孫一揚似乎是故意搶在我之前，輕描淡寫地帶過了他不想提及的話題。

「真的……」我怔怔地開口，「只是這樣而已嗎？」

他頓了一下，「不然呢？」

「我不知道。」

「看吧，妳也不知道啊。」孫一揚伸手拍拍身旁的座位，示意要我坐下。

我走上前坐下，和他隔著一個空位。

他扭頭看了我一眼，輕笑了聲，「如果眞要說個原因，大概是我覺得被妳耍了吧？」

「我耍你？」我不懂他的意思。

「老實說，我也不曉得自己到底是在對誰生氣？韓靖、妳、還是——我眞的覺得很煩啊，韓靖竟然在妳面前接別的女人的電話，雖說他爛也不是一天兩天的事了，但妳居然還說妳不難過，是不是因爲妳太壓抑自己的感情，所以才會害得妳胡思亂想？妳明明是喜歡韓靖的，爲什麼突然搞不清楚了？那我該怎麼……」

孫一揚打住了話，視線落向下方的田徑場，未完的語句懸在半空中。

「你說你怎麼……」

「那，我不就白幫妳了嗎？」孫一揚逆光的側臉被陰影勾出輪廓，笑容噙在他的唇邊，「徐之夏，妳不知道，我最討厭做白工了啊！」

眞的是這樣嗎？

我知道不是的，可我不敢追問，現在不管說什麼都是試探，我沒有把握會得到什麼樣的答案，更沒有把握得知答案後，我究竟知不知道該怎麼面對……

「說得好像你幫我很多一樣。」於是，我順著他的話，假裝什麼也不知道。

孫一揚笑出聲，「看看，這就叫過河拆橋。」

我不能反駁，只能揚起和他一樣的微笑。

「話說回來，妳怎麼知道我在這裡？」半晌，孫一揚故意誇張地看向左右，「我沒跟別人說我來這裡啊，靠，這裡是我的祕密基地耶，被發現了還叫什麼祕密啊？」

「那你就當作是小精靈告訴我的吧。」

「小精靈……」他斜覷我一眼，不屑地嗤聲，「不用想也知道是那三隻吧？丸尾和紅毛就算了，大熊叫小精靈不嫌詐欺嗎？」

「你都知道了還裝！」

「唉，我知道的事可多了。」

「最好是。」

「喂，徐之夏。」他又那樣喊我，很沒禮貌。

我沒好氣地回他，「幹麼？」

「我們這樣算和好了嗎？」孫一揚笑了。

我也沒來由地笑了出來。

「我們有吵架嗎？」我故意反問。

「喔，沒有！」他一怔，馬上心領神會，「當然沒有！」

「那不就得了。」我驕傲地點頭，遞給他一抹心照不宣的笑容。

孫一揚看向我，沒轍地搖了搖頭，「真服了妳。」

「好說。」我當然很樂意接受他的臣服，只不過，當我迎向他的雙眼，總覺得好像有什麼難以辨別的情緒隱藏其中，「……你幹麼那樣看我？」

不可否認地，那讓我的心跳隱隱加快。

下一刻，孫一揚卻轉開了視線。

「沒事。」他直直看著下方的田徑場，「我只是突然懂了妳的意思。」

「我的意思?」

「有些事情,也許對方永遠不要知道比較好。」孫一揚勾起一彎微笑,「我只是突然懂了,沒什麼。」

沒什麼。

凝望著他的側臉,我也這麼說服自己。

我沒有回到孫一揚家參加讀書會。

別誤會,我們沒有再吵架,而且我本來是打算再去的,但孫一揚不讓我去,他告訴我,他媽媽已經相信他會好好念書,距離開學也沒多久了,他希望我把心力好好放在自己的課業上。

除此之外,還有一點。

「反正,韓靖也去參加教育研習了,妳來了也見不到他啊。」

那個時候,孫一揚是這麼告訴我的。

雖說他說的都是實話,但明眼人都看得出他想盡了藉口就是不讓我去,我當然不會那麼不識相,不去就不去,我樂得輕鬆。

不過,我們並不是不再見面。

傍晚的田徑場不若白日炎熱,運動的人潮依舊不少,對比身旁一個個大汗淋漓的跑者，孫一揚和我簡直悠哉得礙眼，我倆慢悠悠地繞著跑道散步，這是今天的第二圈。

「你的國文能不能別那麼差？」解釋完一道簡單到不行的古文考題，我嫌棄地瞥向他，「看得懂的都能寫錯，我眞不知道你要怎麼考英文？」

「古代老頭子的思維只有妳這種小古板才會懂，哥活在現代，潮！」孫一揚做作地扯了扯衣領，要著不知道是幾零年代復古老派的帥。

我做了個鬼臉，他掄起拳想揍我。

然後，不曉得是第幾次，我們同時笑了出來。

並肩走在向晚時分的田徑場上，我們想到什麼聊什麼，話題隨意跳躍，沒有顧慮，對於現在的狀況，我不願多想，就當作是念書過後的放鬆，我相信孫一揚也是這麼想的。

我必須承認，和孫一揚在一起，我眞的覺得很開心。

「喂，徐之夏，」約莫是第三圈的開頭，孫一揚用手肘撞了撞我，要我看跑道上的跑者，「妳知道爲什麼跑步要逆時針跑嗎？」

我聳聳肩，「從來沒有想過。」

「嘖，這麼沒有求知欲行嗎？我小學一年級學會看時鐘的時候就在想這件事了耶。」他講話的口氣好像自己是愛迪生還是愛因斯坦似的，他挑了挑眉，「想不想知道？我可以告訴妳喔。」

「不想。」

「蛤？」孫一揚鬼叫一聲，大概沒想到會踢到一塊大鐵板，眼睛瞪得超大，不敢置信地望著我，「喂，徐之夏，我都這樣問妳了，妳好歹也做做樣子，讓我說啊！」

「你想說就說啊。」我忍……不能笑場。

「妳不想聽的話就算了。」

「但你很想說吧，不是嗎？」

「那也要妳想聽啊！如果只有我自己想說，不就變成我逼妳聽了嗎？那有什麼意思？」孫一揚踢開跑道上的小石子，「我才不要。」

他是小孩子嗎？

被孫一揚耍脾氣的樣子逗樂，我終於忍不住笑出聲來。

「幹麼？」他沒被我影響，朝我投來的目光盡是哀怨和不滿，「笑什麼？有什麼好笑？」

「笑你可愛呀。」我隨口笑說，見孫一揚愣了好大一下，莫名地讓我感到滿足，「好啦，說嘛，我是眞的想知道。」

他的眼神有著十足十的懷疑，「……騙人。」

「不說就算了喔，先說好，我的好奇心有限。」好笑地看著一臉賭氣的孫一揚，我故意扳著手指倒數，「五、四、三……」

「說！我說！」

「洗耳恭聽。」我不鬧他了，馬上表現出準備受教的模樣。

孫一揚原本還不肯相信，患上疑心病的他，瞇著眼睛打量我的表情，好像我曾騙過他幾百萬，直到我眞的不耐煩了，作勢轉身走人，他才清清喉嚨，開始他的田徑小講座。

「咳，跑步呢，逆時針跑的理論有很多，其中之一，也就是最常見的說法是心臟在左邊的關係。」孫一揚拍拍自己的左心口，「人的重心容易偏左，順著左跑比較符合人體習慣，也有人說往右跑的話，跑步產生離心力，血液就不能順暢地流向主動脈了。」

「有差嗎？」我半信半疑，偏頭想了想，「不過，像我跑這麼慢就產生不了什麼離心力吧？」

「那倒也是。」孫一揚根本不掩飾他的嘲笑，被我狠狠瞪了一眼，他皮癢，還敢大笑，「噯，反正妳又不是靠跑步吃飯的，笑一下有什麼關係？」

我甩過頭，故意不理他。

「幹麼？生氣啦？」他湊過來示好，一張臉在我面前晃呀晃。

「走開喔，我不想理你。」

「還說我有突然發火病，」孫一揚笑著，伸手揉亂了我的頭髮，「愛生氣。」

我白他一眼，「還、有、呢？」

「還有很多啊，像是北半球是逆時針旋轉，還有因爲右撇子居多，才會規定往左跑……」孫一揚趁機拉起我的右手示範，我很快甩開，換來他故作無辜的裝可憐，「那個我是不信啦，但說到規則，其實最早的田徑賽是往右跑的，直到國際田聯成立之後，才重新制定了逆時針跑的規定。」

孫一揚說得很流暢，顯然對於這些常識了然於心。

他的聲調輕快，臉上神采飛揚，眼神閃閃發光，笑容比任何時候都要單純天眞，就像個急著想和別人分享喜悅的孩子，他是眞的、眞的很喜歡田徑。

看著這樣的孫一揚，我忍不住想像他在場上賣力奔馳的模樣……

一定，很帥氣吧？

「沒記錯的話，還有個教授的說法是左腳負責支撐身體重量、右腳負責加速，逆時針跑步才能發揮最大的效能。」他說著說著又開始想要徵詢我的認同，「妳不覺得挺有道理的嗎？打個比方好了，人的身體就像……」

孫一揚話沒說完，就突然停下腳步，怔怔地看向前方。

怎麼了嗎？

我順著他的視線，發現有位穿著運動服，年屆中年的男子朝著我們……不對，是朝著孫一揚走來，那人的臉上寫滿驚喜，彷彿非常開心能在這裡遇見孫一揚。

但孫一揚的反應卻不是如此。

「一揚！」中年男子先打了招呼。

「教練……」

「沒想到會在這裡見到你，」被孫一揚稱作教練的男子來到我們面前，笑容滿面地拍了拍他的肩膀，「怎麼樣？最近過得好嗎？」

「啊，那個我……」孫一揚不曉得怎麼了，整個人看起來十分慌亂，「我……那個，教練，好久不見。」

「交女朋友啦？」沒發現孫一揚的異狀，教練笑笑地看向我，「同學，妳好呀，謝謝妳照顧我們家一揚，這傢伙沒給妳添麻煩吧？」

我尷尬地笑了笑，簡單打了招呼。

關於教練的誤會，我想現在大概不是解釋的好時機。

悄悄瞄了眼突然變得怪裡怪氣的孫一揚，他的心思不知飛到哪裡去了，別說解釋，他這副模樣，大概連教練剛剛說了些什麼也沒聽見。

「國中畢業以後，怎麼都沒回來學校看看？很多老師都很想你耶，他們常和學弟妹聊起你，不是我誇張，一揚，你現在可是傳奇人物喔！」

孫一揚勉強撐出微笑，「是嗎？我有空會回去看看的。」

「這樣就對了！啊，對了，到時候再安排你到田徑隊，當學弟妹的一日教練，你覺得怎麼樣？」教練興致高昂地提議，「上次品豪、家誠他們也有來田徑隊當教練，玩得可開心了！他們兩個前陣子參加比賽，家誠拿了亞軍，品豪是冠軍，還打破大會紀錄——」

教練說了許多關於田徑隊的事，像是誰最近拿了獎、誰去參加了培訓……不是我多心，孫一揚的表情越來越沉重。

孫一揚很努力地想撐完這場對話，可他做得並不好，他一邊聽，一邊笑著附和，但那笑容看起來比哭還要難看。

站在一旁的我，心裡也跟著難受。

「唉，看看我，太久沒見到你了，還沒問你最近練習得——」

瞥見孫一揚全身一僵，我想也沒想便打斷對話。

「教、教練，不好意思！」我刻意提高了音量，聲音因爲說謊而變得僵硬，「那個……我和一揚還有事，可能……」

光是說完這句話，我就覺得自己整張臉都快要燒起來了。

不光是教練露出吃驚的神色，連孫一揚也怔怔地看向我。

「眞的很不好意思。」我一把勾住孫一揚的手臂，偷偷抬起手肘撞了他一下，暗示他趕快入戲，才可以早點脫離窘境。

「啊，是……對不起……」

「沒事沒事，有什麼好說對不起的？」教練爽快地大手一揮，「眞的太久沒見到你，還有很多話想和你聊聊，但是既然你們有事，那也只能下次了……一揚，記得要回來啊，答應我了啊！」

教練的手再次輕輕按上孫一揚的肩膀，孫一揚雖然笑了，但我看得出他一點也不開心，他的肩膀像是扛著沉重的石塊，重重地拉垂了他的嘴角。

爲了演足這場戲，與教練道別後，我們不得不提早離開田徑場，然而，直到走到附近的公車站牌，孫一揚的笑容還是沒有回來。

正値下班時間，馬路上的車輛川流不息，天色逐漸暗下，路燈與公車亭的廣告燈箱都亮了起來，孫一揚坐在候車的椅子上，我倚著欄杆，沒人說話。

「我沒告訴教練我受傷的事。」不知過了多久，他終於開口。

「嗯。」我應聲，「我有猜到。」。

「我就是……不知道該怎麼說。」孫一揚低頭把臉埋進掌心，悶悶的聲音從掌間傳來，「教練他一直對我很好，對我的期望也很高，我越是清楚這點，就越不知道怎麼向他開口。」

有些話說不出口，不是因爲想要隱瞞或說謊，就只是害怕。

並不是害怕被罵、被看不起，而是害怕被同情、被安慰、被加油打氣，更害怕因爲自己的坦承，看見他人的期望轉變成失望的那一瞬間。

光是想像，話就梗在喉嚨，連聲音也發不出來。

「孫一揚，我……」我停頓了一會兒，深呼吸幾次，想了好久才得以繼續往下說：「我可以問你……你是怎麼受傷的嗎？」

聞言，孫一揚看向我，心情似乎平穩許多。

「車禍。」他微微揚起笑，再次別開了目光，「是不是很老套？可能就是太常發生了，所以才會很老套吧？」

但是再怎麼老套的劇情，發生在自己身上，就是天大的意外。

其實那算不上是一場嚴重的大車禍，偏偏直接遭受到撞擊、受傷最重的部位就是他的右腿，因爲國中曾經受過傷，原本就脆弱的韌帶經不起再一次傷害。

孫一揚說，他按照醫生的指示，花了很長一段時間做復健，他不敢鬆懈，就怕從此再也不能跑步。

可他怎麼也沒有想到，復健結束之後，不論他懇求醫生多少次，請他再詳細檢查一次，一次就好，醫生還是用充滿歉意的語氣宣判他的運動生涯就此告終。

「妳知道嗎？小時候我曾經想過，如果我跑得夠快，跑在逆時針的軌道上，會不會有一天就可以逆轉時間，回到過去……這個想法眞的很蠢，超蠢。」孫一揚苦笑，笑自己的天眞，「但在病房的我想起了這件事，眞的很希望我的想法是眞的。」

可是，我再也跑不快了。

孫一揚的最後一句話，聲音很輕，幾乎快要被夜晚給埋沒。

那一刻，我好害怕他會就此消失。

「孫一揚……」

「嗯？」我的欲言又止，反而讓孫一揚安慰了我，「放心，我沒事的。」

望著他的笑容，似曾相似的酸楚再次襲上心頭。

爲什麼要笑呢？

如果痛苦，爲什麼還要笑呢？

也許是擔心，也許是衝動，也或許根本不需要原因，我邁開步伐，在孫一揚有些驚訝的注視之下，直接坐到了他身邊。

「徐之夏，妳幹麼……」

我牽住了他的手。

被我突如其來的舉動嚇到，他的手倉皇地往後縮去。

下意識地，我用更大的力道牽緊了身旁的他。

「孫一揚，雖然我沒辦法爲你做些什麼，可是……」交握的掌心傳來截然不同的溫度，我深吸了一口氣，「沒事的，一切都會過去的。」

我會陪著你的。

Chapter 9

遇到教練以後，孫一揚就再也沒去過田徑場了。

即使他後來的表現如常，但他絕口不提那日，彷彿他只是膩了，忽然不想去了，而不是因為他想假裝一切從未發生。

他想忘記，而我依然記得。

過了好幾天，我依然記得孫一揚掌心的溫度。

「喂，發呆啊？」

回過神，只見孫一揚單手支頤，似笑非笑地看著我。

「哪有？」我嘴硬，低頭看向平攤在桌上的雜誌，「看你的書啦！」

安靜的圖書館取代了田徑場，成為我們近日最常造訪之處，但圖書館的磁場顯然和孫一揚不合，他根本靜不下心，總是東摸摸、西看看，就是不能好好坐下來看完一本書。

「無聊。」孫一揚沒勁地趴在桌上。

「又不是叫你念書，看書怎麼會無聊？」看他這樣，我的注意力也跟著無法集中，看不進文字，只是一頁接著一頁翻動雜誌。

「只要是書，都很無聊。」

「胡扯。」

「那妳說，書有什麼好看的？」他懶洋洋的聲音持續傳來，音量不大，聲調沒什麼起伏，聽起來像是快睡著了，「有我好看嗎？」

手指停在雜誌上，我愣了一下，「你……醜死了。」

我的答案換來孫一揚低低的笑聲，他沒有反駁。

事實上，孫一揚一點也不醜。

每當和他一起走在路上，我已經不只一次發現有女生會特地回過頭看他，而我也不曉得被下了什麼藥，以前覺得討厭到不行的笑容，現在看來竟有種可愛的感覺……

一定是天氣太熱的關係，我熱昏頭了。

見我不搭理他，孫一揚又開始動手動腳，幼稚地伸手想翻我正在閱讀的雜誌，我閃躲，他進逼，一來一往鬧了好久，我不得不發出嚴重警告，孫一揚終於願意安分。

神經依然緊繃的我，持續警戒了好一會兒，感覺不到來自對座的動靜，我偷偷瞄了一眼，才發現他已經將臉埋進手臂，夢周公去了。

我悄悄鬆了口氣，少了孫一揚的打擾，總算得以專心閱讀手上的電影雜誌。

當我沉浸於某篇演員訪談，被演員在片場的搞笑行徑逗笑時，那個本該入睡的討厭鬼又突然出聲了。

「不然，我看妳好了。」

什麼？

我眨了眨眼，不是沒聽見他說的話，而是有那麼一瞬間，我竟然聽不懂他在說什麼，只能怔怔地看著孫一揚趴在桌上，笑眼彎彎地望著我。

「妳比較好看。」

他有病嗎？幹麼講這種話？

「我又沒說錯，妳比四四方方的書本好看很多啊，至少，很有立體感。」他自說自笑，不安分的手又往我臉上襲來。

「夠嘍。」揮開他的手，我沒好氣地瞪他。

「生氣啦？」

「懶得理你。」我離座起身，不想讓他看見我漸漸泛紅的臉頰。

假日的圖書館比起平時多了許多交談聲，到處都是來圖書館打發時間的人，我把雜誌放回書報區的架上，再繞上二樓的中文書庫，孫一揚亦步亦趨地跟著，我每碰一本書，他就拿起來看一眼。

「……各界一致盛讚。」

「……最令人毛骨悚然的結局。」

「空降各國排行——」

「你可不可以安靜點？」我回頭，用氣音低喝。

孫一揚手上拿著一本小說，露出賊兮兮的笑容。

「不行。」

「你……」

「想當初在圖書館大吵大鬧的人可不是我喔。」孫一揚提起幾百年前我們初次見面的往事，「徐之夏，妳哪來的資格叫我安靜？」

「你翻什麼舊帳？」講到這個我就有氣，「誰知道有人會蹺課在圖書館睡覺？我不過是不小心把推車弄翻，你自己活該被我吵醒，怎麼?怪我嘍?」

「哼哼，徐之夏，妳這話就不對了。」孫一揚的笑越來越奸詐，「我們先別討論妳是不是不小心，重點是我在圖書館睡覺又不犯法，妳在圖書館吵鬧可是會被趕出場，妳想想，到底是妳錯，還是我對?」

「什麼我錯你對……」被他這麼分析，我又懵了，「還不都是你贏。」

「但輸的是我啊。」

什麼?

就在我發愣的瞬間，孫一揚湊近我，我直覺往後退，忘了身後就是書架，根本無路可退，他揚唇一笑，單手抵在書架上，一下子將我圍困在他的環抱裡。

「你、你幹麼?」我只要抬頭，就能撞到他的下巴。

孫一揚偏頭想了想，「沒幹麼呀。」

「沒……沒幹麼就走開。」

「那，如果我想幹麼的話，就不用走嘍?」

他的笑容真的很邪惡!

我的心跳簡直可以吵到在圖書館裡的每一個人。

嚥了嚥唾沫，我強裝鎮定，右手偷偷摸索著身後的書本，開始計畫待會兒是要頭槌他的下巴，還是要抓一本最厚、最重的精裝書往他的腦袋砸。

「其實我滿喜歡圖書館的。」孫一揚左右張望，「有冷氣，又很安靜。」

「是很好睡吧?」

「不愧是徐之夏，很了解我嘛！」他先是拋給我一記讚許的眼神，接著馬上賣了個關子，「還有另一個原因喔。」

「什麼？蹺課很方便嗎？」

「喔？我沒想到，但這個也不錯。」無視我的白眼，孫一揚滿臉認同地點點頭，「好吧，那就是還有再另一個原因。」

我才不管。

用力推著孫一揚的胸膛，我眞的不喜歡現在這樣。

「你可不可以先走——」

「因爲我在這裡遇到一個很眞的女生。」

手一抖，我忽然聽不見其他聲音。

只剩下孫一揚的聲音。

「她啊，很聰明、很有想法、很認眞，總是默默做好自己的事，也很體貼，老愛擔心別人，但她傻傻的，不知道別人其實更擔心她……」孫一揚專注的目光落在我的臉上，他笑了出來，「還有啊，她很愛生氣，愛鬧彆扭，又很壓抑。妳知道嗎？我眞的很擔心她會得憂鬱症，除此之外，她還有一點點凶……」

聽到這裡，我忍不住出拳揍他。

「噯噯噯，會痛耶！」孫一揚捉住了我作亂的手，對我挑了挑眉，「幹麼？不是要陪我嗎？現在又要反悔了？」

「那是……」我一時語塞，「我不是那個意思……」

他不想放過我，「不然是什麼意思？」

發不出聲音，我的臉一定紅透了。

孫一揚笑了，笑得很歡。

然而，就在笑容消失的那一瞬間，孫一揚的頭靠上我的肩膀。

我一驚，完全不知道如何應對，他近乎呢喃的聲音在我耳邊響起。

「爲什麼會變成這樣呢？」他說。

「孫一揚……」

圖書館的腳步聲、交談聲彷彿遠在另一個世界，我沒辦法思考，只能感覺左胸裡猛烈的心跳，以及孫一揚淺淺起伏的呼吸。

是啊，爲什麼會變成這樣？

直到這個時候，直到孫一揚開口問出這句話，我才願意正視這個問題的存在，關於孫一揚和我，我們之間的問題。

不能再假裝什麼都沒有了。

「這陣子，我一直想到妳和我說過的話，」孫一揚輕聲說著，說給我聽，也像在說給自己聽，「還有，很多很多事。」

「孫一揚，你先把頭抬起來……」

「我輸了。」他又說了一次，伏在我肩上低語，「徐之夏，我該拿妳怎麼辦？」

我不能問他那是什麼意思。

我不敢。

「我們……」我推了推孫一揚的手臂，「出去再說，好嗎？」

「不好。」

「可是……」

「騙妳的。」孫一揚站直了身子，對我淺淺地笑了，「走吧，到外面透透氣。」

走到圖書館外的這段路，既漫長又短暫，一半的我想要趕快走出這令人不知所措的安靜，另一半的我，卻希望在釐清思緒之前，這段路永遠走不到盡頭。

館外的豔陽炙熱，皮膚漸漸染上熱度，我們默默地在街邊找了處地方就座，看著車來人往的馬路，聽著微風送來各種聲音，就是沒人願意主動打破沉默。

也許是因爲我們都知道，只要開了口，一切就會改變。

「徐之夏，我不會對妳說出那句話的。」孫一揚忽然說道，「至少，現在不會。」

雖然他的話聽起來沒頭沒腦，但我連一句「什麼意思？」都問不出口。

我不能裝傻，我明白孫一揚的意思。

他看向我，眼睛因爲逆光而瞇起，嘴角噙著淡淡的笑意，那和平時的他很不一樣，太過認眞、太過誠懇、太過直接。

而我只想逃避。

「其實我有努力過喔。」孫一揚抿著笑，別過了頭，「努力假裝不知道、努力不去在乎、努力不顧自己的心情、努力想要爲妳加油、努力不告訴妳……不過，妳看，我失敗了啊。」他聳了聳肩，「所以，我輸了。」

「這哪叫輸……」我低喃。

「我是輸了啊。」孫一揚笑得坦然，「我不是說過要證明妳的看法是錯的，信誓旦旦地要對妳證明努力是有用的嗎？」

「那是模擬考……」

聽見模擬考三個字，不知爲何，孫一揚的笑變得更加複雜。

「反正，我就是輸了。」

「孫一……」

「徐之夏，可以先這樣就好嗎？」孫一揚打住我的話，「在妳想清楚之前，在我充分努力過之前，妳不必回答我。」

看著這樣的孫一揚，我不知道該說什麼才好。

如果可以理智果斷地做出選擇就好了，我一直以爲我是那樣的人，總是知道什麼是最好的決定，但現在我才發現，根本不是自己所想的那樣。

「我很卑鄙吧？」他又撐起一張笑臉，但那樣的神情一點也不像他。

「不是，我……」

我才是那個卑鄙的人。

我清楚看見他眼裡的溫柔，忽然感覺到一陣難以言喻的惶恐，想起了剛才在圖書館裡的對話，想起了孫一揚對我的看法……

他說，我是個很眞的人。

不，我根本不是。

「孫一揚，如果我……」這句話我沒來得及說完整。

伴隨著物品掉落的聲響，腳邊滾來好幾隻寶特瓶和空鋁罐，扭頭一看，一輛回收推車上的尼龍袋子破了個大洞，許多回收物散落一地。

只見一位瘦小的中年男子忙著撿拾，因爲是在馬路邊，不少回收物滾入車道，車子呼嘯而過，看起來非常危險。

孫一揚見狀，立刻上前幫忙。

我沒多想，跟著撿拾地上的寶特瓶。

附近的路人紛紛停下腳步幫忙，在眾人的合作之下，人行道上的回收物很快收拾完畢。

「謝謝妳的幫……」

「不……」

我吃驚地看著出現在眼前的楊千瑜，頓時語塞。

楊千瑜看起來和我一樣驚訝，她瞪大眼，拿著滿滿一袋回收物的雙手僵在身前，彷彿不敢相信會在這裡遇到我。

「徐之夏……」她囁嚅地說。

「東西都撿完了嗎？」

突然冒出的聲音讓我嚇了一跳，楊千瑜也是，我不確定楊千瑜知不知道孫一揚是誰，但她錯愕的神色引起了孫一揚的注意。

「怎麼了？」他疑惑地來回端詳我和楊千瑜，「妳們認識？」

「我……」

「不認識。」我直接打斷楊千瑜的話。

我不知道自己爲什麼要說謊，一時就脫口而出……

瞥見楊千瑜受傷的眼神，我故作鎮定地請她拉開袋口，讓我把撿回來的空瓶放進去。

「那個……」

「我們走吧。」不顧楊千瑜的欲言又止，我拉著孫一揚轉身就走。

爲什麼我要說謊？

爲什麼我會害怕？

爲什麼我不想讓孫一揚繼續待在那裡……

走過好幾個街口，當我終於聽見孫一揚喊我的聲音，我才停下腳步。

終究必須承認，我之所以說謊、之所以感到害怕、之所以不敢讓孫一揚知道我和楊千瑜的關係，是因爲我怕只要多待一秒，楊千瑜就會在孫一揚面前揭開我的眞面目。

所有的問題來不及獲得解答，暑假就這麼結束了。

開學第一天，一切顯得匆忙而不眞實，走進教室，同學們不是趴在桌上補眠，就是三五成群聊天，放下書包沒多久，何敏芳來了，張文琪跟在她身後出現，一見到我就拚命使眼色要我過去。

我坐在座位上，猶豫了好久才起身。

「徐之夏，好久不見啊。」見我過來，張文琪急忙拉著我坐下，「好像從模擬考之後就沒看到妳了，對吧？」

「嗯。」我點頭，不知道要說什麼。

坐在前方的何敏芳像沒聽見似的，自顧自地滑手機。

「那……妳暑假都在幹麼？」張文琪又問，很明顯是沒話找話，不等我回答，她又接著說：「我整個暑假都待在補習班，超慘的！妳不是沒補習嗎？好好喔，可以待在家裡自習就好……」

她對著我蹙眉，示意我和何敏芳搭話。

比起當事人，張文琪反倒更緊張何敏芳和我之間緊繃的關係，她昨天還特別傳訊息過來，告知我何敏芳的近況，包括她爸媽確定要離婚、她的模擬考沒有考好，要我小心不要踩到地雷，別再和何敏芳起衝突。

我想，張文琪肯定忘了，我從來沒有主動和何敏芳爭吵，我只是厭倦了討好與順從，如果可以，我當然希望和她相安無事。

只可惜，事與願違。

「徐之夏當然過得很好啊，畢竟除了我們，她還有別的『朋友』陪啊。」何敏芳口氣尖酸，眼神也分外刻薄。

我抿緊唇，不發一語。

「哎喲，妳們不要這樣嘛……」張文琪想打圓場，她先是畏懼地看了何敏芳，又不斷向我擠眼弄眼，要我趕緊說點什麼，「我們不是朋友嗎？小事就不要計較了嘛！」

「朋友？」何敏芳語帶諷刺，冷冷嗤笑一聲，「我們把她當朋友，也不知道人家有沒有把我們當朋友啊。」

「當然有呀，怎麼可能沒有？徐之夏，對不對？」見何敏芳反應冷淡，我也不肯出聲，張文琪急了，抓著我的手臂對我喊：「對了！道歉！只要道歉就沒事了嘛！」

道歉？我爲什麼要道歉？

何敏芳的視線淡淡掃來，她那高高在上的模樣，彷彿正在等待我的卑躬屈膝，我原本只是覺得煩躁的心情一下子轉成了不悅。

「徐之夏！」張文琪低喊。

我更不爽了，緊閉著嘴，半句話也不肯吭。

「算了吧，朋友這樣當的。」何敏芳輕蔑地睨我一眼，「也不想想平常對她多好，現在看來都是白費。」

「不要這麼……」張文琪連忙跳出來緩和氣氛。

「我倒想問妳，在妳心中，朋友應該是什麼模樣？」我搶過話，語氣是刻意不掩飾的挑釁，「僕人？跟班？還是應聲蟲？」

朋友？別開玩笑了。

隨著我的問句，張文琪的臉色變得越來越驚恐。

何敏芳死瞪著我，不曉得是因爲難堪還是憤怒，她的脖子漲得通紅，眼裡全是蓄勢待發的怒氣，好像我敢再說一句，她就會要我好看。

「妳是什麼意思？」她問。

我是什麼意思，她怎麼可能不知道？

她又在以退爲進，又在給我機會，又在警告我注意自己說話的態度……

我只是看了她一眼，不打算解釋，更不打算道歉。

因爲我的沉默，何敏芳的怒火無處可發，她像是看著仇人似地瞪我，張文琪夾在我們之間坐立難安，正當我準備回座時，校內廣播正好響起，通知模擬考校排前三十名的高三學生到司令台後方集合。

我沒理會這難以收拾的僵局，直接走出教室。

事情會如何發展，我暫時不願意去想。

模擬考成績單早在暑假的尾聲寄送到家，這次的成績出乎我意料，本以爲考得一塌糊塗的國文和自然，成績竟然還不錯，再加上其他科目正常發揮，分數和名次都比預期還要高。

司令台後方的空地一向是領獎學生的集合地點，各班受獎學生陸續前來，教務處老師按照名次爲眾人排好了上台順序，我心不在焉，一點也不關心哪班的誰誰誰是第幾名。

反正，那又不關我的……

「七班，孫一揚？」

「有。」

聽見熟悉的名字，我猛然回身，只見孫一揚站在隊伍的最後，排在第三十名的位置。

他看見我，微微勾起了唇角。

莫名一股心慌，我什麼表示也沒有就旋過身。

不只是我，其他人聽見孫一揚的名字，不是露出驚訝的神情，就是和身旁的人低聲討論「這個」孫一揚是不是就是「那個」孫一揚？那個常常愛校服務，壓根沒領過什麼獎的孫一揚？

怎麼會呢？我以爲他……

想起那天無意間提到模擬考的事，孫一揚並沒有正面回應我，我自然而然地以爲他沒有考進前三十名……說到底，我還是小看他了嗎？

還是，我從來就不曾相信他呢？

朝會開始，師長輪番的報告與叮嚀，我半點也沒聽進去，心裡亂糟糟的，今天就像是一場夢，在教室的時候是這樣，在這裡也是，我有股想要直接逃離的衝動，可最終我依然沒有動作，只是木然地站在隊伍之中。

「接下來頒發暑期模擬考前三十名的獎狀……」

司儀一一唱名，同學逐一上台，領完獎狀再退到一旁等候……頒獎儀式宛如生產線，講求最高效率，畢竟台下的同學正頂著大太陽，心裡只想趕快結束，誰會眞心爲你祝賀？

心念一動，突然想起了何敏芳和張文琪，我差點笑出來，現在的她們不說我壞話就謝天謝地了，我哪敢冀望她們爲我拍手？

輪到我了。

「三年一班，徐之夏。」

拋開莫名奇妙的思緒，步上司令台，踩上最後一級階梯的那一刻，台下突然爆出一陣熱烈的歡呼。

「徐之夏、徐之夏、徐之夏……」

「冰雪聰明，徐之夏！我們愛妳，徐之夏！」

「嗚呼——」

丸尾、紅毛、大熊，還有七班的其他人……他們興高采烈地大聲呼喊我的名字，明明大部分的人都不認識我，卻開心得像在為自己班上的同學喝采。

其他班級都傻了，有些人探頭探腦地踮腳往台上張望，想看看「徐之夏」到底是何方神聖。

望著歡樂起鬨的七班，我說不清那是什麼樣的感受。

若在以往，我一定會覺得很丟臉，說不定還會感到惱火，但突如其來的驚訝退去之後，我居然由衷地笑了出來。

「三年七班，孫一揚。」

不久，司儀念出孫一揚的名字，停歇的歡呼聲再次爆發，這次更加瘋狂，七班卯足了勁，又是大吼、又是尖叫，他們歡欣鼓舞地喊著孫一揚的名字，氣氛之高漲，簡直可以用普天同慶來形容，不知情的人說不定會以為孫一揚是解救銀河系的大英雄！

其他班級被七班狂熱的反應嚇得目瞪口呆，回過神後，眾人似乎也開始為孫一揚這匹衝進榜單的黑馬而感到訝異。

驚訝，議論，質疑……種種耳語凝聚成巨大的嗡嗡聲，無視台下眾多不友善的目光，孫一揚維持一貫的自信，從容不迫地從教務主任手中接下獎狀。

「恭喜獲獎同學！」

我的視線緊緊鎖定在孫一揚身上，他轉身走回隊伍，我們對上了眼，他笑了，對著我揙了揙手中的獎狀。

厲害吧？他用唇語說。

我偏頭想了想，指著手上的獎狀。

沒我厲害。我挑釁地唇角微彎。

孫一揚愣了一下大笑，引來旁人的側目。

頒獎結束後，受獎隊伍回到司令台後方，朝會還在繼續，我們還是得回到各自的班上，我跟著前方的同學，準備走下通往操場的階梯。

「喂，徐之夏！」

孫一揚叫住我，他越過人群，滿臉笑容向我跑來。

我不由得也往他的方向走去。

好奇的視線不停投來，我不以爲意，我知道，他們正在揣測我和孫一揚是什麼關係，爲什麼七班會爲我喝采？爲什麼孫一揚會和我交好？爲什麼孫一揚能考出好成績？

不用想也知道，他們得出的答案不會是正面的。

但說眞的，我不在乎他們怎麼想。

站在彼此的身前，我笑了，孫一揚同樣笑顏燦爛。

「恭喜你啊。」忘卻早晨的陰霾，我開心地爲他祝賀，「不過……喂，孫一揚，你很不夠意思耶，上次幹麼裝出沒考好的樣子！」

我出拳捶他的肩膀。

他驕傲地勾唇：「這叫驚喜，懂？」

「是是是，你真的給了全校同學一個『大驚喜』。」我刻意強調最後三個字，回想適才全場震驚的畫面，真有種荒謬的幽默。

「妳不表示點什麼嗎？」

我一怔，「表示什麼？」

孫一揚立刻閉上眼，張開雙臂，抬起下巴。

「來吧！」

什麼來吧？來什麼啊！

我瞠大雙眼，心跳陡然加速，不知所措地看向四周，慢了好幾萬拍才發現所有人都在看我們，臉頰驀地燙了起來，這真的不是在不在乎旁人眼光的問題，而是……

我不知道！

「孫一……」

「快點，不要害羞。」

「你……我……」

我陷入瘋狂的天人交戰，不知道是要丟下他逃跑，還是揍他一拳要他別鬧，又或者乾脆抱他一下也沒關係啊！

最後一個選項在心中飛快閃過，這時，有兩個人朝孫一揚背後走了過來，讓我渾沌的腦袋猛然清醒，尷尬地閃到一旁。

「孫一揚。」其中一人咳了兩聲。

「誰啊？沒看到我在跟人——」孫一揚話講到一半，回過身，見到校長和教務主任，嚇得往後退了一步，「校長、主任……」

校長笑瞇瞇地看著他，點了點頭。

「和我聊聊吧？」校長稍稍側身，示意孫一揚到旁邊說話。

「喔，好。」

孫一揚答應的聲音很笨拙，有點傻氣，害我不小心笑了，他皺眉瞪我一眼，我做了個鬼臉回應，他作勢掄拳，用眼神示意我走著瞧。

走著瞧就走著瞧，怕你呀？

「徐之夏。」

「韓、韓老師……」囂張不過三秒，換我被嚇得魂飛魄散。

不知何時突然出現在我身畔的韓老師，正似笑非笑地看著我，我永遠都想閃避他的那種眼神。

像是早已看透我的眼神。

「妳現在有空嗎？」

手拿著一疊通知單，一一分配到各班班牌標示的位置上，這疊發完了，還有下一疊，新學期什麼不多，就是通知單特別多。

我嘆了口氣，環顧四下無人的資料室。

數不清究竟來過幾次教務處旁邊的資料室了，有時候三天一次，有時候上課五天就來五次，若是遇到期中、期末的忙碌時刻，一天報到兩次也不稀罕。

我不是教務處的工讀生，也從沒做過愛校服務，每次前來都是拜韓老師所賜。

「還沒分完？」

「如果嫌慢，你可以來幫忙。」我沒好氣地回。

斜倚在門口喝咖啡的韓老師只是揚了揚唇角，沒有接話。

和他相處久了，我當然不會對他抱持任何不切實際的期望……

本來應該是這樣的，一切本來該在我的預料之內。

但韓老師竟然放下了咖啡杯，一句話也沒多說地走到我面前，分走了我手上的通知單，我登時啞口無言，說不出有多驚訝。

「幹麼？」韓老師淡淡地挑了挑眉，「我嫌慢。」

他不同於以往的舉動，讓我沒敢回嘴，安安分分地分發完剩下的通知單。

接下來的兩份通知單也是，他分去了一半，兩人一同安靜地作業，果然效率提高很多。

「對了，模擬考考得不錯嘛。」韓老師率先打破了資料室裡的靜謐。

「……還可以。」我猶豫了一會兒，給了個保守的回答。

「妳是考得不錯啊，爲什麼要說還可以？沒有達到妳自己的標準？」韓老師一邊移動步伐，一邊對我說：「如果不是的話，大方地說句謝謝不是很好嗎？」

我沒接話，不知道該說什麼。

韓老師抬頭看了我一眼，「沒自信的人說不出謝謝，妳不知道嗎？」

「什麼意思？」

「沒自信的人永遠無法承認自己做得很好，就算別人給了好評，他們也不敢接受，只好一直以謙虛來閃躲他人的稱讚。」韓老師說著，發完了最後一張通知單，「可是，那樣的謙虛眞的好嗎？有時候一句謝謝就能讓對話順利進行下去，卻反而被他們搞得對方有些尷尬。」

所以，我現在讓韓老師尷尬了嗎？

也許是我的表情透露出內心所想，韓老師笑了笑。

「徐之夏，妳覺得妳是一個什麼樣的人？」

「我是……」

面對韓老師的問題，我愣住了。

「妳想過，到底什麼是『做自己』嗎？」他又問，「妳是一個什麼樣的人？妳認爲妳有做自己嗎？這兩個答案是相對應的嗎？」

「我……」

韓老師的語氣其實不凶，也不帶壓迫，然而那些問題卻把我逼進了牆角，無處可逃。

「如果妳不認爲妳有做自己，那又是爲什麼呢？」

那一瞬間，我的腦海縈繞了各種畫面，現在的、以前的，甚至還有我想像出的未來……最後，不知爲何，我想起孫一揚。

如果他發現眞正的我，他還會……

「我和她結束了。」韓老師陡然冒出這句話。

我一怔，「那個她是指……」

「沒錯，就是那個她。」韓老師語調輕鬆，彷彿只是提起一件無關緊要的日常小事，「我以為跟妳很像，但其實一點也不像的她。」

「我該問為什麼嗎？」

「如果妳想知道的話。」他不置可否。

既然主動提起，不就代表想說嗎？

我差點這麼回話，但我沒有。

「嗯。」我只是應聲，順勢問了句，「為什麼？」

「我累了，不想再為了她受累了。」韓老師倚上身後的桌子，「說得更明白一點，我不愛她了。」

任何的理由都是藉口，不愛了，就是不愛了。

韓老師輕描淡寫地用最簡單的話整理了他和她的感情。

「你們是怎麼認識的？」

「大學同學。」他回答，「她是濫好人，老是把事情攬到自己身上，同學看她好欺負，自然得寸進尺，她照三餐吃悶虧，再笨的人也知道事有蹊蹺，何況她又不笨，她不是不氣，是不敢生氣。」

不敢的原因有很多，害怕被討厭、害怕被說閒話、害怕其實是自己的問題、害怕沒人站在自己這邊……

「和她在一起三年，那些訴苦的話就聽了三年。」韓老師輕笑一聲，有些諷刺，「剛開始還能眞心覺得她可憐，到最後發現認眞看待這一切的我根本是白痴，不管提出多少建議，她總說她別無選擇、她沒辦法改變……既然如此，那就乾脆承認自己就是那樣的人，但她沒有。」

韓老師停頓了一下，別過頭。

「她認爲是別人害她沒辦法做自己，她才必須當一個連自己也不喜歡的人，在她的幻想裡，眞正的自己其實是很棒的，就像是《國王的新衣》裡的那個小男孩一樣。」

她想成爲勇敢說出眞話的人，卻從來不曾爲此做出改變。

「看到妳，就讓我想到她。」他說。

老實說，聽見別人說自己像某個人，感覺並不好。

是哪裡相像？

外貌長相？個性行爲？是優點還是缺點？當我站在你面前，你看見的是我、還是她？

我是我，她是她，我們是不同的人。

「後來，我才發現妳們不一樣。」

聽見韓老師這麼說，我很難清楚分辨心裡是什麼感覺，我想，韓老師之所以會注意到我，是因爲她的緣故，他對我的態度不同，也是因爲她……在韓老師面前，我就是她。

即使不同，還是相像。

我和她，我們都是做不了自己的人。

「韓老師，我能問你一個問題嗎？」

他聳聳肩，表示沒什麼不行的。

「你怎麼會喜歡……」那樣的人。

那四個字臨到嘴邊，被我硬是收了回來，畢竟，我大概是全世界最沒資格批判她的人了。

「因爲看了就煩。」

「煩？」我以爲自己聽錯了。

「是啊，因爲很煩，所以看的次數就多了，每看一次，不爽一次，看多了，就在意了，等我意識到我不爽的對象已經不是她，而是那些占她便宜的人的時候，我才知道自己喜歡上她了。」韓老師扯動唇角，像笑又不是笑，「所以，以爲自己不喜歡的事物，突然喜歡上了也是有可能的。」

「很難說啊，哪天妳突然喜歡上了也說不定。」

原來他送我《國王的新衣》時，突然說出的這句話，也是因爲她。

對話停在這裡，我們沒人再出聲，只是靜靜地完成剩下的工作。

韓老師大致檢查完桌上的通知單後，上課鐘聲正好響起，若遠似近，就像是韓老師給我的感覺。

「妳不回教室嗎？」他看向仍站在原地的我。

「……你今天怎麼會突然和我說這些？」我問道。

韓老師不是這樣的人。

但是，我眞的知道韓老師是什麼樣的人嗎？

「也許是想找個人說話吧。」韓老師笑了笑，朝我走來，「但也有可能是因爲，這是我最後一次使喚妳了。」

「最後一次？」

「妳都高三了，我總不能使喚妳到畢業吧？再說，這學期有新老師進來，菜鳥換人當，我解脫了，妳也是，這樣不好嗎？」韓老師拿起已經涼掉的咖啡，啜了一口，「還是說，妳想繼續？」

「才、才沒有！」我瞪大眼，堅決否認。

「眞的？」

「眞的！」

他微笑，「因爲孫一揚？」

「孫一……」我胸口一緊，「爲什麼突然提到他？」

「爲什麼？」韓老師重複問句，彷彿覺得我的問題很好笑，「孫一揚喜歡妳，妳難道不知道嗎？」

心裡那份隱約的感情突然被人堂皇揭開，我不知道該做何反應，一時之間，太多情緒湧了上來。

「你……怎麼知道？」

「很明顯啊，有眼睛的人都看得出來吧？」他說。

聽著他帶笑的聲音，我呆站在一旁，沒辦法思考、沒辦法回應，任憑眾多的畫面在心中掠過。

「既然你這麼厲害，那……」回過神來，我聽見自己問了這麼一句，「你看得出來，我喜歡你嗎？」

聞言，韓老師放下咖啡杯，靜靜地望著我。

他知道，他一直都知道。

「你是怎麼想的？」我問。

他看了我一眼，「我怎麼想重要嗎？」

重要嗎？

韓老師語氣淡漠，我不懂他爲什麼可以那麼平靜，好像我說的話、我的感情，對他來說，一點意義也沒有。

他根本不在乎。

「所以，你早就知道了，卻一直裝作沒發現？」我不甘心地追問。

韓老師沒有說話，手指撫過咖啡杯緣。

他的沉默，讓我更加難受。

「爲什麼？如果你不想接受，爲什麼要一直找我幫忙？就因爲我不像其他女生一樣，巴著你、討好你，因爲我不夠煩，你就可以忽視我的感情？」我控制不住自己，拚命問出了藏在心中許久的疑問，「……或者，只是因爲我很像她？」

韓老師眉間蹙起，「跟她沒有關係。」

「那是爲什麼？」

「我倒想問妳，妳想要聽見什麼答案？」他看著我，眼神透露出不耐。

心口一抽，我整個人僵住。

其實我並非想得到韓老師的正面回應，我只是覺得自尊心受到傷害、覺得難堪，我很生氣，氣他明明知道我的感情卻一再無視，但我更氣自己，居然還會因爲這樣感到難過。

我明明早就知道了，不是嗎？

爲什麼還會因爲他的親口證實感到受傷？

「反正，妳和孫一揚不也——」

「這跟孫一揚沒有關係！」我低喊，感覺自尊被人踩到了腳底。

我說不下去了，再說下去，連我也會覺得這樣的自己很可笑。

對於我的告白，他根本覺得無關緊要，而我居然爲了這種沒人在乎的事情大發脾氣……

太丟臉了。

踉蹌地往後退了幾步，我轉身跑出資料室。

我到底在幹麼？我究竟想要從韓老師那裡聽到什麼？

我不是不要韓老師的答案嗎？

矛盾的情緒在胸口劇烈碰撞，快要把我逼瘋了，然而就在踏出門口的那一刻，我看清了站在門邊的那個人，那瞬間，我被推進了更深的谷底。

「孫一揚……」

孫一揚面無表情地看著我，不發一語。

他什麼也沒說，掉頭就走。

「孫一揚！」

他步伐很快，我想抓住他，請他停下來，可是每當我差點碰到他的衣角，他就會閃開我的碰觸，頭也不回，越走越快。

孫一揚若不打算等我，我根本追不上他執意拉開的距離。

孫一揚一直都在等我。

不爭氣的眼眶忽地發熱，我用盡最後一分力氣衝上前，扯住他的手臂。

「孫一揚，你聽我說……」

他沒看我，目光直直望向另一個方向。

此起彼落的嬉鬧聲從樓上傳來，有人笑、有人叫、有人跟著起鬨，沒來由的熟悉令我顫慄，我不敢看向聲音傳來的方向，我知道那不是正常的玩鬧，我就是知道。

「徐之夏。」

有人喊了我的名字。

像是被下了不能抗拒的指令，我緩緩地轉過頭，循聲看去。

班上同學擠在教室前面的走廊，何敏芳朝我揮手，她笑容燦爛，就像早晨的爭執從未發生過一樣。

在她的身後，有人拿著一本又一本書、一張又一張考卷往樓下扔，書本像失速墜落的鳥，考卷宛如朵朵殘敗的落花……

「妳認識她？」孫一揚的聲音在我耳畔響起。

他口中的她，指的是正在樓下狼狽地撿拾課本的楊千瑜。

她還是和以前一樣，不管別人怎麼欺負她，她一句話也不吭，只是默默承受。

而我也和以前一樣，只是站在一旁，什麼也不做。

「徐之夏，看這邊！」

何敏芳再次大喊我的名字，她揮舞著雙手，漂亮的臉龐還是在笑，笑得愉悅，笑得歡快，笑得……很可怕。

「搞什麼——」

來不及弄清何敏芳的笑容究竟藏著什麼涵義，只聽身旁的孫一揚低喊了一聲，我連轉頭的時間都沒有，他已拔腿衝下樓梯。

發生了什麼事？

我瞪大雙眼，不敢相信眼前所見。

一群人簇擁著一名從廁所走出來的男同學，他手上提著沉重的水桶，臉上浮現出驕傲的神情，前方的人往旁邊讓開了路，他們交談了幾句，同時迸出大笑。

那是我聽過最可怕的聲音。

「五！」

我看見他們開始倒數。

「四！」

我看見他們一邊笑鬧，一邊探頭往下看。

「三！」

我看見楊千瑜即將成為標靶，卻仍一無所覺。

「二！」

我看見何敏芳朝我露出勝利的笑容。

「一！」

「不要——」

我尖叫，眼睜睜地看著水桶裡的水向下傾倒。

時間流逝的速度變得很詭異，快得讓我無法阻止，卻又慢得足以讓我看清所有細節，楊千瑜抬起頭，看著朝她傾瀉而來的大水，瞠大了眼，動彈不得。

水花迸開的那一刻，四周忽然沒了聲音。

沒有人說話，沒有任何聲響。

站在一片溼漉漉的地上，孫一揚環抱著楊千瑜，渾身溼透。

「孫一揚……」

我快步走下樓梯，全身發抖，可是我還是得過去。

然而，當我看見他的眼神，我再也邁不開步伐。

孫一揚第一次用那種眼神看我。

全然的冷漠。

彷彿我們從來不曾相識。

Chapter 10

「徐之夏，妳也挺不簡單的嘛！」

剛踏進教室，何敏芳諷刺的言語立即傳進我耳裡。

我不理她，逕自走回座位。

幾分鐘之前，我們全都站在學務處，等候教官與主任的發落；幾分鐘之後，參與這起事件的所有人，安然無恙地回到教室。

我一直都知道，在師長面前，身爲一個成績好的學生是多麼有利，但我不知道的是，原來一群成績好的學生聚在一起犯錯，竟能讓所有錯誤被一句「好好反省」輕輕揭過。

這讓我很生氣，也只能生氣。

更甚者，我根本沒資格生氣……

「妳所謂的朋友，就是那個孫一揚？」

儘管我要自己別理會何敏芳，還是無法克制地轉頭。

「孫一揚」這三個字讓我沒辦法控制自己。

我面無表情地看著何敏芳，她似乎敏銳地察覺了我的在意，笑容越來越張揚。

「哦，被我說中了？我還在想，到底是誰讓孤僻的妳變得那麼奇怪，也是啦，他對妳眞的好好，剛才還在朝會上爲妳喝采。幹麼？你們在一起了？」

「妳不要亂說……」

何敏芳又笑，眼中閃過一抹得意。

「不對啊，徐之夏，我記得妳明明是喜歡韓老師的啊？難道是我記錯了嗎？」

心口猛然一震，我確實被嚇到了。

我從來沒和她聊過韓老師的事，一次也沒有，我不知道何敏芳是從哪裡得知的，更不知道還有多少人知曉，此時此刻，那些細節都不是重點。

不論如何，這絕對不是可以任她當眾說三道四的事。

四周同學的視線集中在我身上，我看著何敏芳，冷冷地盯著她。

「不關妳的事。」我說。

「不關我的事？」何敏芳嗤笑一聲，「妳不要以爲我不知道，妳老是纏著韓老師是抱著什麼樣的骯髒心理，人家不過是對妳好一點而已，妳就自以爲有多了不起。」

自以爲了不起的人究竟是誰？

握緊了身側的手，我拚命隱忍，告訴自己不要衝動。

「徐之夏，妳噁不噁心？纏著韓老師還不夠，怎麼？韓老師滿足不了妳嗎？妳是哪裡有問題，居然還扯上那個孫一揚？」

「妳說夠了沒有？」

「不是吧？敢做還怕人家說？徐之夏，不要說我沒提醒妳，那種人根本就不是好東西，妳自己想想，和孫一揚那種傢伙搞在一起會有什麼下場？妳不要自甘墮落和那種人——」

那一刻，我的理智斷了線，大力踹開旁邊的椅子，我狠狠地瞪著何敏芳，她沒有退卻，只是卸下了笑容，也狠狠地瞪著我。

我應該要忍耐的，就像以往的任何時候。

只要忍耐，一切就會過去。

然後，永遠無法改變。

……我不要。

「妳到底有什麼資格這樣對待別人？只會霸凌別人、欺負別人，除了這些，妳還會什麼？」胸口一陣氣悶，讓我快要不能呼吸，「妳以爲妳是誰？這樣做很有趣嗎？很好玩嗎？讓妳覺得很有成就感嗎？」

「我說錯了嗎？妳告訴我，我哪一點說錯了？」何敏芳大喊，她的聲音極爲尖銳，「徐之夏，要不是我可憐妳，妳以爲妳在這個班上有生存的餘地嗎？」

「沒錯，妳可憐我，就因爲妳想要的不是朋友，妳要的只是服從妳的僕人！」見她自以爲是地高高在上，我的憤怒逐漸失控，「我或許可憐，但至少我不像妳，自以爲有朋友，自以爲每個人都喜歡妳，卻不知道那些人在背後是怎麼說妳的！妳要不要問問他們，在場哪個人沒有說過妳的壞話？」

「妳亂講！」何敏芳鐵青著一張臉。

「我有沒有亂講妳自己最清楚！我不想再和妳胡鬧下去了，我不想像妳一樣，以爲全世界繞著妳打轉、以爲每個人都該奉承妳，妳欺負別人可以換來什麼嗎？」我不停地說，看著何敏芳的臉色越來越糟，「妳只是因爲妳過得不開心，就想拉著別人和妳一起陪葬！」

「徐之夏，妳……」

還不夠。

「根本沒有人眞心喜歡妳。」我冷冷地說。

「妳少胡說……」何敏芳臉上出現一絲動搖。

還不夠。

心像被怒火熊熊燃燒，我沒辦法正常思考，滿腦子只想著要如何將她狠狠擊敗，我不想再讓她繼續囂張，我必須要讓她明白，她是錯的，我必須讓她知道平時被她欺負的人是什麼樣的感覺！

「或許，妳爸媽也是因爲受不了妳，才會決定離婚吧？」

何敏芳的表情忽然凍結，殘忍的快意一下閃過我心頭，我知道我打擊到她了，我踩到她的痛腳，我贏了。

但快意只持續了一秒而已，悔意緊跟著湧了上來。

我錯了，我不該這麼說。

她的眼淚掉了下來。

「徐之夏，妳太過分了！」張文琪上前擁住哭泣的何敏芳，轉頭對我大喊。

四周一片死寂，我緩緩地看向身旁圍觀的同學，他們臉上盡是不以爲然，以及深深的責備。

沒有人站在我這邊。

哭聲持續傳進耳中，我終於意識到這一點。

我成了那個小男孩，拆穿了國王新衣的眞相。

但我得不到獎賞，只有眾人無聲的指責。

下課鐘聲一響，我立刻跑向三年七班。

拋下教室裡那片懸而未決的混亂，心臟跳得飛快，不光是因爲急速的步伐，還有緊張、不安、恐懼……這樣的感覺似曾相識，當我爲了尋找孫一揚，獨自前往田徑場的時候，也有過這種感覺。

想起孫一揚看我的眼神，胸口便痛得難以呼吸。

他眞的生氣了，他不會原諒我了……

七班教室依然傳來陣陣音樂，愉快的閒聊聲跟著旋律一起流瀉，那份歡快如此熟悉，卻感染不了逐漸走近教室的我，腳步甚至不自覺放慢，彷彿踏入了深不見底的泥沼，舉步維艱。

幾名同學從教室走了出來，他們一看見我，臉上笑容一收，神情轉爲複雜，我不敢去揣測那究竟代表什麼，不會是好事，不可能是好事……深吸了一口氣，我覺得自己快要溺死在恐懼之中。

就在這時，有人拍了拍我的肩膀。

「孫——」

回過身，只見大熊尷尬地對著我笑。

不是他。

「大嫂……不是，之夏。」大熊突兀地改口，他傻笑，難掩困窘地搔搔後腦，「那個，妳來我們班有什麼事嗎？」

我沒有馬上回答，只是怔怔地盯著他，心思全被他突然的改口給攫去，爲什麼改口了？爲什麼不喊我「大嫂」了？你不是再怎麼糾正都改不了口嗎？

不過是一個稱呼而已。

一個我不曾承認的稱呼。

「孫一揚，他在嗎？」強壓下心裡的失落與不安，我問。

「呃，老大啊，老大他……」大熊往教室內瞄了一眼，我不確定他看見了什麼，但很明顯地，他並不打算告訴我孫一揚的去處。

爲什麼？

難道是孫一揚吩咐的？

「他在後走廊。」

面對丸尾不知何時來到了大熊身後，他雙手環胸，噙著一抹微笑。

「我可以……」

「明明早上才開開心心上台領獎，回來的時候卻淋得一身溼，問他發生什麼事也不說，一個人在後走廊待了一節課，到現在還不肯出來。」丸尾定定地看著我，笑容不減，「之夏，妳覺得我該讓妳去找他嗎？」

丸尾沒說出口的責備，我找不到詞彙爲自己辯護，想要解釋也不知道該從何說起，可我也沒辦法就此離開，我想見他，只是想見他。

爲什麼我說不出這句話呢?

一聲嘆息傳進耳中，我抬頭，見丸尾往旁邊讓了一步。

「妳自己想清楚要說什麼。」

他沉下的語氣帶有警告，還有一絲我沒能釐清的情緒，我察覺到了，卻沒時間細想，我只知道得到了許可，想也不想便踏入七班教室。

我像是誤闖禁地的外來者，快步穿越七班同學登時靜下的沉默，在他們目不轉睛的注視之下，逕自推開連接後走廊的門板，初秋的涼風迎面而來，混著燠熱，卻又帶著涼意。

一時之間，我彷彿來到另一個世界，悄然無聲，只有沿著建築劃出長長弧線的長廊，通往廣闊無邊的藍天。

然後，我看見了孫一揚的制服衣角。

那一方純白，出現在走廊末端的梁柱後方，我不自覺放緩了腳步，只見孫一揚孤身坐在地板上，倚著柱子，背對著我，仰望著什麼也沒有的天空。

什麼也沒有。

「孫一揚……」

「妳來幹麼?」他頭也不回，語氣冰冷。

原來，他早就察覺我的到來。

風一陣又一陣不停吹來，吹亂了我的頭髮，同時也吹上了他依然泛著溼氣的制服，我好想叫他不要再待在這裡，卻怎麼樣也發不出聲音。

該說什麼?能說什麼?我來這裡又是要做什麼?

我找不到答案。

孫一揚瞥了我一眼，突然起身，掉頭就要走。

我只能焦急地一把抓住他的衣角。

「等等，我——」

「徐之夏，妳爲什麼騙我？」孫一揚打斷我。

我咬緊下唇，眼眶一下子發熱。

思緒一片混亂，我找不到一個好理由解釋，如果是誤會一場，自然需要解釋，而我也願意竭盡所能爲自己辯駁。

可是，孫一揚誤會我了嗎？

我騙了他，我沒和他說實話，我一直在躲藏……

我，從來就不是無辜的啊。

「說不出來？還是不敢說？不然，我換個問法好了。」孫一揚終於肯看向我，他的眼神變得好陌生，「妳認識那個女生？」

我不敢承認，卻不可能不承認，僵硬地點了點頭。

「她在班上一直受到欺負？」

我依然只能點頭。

「而妳，徐之夏，」孫一揚直視著我，「妳一直都知道？一直都漠視這一切？」

又是一陣微風拂過，吹起了他鬆軟的褐髮，我動也不動，迎向孫一揚的雙眼，我有種錯覺，彷彿從他的眼裡，看出他希望我能給出否定的答案。

即使說謊也好，他是不是很希望我不是那樣的人？

「……我知道。」但我不是，我也不想再對孫一揚撒謊。

我不是無辜的，我和他們都一樣。

「爲什麼？」孫一揚蹙起眉宇，他沒辦法理解，「妳可以幫她的，不是嗎？她什麼錯事都沒做，卻遭受到那樣的對待，妳怎麼可以袖手旁觀？爲什麼容忍別人那樣對待同學？妳爲什麼不阻止他們？妳到底在想什麼？難道妳也——」

「我沒有！」

他的眼神尖銳，戳穿我的心虛，「但妳什麼都沒有做。」

沒錯，我什麼都沒有做。

我只是旁觀事情發生，旁觀楊千瑜默默受苦，旁觀他人惡意的欺辱，明明不願意同流合汙，在心裡自以爲是地批判那些人，卻始終沒有勇氣挺身而出，只是安靜地站在一旁，暗自祈禱下一個被霸凌的人不會是我。

這樣的我，更卑劣。

「如果妳曾經想過要幫她，今天的情況就不會發生。」孫一揚的眼裡盡是譴責，他看著我，不讓我有逃避的機會，「妳可以幫她說話，可以站在她身邊，也可以告訴老師，就是不該什麼都不做！妳明明知道漠視會助長他們的惡行，難道妳以爲只要沒有加入就不算是幫凶？還是妳以爲這樣就可以置身事外？」

不是的，我從來沒這樣想過。

我想說話，我想解釋，罪惡感卻一下子啃噬了我。

沒錯，我不該為自己辯解。

看著孫一揚彷彿不認識我的眼神，我的思緒忽然空白了。

「徐之夏，妳不該是這樣的人啊。」

我不該是這樣的人？

那麼，我「應該」是怎樣的人？

我分不出，究竟是因為孫一揚的指責，或是因為他語氣裡微乎其微的憐憫，我的罪惡感在一瞬間消失殆盡，取而代之的是被揭穿的難堪、不被理解的痛苦，以及一股被人否定的憤怒。

「你懂什麼……」

「什麼？」

「什麼叫我不是這樣的人？」我的聲音逐漸提高。

孫一揚眼裡浮現不解，我垂在身側的雙手握得越來越緊。

「孫一揚，你根本什麼都不懂！」

「那妳就讓我懂啊！」

「我說了你就會懂嗎！」我大喊，淚水忽然湧上，他的身影在我的眼前模糊成一片，「你根本就不懂……不懂因為害怕被其他人討厭，所以處處看別人的臉色，不敢說出自己的想法，只能像個附屬品一樣依附在別人身邊，違背自己的心情，到最後就連自己也忘了自己的模樣……」

「這就是妳的藉口嗎？就因為害怕被別人討厭，妳就默許那樣的行為發生？」孫一揚還是不懂，他冷漠地看著我，「這樣的妳，和他們有什麼不一樣？」

「徐之夏，妳和他們都一樣。」

她的聲音毫無預警地在我腦海中響起，罪惡感再次籠罩了我，是啊，這不是我可以冷眼旁觀的理由，直到現在，我還是把自己當成受害者嗎？

但我又能怎麼辦？

沒人站在我這邊啊！

「……不是每個人都能像你一樣，你擁有那麼多朋友，他們了解你、關心你，甚至因爲擔心你受到傷害而站出來保護你，這樣的你不會理解我光是待在教室就覺得痛苦、覺得孤單的心情。這樣的我，該怎麼保護別人？」

如果可以的話，我也想要成爲一個勇敢的好人。

但我沒辦法，我必須保護自己。

看著面無表情的孫一揚，我知道，他不會理解的。

「什麼叫我不是這樣的人？」我直直看向眼前的他，聽見自己的聲音在顫抖，「孫一揚，你根本就不了解我，你只是把你所認爲的『徐之夏』加諸在我身上，你之所以覺得生氣，只不過是因爲我讓你自以爲的想像破滅了——」

眞正的我不是你想像的那樣。

就連我也不喜歡眞正的自己，我終究不是你喜歡的那個徐之夏。

「那韓靖呢？」孫一揚冷冷地問。

我一怔。

不用他提醒，我馬上想起不久前和韓老師在資料室的那場談話，當時孫一揚也聽見我親口承認自己喜歡韓老師，可是……

不是這樣的。

「妳之所以喜歡韓靖，就是因爲他了解妳嗎？」他問，語句裡帶著尖刺。

握緊的手漸漸發涼，我找不到聲音回答。

在孫一揚眼裡，成了默認。

「難怪，這樣我就懂了，兩個虛僞的人果然比較能夠互相理解。」孫一揚迸出一聲冷笑，「不錯啊，你們很配。」

原來，這才是心痛的感覺。

「……已經夠了。」我說，適才的激動已經被他全身散發出的冰冷給凍結。

我不想再繼續談下去了。

「我哪裡說錯了嗎？」但孫一揚不肯放過我，「照妳的意思，不就是韓靖比較了解妳？他可以理解妳的心情、理解妳爲什麼見死不救，他才是那個眞正懂妳的人，對吧？」

「至少韓老師不像你，他沒有你那麼高尚，他不會批判我，更不會站在高處用自以爲是的正義來評價我。」我不帶任何情緒地說著。

他神情頓時一僵，我心口依然忍不住疼痛。

其實，我不想傷害他。

可我必須保護自己，就像以前一樣。

「是嗎？」孫一揚仍盯著我不放，他勾起嘴角，笑意不達眼底，「既然如此，我們也沒什麼好說的了，對吧？」

是啊，那就這樣吧。

反正，我們本來就沒有什麼關係。

那天過後，我的生活在一夕之間劇烈轉變，何敏芳對我的孤立也在預期之內。

也許是改變得速度太快，過往的一切反而顯得很不眞實。

我一個人上課、一個人行動、一個人待在座位上享用午餐，沒有太多的不適應，好像我原本就是這麼生活似的，我很快接受了這樣的現實。

偶爾，班上會有幾個女生和我搭話，問我要不要和她們一起行動，我拒絕了，即使她們也都看不慣何敏芳的所作所爲，即使我們都不曾爲此站出來說話……

但，我和她們還是不一樣的。

我選擇將自己隔絕於外，選擇自己一個人。

「接下來進行分組討論，下星期要交小組報告。」歷史老師關掉投影機，開始交代作業。

班上同學隨即站起身，沒多久，一個個各有默契的小團體成形，我坐在位子上，明明知道是錯覺，卻仍感受到一股無形的壓力從四面八方傳來，壓得我的肩頭很沉重。

只有我，我是一個人。

「老師。」我走上前，假裝沒注意到其他人好奇的視線。

歷史老師看向我，「怎麼了嗎？」

「我可以自己一組嗎？」

「別組沒缺人了？」

「我不知道，但是……」

「咦？不是啊，我記得……」歷史老師說話的聲音總是大得不受控制，而他的神經顯然也和他的音量成正比，「徐之夏，妳不是一向都跟何敏芳她們同組嗎？」

滿室嗡嗡的討論聲陡然消停，每一個人都在側耳聆聽我會怎麼應答。

當然，包括何敏芳。

「老師，你不知道，人家現在交到其他『好朋友』了，怎麼會稀罕和我同組呢？」何敏芳愉悅的語調很刺耳，她看著我，笑瞇了眼睛，「好厲害，自己一組，要加油喔！」

隔著好一段距離，他們那群人的笑聲倏地迸發，我能從他們的笑聲裡感受到毫不掩飾的惡意，我知道，他們就是故意要笑給我聽的。

可是，我不在乎，我不能在乎。

「老師，可以嗎？」我問道。

「老實說，我不太希望有這種情況發生。」歷史老師搖搖頭，拒絕了我的請求。

「可是……」

「啊，楊千瑜！」歷史老師的視線突然定在我身後，我不用想也知道後方站的是誰，「正好，徐之夏，妳和楊千瑜一組，怎麼樣？」

那方又是一陣爆笑，我回過頭，楊千瑜侷促地站在那裡。

她看著我，臉上布滿不知所措。

「……我知道了。」我說。

不願繼續和老師爭執，我轉身走回座位，楊千瑜亦步亦趨地跟上，何敏芳那群人的嘲諷一句句傳進耳裡，我明明不想在乎的，卻還是感到焦躁，難以平息的鬱悶縈繞不去。

「那個，徐之夏……」

「我負責統整，妳找好資料傳給我就好。」說完，我翻開講義，頭也不抬，「最好在星期二之前給我，可以嗎？」

「……好。」

聽見楊千瑜微弱的應答聲，我閉了閉眼，再次厭惡起自己。

我在遷怒。

我根本沒辦法不在乎那些人的酸言酸語，可我做出的唯一反應，卻是對著無辜的楊千瑜發脾氣，因爲她「可以」讓我發脾氣，她不會反抗，她比我弱小，她的地位比我還低……

我和他們有什麼不一樣？

「徐之夏，我……」

「妳可不可以不要跟我說話！」一時控制不了情緒，我衝著她大喊。

楊千瑜嚇到了，班上的其他人也是。

全班鴉雀無聲，全世界好像只剩下我紊亂的呼吸聲。

「對不起……」楊千瑜怯怯地低下頭，音量小得幾乎聽不見。

聽到她的道歉，我並未感到一絲愉悅，反而加劇了我的煩悶。

錯的是我，妳為什麼要道歉？

「徐之夏，不要那麼凶嘛，妳看，人家都快被妳嚇哭了。」何敏芳語帶譏諷，風涼話毫不留情地接連吐出，「要跟新朋友好好相處呀，妳不是最會了嗎？」

「好了、好了，給你們時間討論不是讓你們聊天的……」歷史老師大概也見不得這種爭執，插手要大家安靜下來。

我忿忿地別過頭，不想再看見何敏芳或是楊千瑜的臉，單手撐著發疼的額際，就算一個字都看不進眼裡，我仍強逼自己盯著書本。

直到鐘聲響起，沒等老師宣布下課，我便迫不及待走出教室。

沒有目的地，只是想逃離那個令我窒息的地方。

我以為變成一個人會是可憐的，我以為我會變得孤單無助，可我沒想到竟然會變成這個樣子，既不能為自己發聲，也無法坦蕩地生活，甚至把氣出在別人身上……

我到底該怎麼做才好？

「徐之夏……」

「妳跟過來幹麼？」我冷著聲音，問著站在身後的那個人。

公布欄的玻璃映出了楊千瑜的身影，我不知道她為什麼要追來，更不覺得我們之間有什麼話好說，我不是很明白地表現出我不想和她有所接觸，難道不能讓我一個人靜一靜嗎？

「那個，我……」

又來了，明明是她起的話頭，卻不能好好接續，看她欲言又止的軟弱模樣，我原本就煩躁的情緒更不耐了。

「妳到底要說什——」

我轉過身，卻在瞥見另一道身影時，話硬生生停在嘴裡。

「楊千瑜。」

他喊的不是我的名字。

「孫、孫一揚……」楊千瑜倉皇地瞪大眼，朝我一瞥，才對著他問：「你怎麼……有、有事嗎？」

「沒事，只是看到妳，和妳打聲招呼而已。」他笑了笑，手插在口袋裡，緩步朝她走近，「不行啊？不是吧，這麼小氣？」

聞言，楊千瑜大力地搖頭否認，逗笑了孫一揚。

「別搖頭了，看得我頭都暈了。」

楊千瑜尷尬地摸了摸頭髮，低下了頭。

那並沒有阻止孫一揚的興致。

「對了，妳是不是說過學校附近……」

我聽不見他們兩人之間的談話，不是因爲距離太遠，而是因爲我的世界像是被誰按下了靜音鍵，眼前的畫面成了全然無聲的默劇。

我看著孫一揚鬆軟的頭髮被拂過穿堂的風吹起，看著他半彎身子，專注傾聽楊千瑜說話，她漲紅了臉，他的嘴角一直帶笑，偶爾因爲她的話語笑彎了眼睛……

我好想離開，雙腿卻不聽使喚。

他們現在是朋友了？難不成是因爲上次的事？

他們看起來爲什麼這麼要好？

他們在說什麼？爲什麼笑得這麼開心？

他們、他們、他們……心裡冒出好多好多關於「他們」的問句，我不是眞的在乎，那不是我眞正想知道的事，我唯一在乎的，只是希望孫一揚看我一眼，只要一眼就好……

他爲什麼不看我？

「呴，老大你幹麼亂跑啊！走了啦，等下要去體育——」

還沒見到人，熟悉的大嗓門先傳進耳裡，邊走邊嚷嚷的大熊前腳才踏進穿堂，抱怨登時止住，原因無他，就是看到了我。

他尷尬地別開目光，不自然地搔了搔後腦勺。

孫一揚轉頭看了大熊一眼，目光掠過了我，再次回到楊千瑜身上。

「那先這樣啦！」孫一揚對楊千瑜勾起唇角，「先走了，拜。」

「拜、拜拜……」

孫一揚又笑，這次，他伸手揉亂了楊千瑜的頭髮，然後雙手插進口袋，領著大熊離開。

而我只能站在原地，眼睜睜地看著孫一揚和我擦身而過。

等我意識到的時候，我已經低下頭，盯著腳尖，視線變得朦朧不清，喉嚨深處像梗著硬塊，莫名的酸意讓眼眶發熱，就連深呼吸也做不到，肩膀好沉，心臟也是……

鐘聲響了，我不想回教室，可是，我又能去哪裡？

「徐之夏……」楊千瑜怯生生的聲音輕輕響起。

她爲什麼還在這裡？

「上課了，妳快點回教室。」我說，看見她的舊皮鞋依然杵在原地不動。

「妳不回去嗎？」她問。

「我想回去就會回去。」

「可是……」

「妳煩不煩啊！我怎麼樣都不關妳的事吧！」受不了她語氣裡的關心，我閉上眼睛大喊，難以壓抑的哽咽一湧而上。

我明明不想哭的。

眼淚不爭氣地滾落，我轉身往另一個方向走開。

淚水怎麼也止不住。

「徐之夏！」楊千瑜拉住我的手臂。

不知道爲什麼，她在發抖。

也許是因爲如此，本來想衝她大吼的憤怒一下子消散，我抽回手，沒有回頭。

「妳到底想怎樣？」我抬手抹掉臉上的淚。

「我……」

「如果妳無話可說，可不可以讓我一個人靜一靜？」我深深吸了口氣，眼眶又熱了，

「算我拜託妳了。」

「不是，我……」

「我拜託妳走——」

「妳聽我把話說完！」楊千瑜大喊，打斷了我的話，「我知道妳很討厭我，可是、可是……我只是想告訴妳，那天的事情，妳沒有錯，害妳和何敏芳吵架，我很抱歉，對不起……」

「妳根本不需要道歉！」錯的是我、是欺負妳的人，妳明明就是受害者，爲什麼還要爲我感到抱歉？

「如果我不漠視事情的發生、不抱著事不關己的心態，如果……」

再多的如果，也換不回最初。

眼淚再次滑落，我抹去，不停地抹去，卻怎麼也抹不乾淨。

太多情緒交錯在一起，不只是後悔，更多的，是遲來的自責。

「我們是永遠的好朋友。」

「之夏，妳爲什麼不理我？」

「妳和他們都一樣……」

過往的一切一幕幕浮現，她的悲傷、她的無助、她的淚水……

我明明是最了解的人啊，爲什麼我……

「可是，我不覺得妳是一個壞人啊。」

楊千瑜的聲音穩穩地傳進了我的心裡。

曾經，我有一群好朋友。

至少國中時候的我是眞心地認爲，她們是我的好朋友。

我們一行四人感情很好，上下課總是黏在一起，就連上學也不例外，我們會約在早餐店集合用餐，分享四種不同口味的餐點，興高采烈地聊天，就算是無聊透頂的話題也可以聊得欲罷不能，老是在早自習鐘聲響起的前一刻，才手勾著手一起衝進對街的校門。

我們會是一輩子的好朋友。

對於這點，我從來沒有懷疑過。

雖說我們四個是密不可分的好朋友，但其中還是會有一個人和我的頻率最接近，那個人就是許心薇。

有些祕密我和許心薇只會和彼此分享，而我們也知道，另外兩個朋友也和我們一樣，她們共同擁有只屬於她們的祕密。

國二下學期，經由老師推薦，我參加了科展，學校生活變得忙碌，常常不在教室，班導特別免除我的打掃工作，除了我之外的三個人，每到打掃時間，都必須去三年級的車棚掃地。

不過兩、三個星期的時間，她們就在那裡認識了幾位三年級的學長，也和他們交換了聯絡方式，從此以後，那幾位學長成了每日午餐的重點話題。

學長班上發生了什麼蠢事、哪位學長又考了零分、他們放學後會去哪裡消磨時間……各種大小事都能聊上一遍，就連不認識學長的我，也逐漸對他們的身家背景如數家珍。

從她們的談話裡，我隱約能察覺到，其中有一位參加籃球校隊的學長是最受女生歡迎的。

聽說他不只籃球打得好，長相帥氣，功課也好，雖然比起其他學長，那位學長的個性是安靜了些，但對青春期的女生來說，這意味著成熟，也意味著與眾不同。

女生喜歡上他，是一件很簡單的事。

「之夏，我好像有喜歡的人了。」

放學後的圖書館，許心薇跟我說她戀愛了。

對象就是那位學長。

她告訴我，她和學長平時互傳的訊息內容，帶著幾分曖昧，看著她害羞的笑容，我感覺得到她對於初戀來臨的期待……

我明明該爲她開心的，可我滿腦子想的卻是另外兩個好朋友的反應會是什麼？她們不是也喜歡學長嗎？許心薇這樣做眞的好嗎？如果她們生氣了怎麼辦？

但是，那時候我只是看著許心薇的笑容，什麼都沒有說。

許心薇是個很甜美的女生，外表可愛，聲音嬌甜，內心也很柔軟，如果用一種顏色來形容，她絕對是浪漫的粉紅色。

她總是笑得甜甜的，毫無保留地和我分享學長和她之間的點滴，卻總在四人齊聚的時候保持沉默，或許她也知道說出來不會是個好主意，許心薇始終沒有和她們坦白，關於她和學長私底下的感情進展。

我有好幾次想要提醒她快點跟她們說出一切，也有好幾次差點告訴另外兩個朋友，可這不關我的事啊，這是她們三個人的問題，我不應該插手，我們是好朋友，不管發生什麼事情都會是好朋友……我總是這麼想、這麼勸退自己。

到最後，我還是什麼都沒有說、什麼都沒有做。

也許，當時的我早就知道，我們的友情將因此毀滅。

我只是不願面對，不敢阻止。

「之夏，妳不覺得許心薇有點煩嗎？」

回想起來，這句話似乎就是一切走向崩壞的開端。

我不曉得她們是怎麼發現許心薇和學長的事，可能是其他學長洩漏了口風，也可能是出自女生天生的直覺，可不論是哪一種，對她們來說，許心薇的隱瞞是無法饒恕的錯誤。

剛開始，她們有意無意地忽略許心薇的發言，對她的想法表現出不感興趣的樣子，有一搭沒一搭地接她的話，看似一如往常，其實說不出的隔閡已經油然而生。

接著，她們假裝忘了等她一起行動，尤其是我不在班上的時候，她們會自顧自地離開，留下許心薇一個人，一次又一次，她的落單逐漸變成常態。

到了最後，連我也受到她們的影響，面對她們對許心薇顯而易見的孤立，我忽然不知道該如何和許心薇相處，我可以感覺到團體裡的氛圍變得詭異，爲了避免尷尬，我甚至開始躲避她的接近。

我知道我不該這樣，那不是許心薇的錯，可是……

我就是這麼做了，只因爲沒來由的恐懼。

「之夏，妳爲什麼不理我？」

許心薇好不容易鼓起勇氣問我，我只是敷衍地告訴她，是她想太多了。

她沒有想太多，她才沒有。

許心薇變得越來越不快樂，爲了逃避寂寞，她一下課便往三年級教室跑，學長成了她的精神支柱，兩人的感情加溫異常快速。

然而，毀滅總在眨眼之間忽然降臨。

許心薇和學長的簡訊被另外兩個朋友窺見，後續的發展宛如星火燎原，一發不可收拾。

明明是她們偷看許心薇的手機，她們的反應卻像終於抓到了犯罪證據，她們罵她欺騙、不重視友情，並跟其他抱怨許心薇噁心、做作、勾引學長。

班上同學採信了她們的說法，許心薇的所作所爲成了足以被眾人撻伐的理由。

漸漸地，沒人願意搭理她，大家都當她是可怕的傳染病源，只要她一靠近，所有人馬上一哄而散。

這樣的情況並未因爲時間的過去，以及許心薇的隱忍而獲得改善，反而變本加厲，班上同學不再只是對她敬而遠之，而是主動上前攻擊什麼錯事也沒做的她。

原本老愛抓著我吱吱喳喳說話的許心薇變得很安靜，非到必要，她不會開口，因爲她一出聲，就會有人掐著嗓子誇張地模仿她的聲音；體育課的時候，飛快的球總是會不小心砸向不擅運動的她；只要稍不注意，就會有人趁著她正要坐下，故意拉開椅子讓她跌在地上，瞬間迸發的笑聲會在下一秒掩住她臉上一閃而逝的悲傷……

看著默默受苦的許心薇，我並不好受。

「之夏，妳和我們是同一邊的吧？」

但當我好不容易鼓起勇氣，希望那兩位朋友可以放過許心薇，她們卻只是漠然地看了我一眼，用警告的語氣對我這麼說。

如果妳不想和她一樣的話，那就不要出聲。她們的眼神如此表明。

一切變得好難理解，欺負人的是我的朋友，被欺負的也是我的朋友，再加上班上同學的「同仇敵慨」，種種壓力排山倒海朝我席捲而來。

到底該要怎麼做？其實我心裡很清楚。

可是，我不敢做出正確的事，我應該要做，但我不敢。

最終，我依然選擇了沉默。

一次又一次，看著許心薇默默承受那些殘忍的對待。

許心薇從來沒有哭，她一次也沒有在欺負她的人面前落下眼淚。

一直到升上三年級，事態依然沒有好轉，班上同學早就忘了對她的霸凌究竟是因何而起，只是習慣了這麼待她。

對許心薇而言，升上三年級，意味著學長已經從學校畢業離開，少了學長的陪伴，她就連下課也無處可逃。

在一次嚴重的惡作劇下，被人潑灑了滿身顏料的許心薇跑出教室，我已經忘了是爲什麼，但那天的我特別沒辦法忍受自己只是坐視不管，不顧同學訝異的目光，也不管這麼做會有什麼結果，我追了過去。

空無一人的走廊盡頭，許心薇獨自站在廁所外面的洗手台，清理制服上的五顏六色。許心薇的手不停用力搓揉，顏料不僅沒有消失，反而被暈染成一大片斑斕的色塊。

「妳沒事吧？」我問。

她沒有回答。

「需要我幫忙嗎？」我問。

她依然沒有回答。

「那樣子洗不掉的，我——」我一邊說一邊想伸手幫忙。

許心薇大力拍開我的手，我嚇了一跳，往後退一步。

她瞪著我，雙肩激烈地起伏。

「徐之夏，妳噁不噁心？」她用前所未有的冷漠態度對我說：「妳少裝出一副善良的樣子，我不需要妳在這裡假惺惺！」

「我、我只是……」

「只是什麼？只是突然良心發現想要幫我？」她的眼眶頓時泛紅，原本尖銳的語氣變成哽咽，「我不要！妳聽見沒有！我不要！徐之夏，我不要妳的幫忙……」

我愣在原地，不知如何是好。

我想道歉，聲音卻哽在喉嚨。

「對不……」

「已經太晚了……」

許心薇話裡的最後幾個字幾不可聞，淚水跌出她的眼眶。

不管受到多大的欺辱，堅強的許心薇從來沒有在眾人面前哭泣，卻因為我遲來許久的關心，痛苦地落下眼淚。

「徐之夏，妳和他們都是一樣的……」

沒錯，我和他們都是一樣的。

我知道，再清楚也不過了。

「後來，就算班上同學漸漸和許心薇恢復交談，我和她的關係也一直沒有好轉。」我放在膝上的手涼得沒有溫度，「妳知道嗎？她似乎原諒了每一個人，她甚至會和那兩個朋友聊天，就是不願意和我說半句話。」

只有我，她無法原諒。

因為傷害她最深的人，是我。

「是嗎……」坐在身旁的楊千瑜輕聲回應。

「不過，我也不奢望她的原諒。」想起許心薇曾經遭受的痛苦，我寧願她永遠不要原諒我，「我做錯了，不管是以前，還是現在，我沒有因爲許心薇學會勇敢，我只記得她的遭遇，反而更加畏懼，我不僅沒有在妳被欺負的時候挺身而出，甚至還暗自慶幸自己不是妳，我……」

爲什麼我是一個這麼懦弱的人？

「……勇敢，本來就不是一件容易的事啊。」

我怔怔地看向楊千瑜，她沒有繼續往下說，只是若有所思地望向遠處，大大的眼睛映出午後的陽光。

「如果可以勇敢，我也想要保護自己。」半晌，她輕輕開口，語氣十分和緩平靜，「我希望自己可以不需要別人的幫助、不需要期待別人同情，但我做不到，我不夠勇敢，一直都是。」

「所以我應該要幫妳……」

「妳沒有義務幫助我。」

「不是，我明明——」

「徐之夏，妳不一定要幫我。」楊千瑜搖頭。

爲什麼？

我沒再和她爭辯，可是，我不懂。

「如果有人願意幫我，我當然很感激，我也必須承認，我一直在等人幫助我……」楊千瑜深吸了口氣，「但那不是義務，妳不是非得幫我不可，我不會因爲妳沒有幫我而怪罪妳，也不會因此就認爲妳是壞人。」

「但我甚至覺得妳被欺負那是妳的問題，在心裡偷偷……」我低聲囁嚅，很是慚愧。

「換作是我，說不定也會和妳做出同樣的事。」她依然沒有責備我，儘管我不配接受，但她一直試著體諒我的心情，「我比任何人都了解那種壓力，所以，我不怪妳。」

深深的罪惡感仍在心裡揮之不去，我沒辦法因爲楊千瑜大度的諒解而放過自己，我不該如此輕易得到寬恕。

「還有……我覺得許心薇不是眞的原諒了那些人。」楊千瑜又說。

聞言，我不禁一愣，「我不懂妳的意思……」

「和他們說話不代表原諒，爲了回到正常生活，她勢必得和旁人進行必要的交流，就算得和欺負過自己的人說話，也要配合，唯有如此才能證明自己已經不再受到欺負了。」

「可是她不願意和我說話……」

「那是因爲許心薇最在乎的人是妳呀！只有對妳，她沒辦法假裝什麼事都沒發生！」楊千瑜打斷我的話，語氣變得激動，「徐之夏，妳的確傷害了她，傷害已經造成，不管是對妳，或是其他人，不是一句原不原諒這麼簡單的。」

那我到底該怎麼辦才好？

當我越了解鑄下的大錯，我就越討厭自己，討厭當時懦弱的自己，討厭現在虛假的自己……

「妳或許可以道歉，但不一定能獲得原諒。原不原諒要看對方願不願意，不是妳說了對不起，對方就非得回應沒關係，如果……」楊千瑜一頓，做了個深呼吸，彷彿下定了決心似地開口，「如果何敏芳將來和我道歉，我會接受，但我不會原諒她，我只希望她是真心感到抱歉，然後，我們從此互不相干，再也不要出現在彼此的生活裡。」

時間會帶走一切。楊千瑜這麼對我說。

不管是傷痛、憤怒、怨恨，只要願意交給時間幫忙，它會將一切撫平，雖然心裡的傷口可能會留下疤痕，但那會是證明自己堅強走過的勳章，往後碰觸到了舊傷，難受也許在所難免，但它同時也代表：一切都過去了。

楊千瑜伸手覆上了我放在膝上的雙手，掌心的暖熱熨燙了我冰涼的手背。

「我沒有辦法代替許心薇原諒妳，但對我來說，徐之夏，這並不完全是妳的錯，我不需要妳的道歉。」楊千瑜看著我說，這是我第一次看見她如此堅定的目光。「我不會歸罪於妳，妳也不要因此覺得對不起我，沒有誰對誰錯，我們都只是不夠勇敢而已。」

「勇敢，本來就不是那麼容易的事。」

楊千瑜說過的話在我腦海中浮現。

想起她遭受過的對待，她大可以對我幸災樂禍、冷嘲熱諷，她不需要像現在這樣，溫柔細心地安慰我，我從來沒爲她做過什麼好事，可是，她卻對我這麼好……

她很堅強，比我堅強。

而且，更加善良。

「……是嗎？」半晌，我輕輕地開口。

「一定是的！我眞的這麼覺得的，我——」楊千瑜激動地握住我的手，卻又忽然停住話，她瞪大眼，低頭看了看與我交疊的雙手，手立刻一縮，變得慌亂起來，「我、我是不是太自以爲是了？對不起，我沒有資格和妳說這些，我說太多了，我不是故意的。」

「楊千瑜。」我喚了她的名字。

「什、什麼？」楊千瑜嚇了一跳，怯怯地看向我。

「妳說，時間會帶走一切？」我認眞地看著她，「我可以……相信這句話嗎？」

楊千瑜愣愣地望著我許久。

終於，她笑了，溫暖的笑容在她的臉龐綻放。

「會的，儘管相信吧。」

看見楊千瑜的笑容，我肩上的沉重似乎不再那麼難以負荷。

我不知道我的罪惡感要花多少時間才能消失，我也不知道得花多少時間才能撫平我帶給許心薇的傷痛……但不論多久，我都願意等待，不奢求原諒，只希望她能過得安好。

沒有終點的等待或許漫長，但這次我不再是一個人。

Chapter 11

「去找他吧！」

午餐時間，楊千瑜忽然放下筷子，一臉堅定地說。

她的話題跳得太快，我的思緒仍停在上一秒聊到的模擬考，正盤算著複習進度似乎落後了些。

「妳說什麼？去找誰？」我眨了眨眼，困惑地問。

「當然……」楊千瑜停頓了一下，看了看左右，確定沒人注意，才壓低了音量：「當然是孫一揚啊！」

我一怔，低下頭兀自用筷子撥弄著便當裡的飯菜：「……不需要了吧。」

「爲什麼？」

因爲我不知道該跟他說什麼才好。

該說的、不該說的，我全都說了，把話說得那麼絕的人是我，就算我想和好，也沒臉再去找孫一揚。

而且，我眞的很害怕，孫一揚會再次用那種眼神看我。

那種好像他寧願從來不認識我的眼神。

「可是妳……不會後悔嗎？」

「後悔啊。」我答得很快。

當然後悔，非常後悔，而且，無時無刻都在後悔。

「那為什麼……」

「千瑜，我不只騙孫一揚我不認識妳，自始至終，他所認識的那個我，根本就不是眞正的我。」我試著維持語氣的平靜，不想表現出心裡的失落，「他所認知的我和眞正的我是截然不同的兩個人，這不是道歉就能解決的。」

我不知道怎麼打破和孫一揚之間的僵局，既然沒有解決的辦法，我和他是不是就只能到此為止？

「之夏，我、我不是要質疑妳，可是……」楊千瑜咬了咬唇，猶豫了一會兒才問：「妳眞的什麼都告訴他了嗎？」

「包括許心薇的事？」

「大概吧。」我聳聳肩，盡量讓自己的語氣輕描淡寫。

我一頓，搖了搖頭，「沒有。」

「那妳應該告訴他呀！」楊千瑜的表情亮了起來，彷彿找到一線光明，她抓住我的手臂，「如果妳告訴孫一揚的話，我——啊！」

忽然被來人撞了一下，楊千瑜吃痛地肩膀一縮，打住了話。

只見何敏芳下巴抬得高高的，睥睨地望著我們。

「邊緣人在講悄悄話啊？」何敏芳假意堆起笑，合掌道歉，「抱歉、抱歉，拜託，不要生氣，都是我不好，都是我不對，沒注意到這麼不起眼的妳們，妳們繼續。」

她揮揮手，踩著得意洋洋的步伐離去。

我沒在意何敏芳眼裡的不屑，和她的相處模式大概也只能這樣了，我不會想跟她和好，沒有必要。

剛才那種情況是家常便飯，何敏芳只要逮到機會就會酸我幾句，她並不想讓我太好過。

其實，我應該要害怕的，畢竟現在班上能和我說上幾句話的人不多，陷入孤單無助曾是我最害怕的事情，沒想到……

我看向楊千瑜，她正好也看向我。

「怎麼了？」她眨了眨眼睛，看樣子也沒把何敏芳的舉動放在心上。

「沒什麼。」我搖了搖頭。

我只是覺得很神奇。

我想，之所以不害怕，是因爲我不是一個人。

楊千瑜的存在讓我很安心，或許剛開始仍免不了有同是天涯淪落人的感覺，但幾個星期相處下來，我只能用「相見恨晚」來形容我和她之間的友誼。

可能是因爲大吵過一次，也可能是因爲我潛意識認爲自己在楊千瑜面前已經沒了僞裝，我可以很自然地和她聊天說話，不必刻意掩飾自己，也不需要看她的臉色來決定什麼話能說，什麼話不能。

雖然我不知道楊千瑜是怎麼想的，但大概是上次對我大喊大叫過了，她和我說話也不再像以前那樣畏畏縮縮、欲言又止，變得可以很順暢地表達意見，和她先前給我的印象完全不一樣。

我們喜歡的書籍類型很相似，也喜歡整潔的環境，我們會耐心傾聽對方的想法，並給予回饋，即使偶爾意見不合，也只是讓我們有了討論空間，不會因此而感到不悅。

這樣的相處關係，是不是就是所謂的「朋友」呢？

我沒問過楊千瑜，但應該不需要問，我們確實是朋友，在我想到這個問題之前，我們早就已經是朋友了。

「其實我常常在想……」

「嗯？」

「到底什麼才是『做自己』呢？」楊千瑜低垂著眼，手指在桌上胡亂畫著，「難道要像何敏芳那樣，想做什麼就做什麼，才能夠稱爲『做自己』嗎？如果是這樣，那我眞的會想和她一樣嗎？」

這個問題，韓老師也曾問過我。

那時候我沒有答案，現在也依然無法回答。

有些人明明講話刻薄傷人，卻說自己只是心直口快；有些人的行爲明明妨礙到了他人，卻說自己只是不拘小節；有些人明明枉顧別人的想法，卻說自己只是勇往直前。

是不是只要打著「做自己」的大旗，很多事情就可以被原諒？

「老實說，我並不覺得我沒做自己喔。」楊千瑜接收到我有些驚訝的眼神，靦腆地笑了笑，「雖然我很討厭懦弱的自己，但就算再討厭，我還是沒辦法一夕之間變成一個勇於表達的人呀，再不喜歡，我還是我，也只能接受。」

「但是……」

「之夏，我相信只要妳把許心薇的事情告訴孫一揚，再把妳內心眞正的想法好好說出來，他一定可以理解的，就像妳理解我，我也理解妳一樣。」

「我不知道……」我擰眉，心裡忐忑不安，「事情眞的會那麼順利嗎？」

「不試試看怎麼知道！」見我仍然猶豫不決，楊千瑜難得急了起來，「網路上不是有句話說『懂你的人不用解釋』嗎？我覺得正好相反，就是要解釋，對方才會懂妳呀，又不是每個人都有讀心術，就是因爲眞的在乎對方，才更需要解釋啊！」

「可是，都過這麼久了，我該怎麼和孫一揚解釋？」我還是沒辦法下定決心，很多事情都是講求時機的，現在是適當的時機嗎？

要是他不想看到我怎麼辦？

不想還好，只要開始擔心，所有的疑慮全都一股腦跑出來擾亂。

我眞的不想再見到孫一揚冷漠的表情。

「不要當面說，傳訊息給他怎麼樣？透過文字能夠清楚表達出完整的想法，也不用擔心被對方打斷。」楊千瑜幫忙出主意，「或者，我也可以幫妳。」

我愣了一下，「妳要怎麼幫我？」

「幫妳送信之類的？」

不知道是不是每個人都和我一樣，以爲早已遺忘的某些畫面，卻總在不經意的時刻被翻上來，如同現在，我忽然想起那天在穿堂遇見孫一揚的情景，他無視我的存在，親暱地和楊千瑜說話……

光只是憶起，鼻尖又忍不住發酸。

「之夏，怎麼了？」楊千瑜拍拍我的手，「妳還是不想去嗎？」

「不是，我只是……」

「嗯？」

「千瑜妳……」我收回臨到嘴邊的話，重新緩過氣後才又開口，「難道妳對孫一揚沒有一點其他的想法嗎？」

聞言，楊千瑜驚恐地瞪大眼，「我爲什麼會對……」

「畢竟、畢竟他救過妳啊！」我有點慌，感覺好像說錯了話，「女生不是都會對拯救過自己的人有好感嗎？而且，我看他那天和妳說話的樣子，好像……好像很在乎妳……」

最後那句話，我的音量簡直幾不可聞。

「之夏。」

「……嗯？」

「妳在吃醋嗎？」

「我才沒——」我下意識就想否認，卻又在最後一刻選擇坦承，「有……」

「到底是有，還是沒有？」楊千瑜促狹地衝著我笑。

我瞪她，狠狠地瞪了一眼。

明明前陣子看到我還會覺得害怕，現在倒好，竟然學會鬧我了！

「好啦，我跟妳保證，我對孫一揚絕對沒有一絲絲不單純的感情。」楊千瑜行童軍禮向我保證，「而且，其實我有點怕他。」

「怕？爲什麼要怕？」我不懂。

「妳不覺得孫一揚看起來……」楊千瑜停頓了一下，像是在考慮要怎麼形容，「他的外表有點凶，又很強勢，還給人一種壓迫感。」

「那只是外表，其實他人很好。」

「再加上他在學校的風評……」

「那些都是謠言，他沒有那麼壞。」

「還有，那天在穿堂遇到他，他突然跑來和我說話，我完全不曉得要和他說什麼，都是他自己一直說、一直說……」

「他是在關心妳！」

「妳幹麼一直幫他說話？」楊千瑜取笑我。

「我、我只是……」我話聲一滯，感覺耳朵都熱了，「只是不希望妳誤會他而已……」

「之夏，妳發現了嗎？妳和我看見的孫一揚並不一樣。」楊千瑜微笑，問了一個我從來沒想過的問題，「而且，最重要的是，妳怎麼知道在孫一揚面前的妳，不是眞正的妳呢？」

我決定聽從千瑜的建議，主動寫信給孫一揚。

可是，我雖然鼓起好大的勇氣動筆，卻覺得不管怎麼寫都辭不達意，好不容易寫完一句，又在下一刻推翻重來，一張張信紙寫了又丟，丟了又寫……

等我終於寫完信，第三次模擬考也結束了。

只不過，我始終找不到機會送出這封信。

摸向裙子口袋裡的信封，獨自站在行政大樓的樓梯間，我猶豫著是不是該走上去，我不知道孫一揚會如何看待我的出現，也不曉得他會用什麼態度對待我，但若不踏出這一步，這些未知的恐懼永遠不會有消散的一天。

反正再糟也不過如此了。

我告訴自己，也只能這麼告訴自己。

「徐之夏。」

正當我準備走上樓梯，身後忽然傳來一聲叫喚。

那是我很熟悉的聲音。

我轉過頭，只見何敏芳雙手環胸，站在不遠處。

「……找我有事？」我問。

「妳來這裡做什麼？」何敏芳沒回答我的問題，她朝我走近，作勢往樓梯間張看，「要是我沒記錯的話，待會兒又不是音樂課，也不是美術課，妳在這裡幹麼？想去七班找妳男朋友嗎？」

「不關妳的事吧。」

「喔，對了，妳也不一定是要去七班嘛，有可能是科任老師辦公室啊。」她刻意露出理解的笑容，「也是啦，孫一揚和韓老師是兩種截然不同的類型，妳會沒辦法選擇也很正常，我懂。」

「妳到底想說什麼？」我加重了語氣，對於這種各說各話的情況感到不耐。

「怎麼？我關心妳也不行？」何敏芳橫了我一眼，不屑之情溢於言表，「因爲遇到妳，所以和妳說幾句話，這很正常吧？要是被人看到我對妳視而不見，不曉得又要被誰說我不關心同學、惡意搞霸凌了呢！」

聽出她的意有所指，我只感到無奈。

「……妳難道就不能放過我嗎？」

「放過妳？」何敏芳好笑地看著我，「等等，我對妳做了什麼嗎？」

我沒接話，不想和她爭論。

但何敏芳顯然不願就此善罷甘休。

「徐之夏，妳要不要認眞想想，在我們鬧成這樣之前，我對妳有多好？我欺負妳了嗎？我排擠妳了嗎？我哪次不是把我們三個人看得比什麼都還重要？」何敏芳聲音拔高，「妳搞清楚，現在是妳背叛我，妳爲了那個楊千瑜背叛我！」

我不能否認何敏芳確實對我不錯。

高二分班的第一天，是她主動來和我說話。她熱情開朗、活潑大方，總是拉著張文琪和我積極參與班上的活動，她喜歡掌控一切，習慣成爲焦點，在她身邊可以獲得許多平時的我得不到的經驗。

即使我並不喜歡受到矚目，也不喜歡和其他人嬉笑打鬧，但因爲總是三個人一起行動，我沒辦法推卻。即便如此，我也不能否定在那段我最害怕孤單的時期，因爲有了何敏芳和張文琪的陪伴，讓我不是一個人。

但我好像從來沒把她們當成朋友。

這點，是我的錯。

「我只是不想再繼續下去了。」我心裡平靜得超乎自己的預期，「我沒辦法看著妳以欺負無辜的同學爲樂，我不能接受那樣的行爲，如果妳認爲這是背叛，我也無話可說。」

「妳以前明明都沒有意見的！」

「但我也從來沒有贊同過。」我望著何敏芳，心裡感觸很深，「以前的我不敢說，是因爲我知道妳不會喜歡我站出來反對妳的所作所爲，我沒有勇氣說出我眞正的想法，因爲我怕妳也會像欺負別人一樣對付我。」

「所以妳的意思是，我是壞人嘍？」

「我沒有這麼說。」

「但妳就是這個意思！」何敏芳大喊，臉色異常難看，「妳當著全班面前數落我的不是，說我沒有朋友，妳甚至拿我爸媽的事來攻擊我……徐之夏，妳以爲這樣的妳有比較高尙嗎？」

「我沒有這麼想。」我錯了，早在當時說出口的那一瞬間，我就清楚知道自己做錯了，「關於那件事，我必須和妳道歉，我不是有意的。」

「說句對不起就沒事了？」她咄咄逼人地反問：「那我也和楊千瑜說句對不起，一切就天下太平了？原來對不起這麼有用？」

「妳不原諒我也沒關係，我只是想讓妳知道我的歉意。」面對何敏芳的嘲諷，我沒有生氣，只是平靜地回應，「對不起，我不該爲了傷害妳，而當眾提起妳的隱私，眞的很抱歉。」

千瑜和我說過，原不原諒只能由受害者來決定，我不會強求何敏芳的諒解，我做錯了事，所以我該道歉，僅此而已。

也許是因爲我的冷靜，何敏芳看向我的目光開始帶著幾分困惑。

「……徐之夏，妳變得好奇怪。」她說。

「或許，我本來就是這個樣子。」我只能這麼回答。

我並非已經能完全不在意別人的看法，但能夠坦率說出內心最眞實的想法，不再隨他人起舞的感覺眞的很好，心境一下子豁然開朗。

何敏芳沒再說話，只是盯著我看了好一會兒，才掉頭離開。

我也不再花時間揣測何敏芳究竟是否明瞭我的意思，反正我已經把想說的、該說的話都告訴她了，至於她會如何解讀，再也不是我需要煩惱的事。

我轉身踏上前往三年七班的階梯，走沒幾步，立刻停了下來，愣愣地仰望站在樓梯間的那個人。

「孫一揚……」

好幾個月不見，感覺孫一揚變了好多，但又好像什麼也沒變。

他的頭髮染黑了，剪短了，領帶依然鬆垮垮地掛在脖子上，他居高臨下地看著我，臉上沒有任何表情，就只是那樣看著我。

喉間微微一哽，我說不出話來。

「我以為妳會和她吵起來。」孫一揚率先開口，目光直勾勾地注視著我，「沒想到妳這麼冷靜。」

「吵架不是最好的溝通方式。」我說。

我不想再吵架了，吵架只是在發洩情緒，根本無濟於事，就像我和孫一揚吵的那場架，換不來相互理解，得到的只有疏離。

「說的也是。」半晌，孫一揚回道。

他的目光沒有從我身上移開，彷彿在問我為什麼會出現在這裡？

「我……」被他看得心慌，我連忙從外套口袋取出那封早已寫好的信，「我有東西想給你。」

樣式簡單的淺綠色信封裡放著一張摺得整整齊齊的白色信紙，上頭寫滿我想說、卻不能好好說出口的話。

我遞過去，孫一揚沒有接過。

「你不收下嗎？」我的聲音微微顫抖。

「我沒有理由收。」他說話的語調一點起伏也沒有。

「為什麼？就當作……」我停頓了一下，眼眶不爭氣地發酸，「就當作是你不小心撿到的，這樣也不行嗎？」

孫一揚依然沒有伸手，「為什麼要寫這封信？」

「有些話，我想好好告訴你。」

「那天妳不是說的很清楚了嗎？妳是什麼樣的人，我一點都不懂，我不了解妳，我只是把對妳的想像擅自加諸在妳身上，我之所以覺得生氣，只是因為我自以為的想像破滅了。」他看著我，一字一句說得清楚，「如何？我聽得夠仔細了不是嗎？」

那日說過的話，孫一揚原封不動地丟回給我。

我才明白，自己說話有多傷人。

「這封信寫的不是那些……」我想解釋，腦筋卻一片空白。

看見我的窘迫，孫一揚仍然不為所動。

他不相信我。

意識到這點，心再次狠狠抽痛。

任何事情都講求時機，說出實話的時機、願意傾聽的時機、雙方擁有同樣心情的時機，一旦錯過，是不是就真的沒有機會了？

他始終用冷淡的目光看著我，彷彿再也不想和我有任何牽連。我感覺心中那簇希望的火光正逐漸熄滅，而我完全束手無策，只能任由淚水在眼中凝聚。

但我不能哭，我不想用眼淚逼他。

「我希望你可以收下這封信。」我強忍住快要落下的淚水，「不管你看完以後怎麼想，我都希望你能看完這封信……」

孫一揚眉角微揚，「就算我看完以後，想法仍然沒有改變也無所謂？」

「就算那樣也沒關係。」

「我不知道這樣有什麼意義。」

「不需要有意義，本來就不需要。」我一手舉著信，一手緊捏制服裙，把這陣子藏在心底的話全說出來，「雖然我不確定在你面前的我是不是眞正的我，但我只是想告訴你，和孫一揚在一起的徐之夏，很開心、很開心……」

孫一揚不發一語，彷彿對於我說的話一點都不在意。

我還是很想哭，但我沒辦法向他要求什麼。

「不管你在不在乎，我只是想讓你知道，那個徐之夏一直不敢告訴你的祕密。」

雖然早有心理準備，但只有身歷其中，才能深刻體會考生的日子和一般人過得有多麼不同，時間像被某種時光機器狠狠壓縮，每天除了念書考試，還是念書考試，全員目標一致地往大考衝刺，日子過得既快速又沒知覺。

直到學測結束，生活步調忽然慢下來，驀然回首，才發現自己竟然度過了一段如此緊繃的時日，有人開始準備大肆玩樂，也有人後悔努力不夠，重拾書本力拚下一次挑戰。

我依然在等待，等待孫一揚的回應。

除了親自交給孫一揚的第一封信以外，之後不管我去了七班多少次，後來的每一封信都是經由丸尾、紅毛、大熊轉交，我知道孫一揚是故意躲著我，所以我也沒有多問，只是一心想著，也許哪天等孫一揚願意見我了，他自然就會出現。

放學後，抱著好幾本從圖書館借來作爲參考的前幾屆畢業紀念冊，獨自走在學校走廊，四周安靜得彷彿全世界都睡著了，我只聽得見自己心裡的聲音，許多隱藏在心底深處的想法一一浮現。

孫一揚收下第一封信後，我枯等了好多天，遲遲等不到他的回覆，或許當時我就該知難而退，可我不知哪來的勇氣，不僅沒有放棄，反而寫下第二封信。

接下來是第三封、第四封、第五封……

有時候，我覺得自己像在寫一個人的交換日記，我會在信裡告訴他，千瑜和我聊到什麼有趣的話題，也告訴他，我的數學小考粗心大意沒有考好……我的生活不太精彩，但我還是喜歡在信裡和他分享這些日常點滴。

「那你呢？」這是我習慣在每一封信末寫下的最後一句話。

但那些信彷彿是一通通無人接聽的電話，我始終沒能等到他的回音。

忘了是第幾封信，那天代爲收信的丸尾難得和我聊了幾句，他問我爲甚麼明知孫一揚不會見我，卻還是堅持每個星期都來找他？

我對丸尾說：因爲有個人告訴我，努力是有用的。

我不想努力，也從不努力，但這次，我決定盡我所能努力一次。

「我幫妳拿吧。」

一雙大手突然接過我手上沉重的畢業紀念冊。

我扭頭一看，忍不住一愣，「……謝謝韓老師。」

他輕哼一聲，作出一副不以爲然的樣子。

「不客氣。」說完，他率先往前邁開步伐。

「我以爲你回去了。」

「可愛的學生還在努力，做老師的怎麼忍心先走？」

聞言，我毫不領情，直接白他一眼。

「如果你眞的體諒我的話，當初就不該拉我進畢籌會。」

「我沒拉妳進畢籌會，我只是找妳來幫我的忙。」韓老師斜睨了過來，姿態高高在上，「除了我的命令，妳不想做的事就可以不用做，簡單來說，妳直屬我管轄，明白嗎？」

「最好是。」

「怎麼不是？」

「就是因爲你這樣說，才會有人誤會我們的關係！」我就不信韓老師不知道，他可以裝沒事，我不行，「我跟你才沒有關係，我不想被誤會。」

韓老師挑了挑眉，「因爲孫一揚？」

我沒說話，不想說。

但他不放過我，「不回答代表默認了？」

「是又怎麼樣？」我沒好氣。

他笑了一聲，「他也不是沒誤會過啊。」

我轉頭看去，韓老師的笑容明顯意有所指。

現在回想起來，上學期的那天，接連發生的一連串事件，就像是突然被推倒的骨牌，來不及阻止，也無法阻止，一件接著一件，只能眼睜睜看著它毀滅崩壞。

「妳不在意了？」他問。

「什麼意思？」我不懂韓老師在問什麼。

「那天對我發了那麼大的脾氣，現在……」韓老師臉上似笑非笑，「想通了？」

我沒有回答，但心裡其實有答案。

當時之所以那麼憤怒，是因爲被傷了自尊，感覺自己一直被耍弄，見他那副理直氣壯的樣子更讓我生氣，好像一切都是我自找的，他只是善加利用，他一點錯也沒有。

這才是我生氣的原因，那時的我卻被各種情緒蒙蔽，沒能察覺自己心裡眞正的想法，而韓老師究竟想不想回應我的感情，對我來說，似乎早已不重要。

我不在乎，我早就已經……

不喜歡他了。

「青春期的孩子就是情緒化。」他笑了笑。

「又不是我願意的。」

「沒關係，這是好事啊。」沒想到韓老師如此回答我。

我不懂，困惑地朝他望去。

「你們只有現在才有情緒化的權力，這是你們的特權，盡情地犯錯、爭吵、大哭、失敗……因爲青春，所以沒有關係。」韓老師的目光落向前方，嘴角揚起，「或許現在的妳還不明白，但未來妳一定會懷念這段日子。」

「未來……會是什麼時候？」我問。

「等妳發覺自己失去的那一天。」韓老師定定地注視我，臉上笑意猶存。

爲什麼人都要等到失去了才懂得珍惜？

是不是因爲擁有得太理所當然，才不曾想過有朝一日可能會失去？甚至直到失去的那一刻，才察覺那樣東西對自己有多麼重要？

我想起了孫一揚。

「……韓老師。」

「嗯？」他輕鬆地應。

「孫一揚他……」我斟酌用詞，「你們之間的關係爲什麼這麼差？」

「我想想，」韓老師故作沉思，「他就是看我不爽吧。」

我無奈地橫了韓老師一眼，他倒好，低低地笑出聲來。

「不管妳信不信，孫一揚小時候很黏我的。」

「那現在爲什麼會變成這樣？」我更不懂了，爲什麼孫一揚一看到韓老師就像過敏一樣，老是起排斥反應，「你們之間有發生過什麼事嗎？」

「孫一揚以前很喜歡看一部卡通，有很多機器人什麼的，妳知道嗎？」韓老師問我，見我搖頭，他不以爲意，繼續說下去，「總之，大概是他小學三年級的時候吧，我媽特地請人從日本帶回一組機器人，準備送給孫一揚，當他的生日禮物。」

生日禮物？

聽到這裡，我依然沒有頭緒。

「那不是一般的塑膠玩具，它是一組作工精細的合金機器人，外型帥氣不說，手腳關節都可以動，眞的很好玩，即使是對機器人沒興趣的我，看了都愛不釋手。」

「你該不會……」

「沒錯，我搶過來了，說什麼都不還給他。」韓老師的笑容帶著幾分漫不經心，「眞要探本溯源，這件事應該就是起因吧？再加上家中的長輩一向喜歡叫他向我看齊，他很不服氣，老愛在別人面前挑我毛病，我也覺得煩，跟他說話自然沒好口氣，久而久之，關係就演變成現在這樣了。」

原來如此。

但我想了想，總覺得有點……

「很幼稚，對吧？」韓老師挑眉，把我心裡想的話說了出來，「就是因爲不是什麼大事，我們也從沒想過要好好談談，沒有契機，更不覺得有那個必要，任憑小事一件一件積累，不滿跟著增加，心結也越來越難解開。說不定在孫一揚心裡，我就是個老愛覬覦他東西的大壞蛋吧？」

其實我覺得孫一揚不會這麼想，雖然他處處看韓老師不順眼，對韓老師的態度也很差勁，但孫一揚應該沒這麼討厭韓老師……吧？

「韓老師你……」我停頓了一下，還是忍不住問，「除了那個機器人以外，你應該沒再搶過他的東西吧？」

聞言，韓老師看向我，若有所思地笑了笑。

「誰知道呢？」他說。

回到了畢籌會集合的會議室，韓老師停在門口，把手上的畢業紀念冊交還給我，再換上溫和無害的笑容，走進會議室和其他同學寒暄，順道確認大家的工作進度。

「這裡忙完以後，妳再到大禮堂找我。」離開之前，韓老師不忘回過頭吩咐，「舞會那裡有幾件事必須交給妳處理。」

我手上的動作一停，「可我不知道會忙到什麼時候？」

「加油。」他才不管我，逕自揮手離開，「不來會後悔」。

我當然不會天真地認爲韓老師會交代什麼好事給我，他話裡的涵義比較接近「敢不來的話就試試看，我絕對會讓妳後悔」。

他一向最擅長透過言下之意使出威脅。

可惡，我現在一點都不心甘情願。

如果放學後的校園是用安靜無聲來形容，那麼放學後的大禮堂肯定是前者的加強版，靜謐得像與外界全然隔絕，不管如何放輕步履，還是能聽見腳步聲迴蕩在偌大的空間裡。

鄰近黃昏，室內光線昏暗，我找到牆上的電燈開關摁下。

「韓老師？」我喊。

無人應答，只有轟隆隆的回音。

也許韓老師晚到了，我沒多想，隨意環顧四周。

畢業舞會的布置進行到一半，各式各樣的雜物散落四處，還能嗅聞到木頭與油漆的味道，走在沒有動線的混亂場地裡，一處看起來像是接待處的顯眼角落吸引了我的注意。

只見斜靠在牆上的背板尚未製作完成，亂糟糟的桌上放著一張約莫A3大小的白色厚紙板，乾淨的紙面上只用棕色的線條畫了一棵實心樹幹，沒有葉子、沒有花朵，只是一棵光禿禿的樹幹。

這次的舞會簽到將採用國外婚禮的創意，每個參加的同學在進場之前，都要在手指沾上五顏六色的印泥，並在樹上按下屬於自己的印記。

待所有人進入會場，這棵樹便會開滿燦爛的花與葉。

凝視這張仍然空白的紙張，我彷彿可以看見那棵盛放的大樹。

回過頭，我走到大禮堂中央，挑高的天花板懸掛著許多星星裝飾，再過幾天，這裡將會充滿音樂、歡笑，以及舞動的人們……

沒想到，畢業來得這麼快。

踏入高中的第一天，初次和韓老師說話的那一天，何敏芳來找我同組的那一堂課，和張文琪一起偷訂校外飲料的午休時間，我們三個人一起爲了某件小事笑得東倒西歪的那一刻……

即使和她們的情誼早已不復以往，如今回想起來卻盡是愉快的記憶。

我不知道爲什麼，但我覺得這樣很好。

儘管有時候我不免會想，若重新回到過去，也許我可以更好地處理一切，我可以坦率告訴她們我的想法，並在必要的時候婉轉勸戒她們，如此一來，也許我和她們還能是朋友，不只是爲了讓自己不落單的存在，而是眞正的朋友。

可惜，過去沒辦法重來，我也只能心懷遺憾。

然後，我想起了去年的夏天。

在圖書館和孫一揚相遇，莫名其妙成了他的小老師，他調包了我的課本，拉著我蹺課，因爲怕我難過而陪我搭公車，暑假跑來家裡和媽媽聊天，在大熱天底下逼我和他一起賽跑……

「爲什麼會變成這樣呢？」

那天，他靠在我的肩上這麼問我。

「我不會對妳說出那句話的。」

他說出這句話時的表情刻印在我心版上。

去年夏天發生了好多好多事，我學會了面對自己的錯誤、學會理解、學會原諒，重新體悟了朋友的定義、重新感覺到何謂眞正的開心，我從來沒想過生活會因爲一個人的出現，帶來如此巨大的改變……

如果不是孫一揚，我可能還是原本的徐之夏。

如果可以，我好想聽他說出那句話。

但……是不是已經來不及了呢？

不管做了多少努力，如果對方不接受，那也是沒有用的，我知道，一直都知道，因爲如此，我從來不想努力，不想承受那樣的失望，但爲了孫一揚，我還是努力了，可是……

想起沒有回音的信件，心口微微一沉，也許，孫一揚終究會是我的遺憾……

背後傳來一陣腳步聲，突兀地打斷我的思緒。

「韓老師……」我回過身，想也不想便喚。
來的人……不是韓老師。
「徐之……」
孫一揚正要喊我的名字，我卻不由自主地往後退了一步。
察覺到我的退卻，孫一揚的神色頓時一僵。
「抱歉，是韓靖要我來的。」他別過臉，「不過……看來我是被他耍了，既然沒事的話，我先——」
「不要走！」我慌亂地打斷他的話。
孫一揚沒有看我，只是盯著地板，「妳……不是不想看到我嗎？」
怎麼可能不想？
如果不想，我爲什麼要每個星期去你教室送信給你？爲了不想和你斷了聯繫，爲了不想就這麼放棄，明明可以用手機傳訊息，卻想著可能有機會碰見你，還是一次又一次前去……
我怎麼可能不想見你？
「難道你從來沒看過那些信嗎？」我逼自己問出口。
孫一揚渾身一震，猛地抬頭看我。
從他的反應，我立刻判定他默認了。
不是沒想過這個可能性，但我不想相信自己這些日子以來的努力全是白費，更不想知道原來孫一揚是那麼不想和我再有牽扯。

「既然你都沒看，那麼……」我強忍住湧上來的酸楚。

「我都有看！」孫一揚大喊，眼神充滿歉意，「妳的信……我都有看。」

「可是你爲什麼……」可能是因爲等待太漫長，也可能是那股難受再也壓抑不住，我的眼眶漸漸泛熱，「你爲什麼不回信呢？爲什麼就連……連一點回音也不給我？」

「不是那樣的！我不知道該怎麼……我想了很多，但是……」孫一揚想解釋，但最後他只是凝望著我，輕輕說了一句，「對不起。」

爲什麼道歉？

爲什麼要對我道歉？

我咬住唇，感覺喉嚨發酸，痛得說不出話。

「你爲什麼會在這裡？」半晌，我終於提起勇氣問他。

「韓靖要我來的。」他又重複了一次同樣的答案。

那不是我想聽見的答案。

「韓老師找你來做什麼？」

「他跟我說禮堂有東西要搬，要我過來幫忙。」孫一揚瞥了眼旁邊那堆雜物，「但我大概是被他耍了吧。」

「所以……」我深吸了口氣，「你還是不想見我，對嗎？」

孫一揚愣住了，他沒有反駁。

果然是這樣沒錯。

「如果是這樣的話，那……」

「我沒有不想見妳。」他搶著說。

「你不必……」我每個字都說得異常艱難。

「我沒有不想見妳，我一直都很想見妳。」孫一揚認眞地望進我的眼底，語氣比以往任何時候都要堅定，「更正確地說，徐之夏，我很想妳。」

我握緊了手，竭力忍住搖搖欲墜的淚水。

我以為我可以很冷靜，但聽見他這麼對我說，我的心緒還是忍不住激盪不已。

孫一揚小心翼翼地朝我走近，彷彿害怕我會像剛才一樣抗拒他的接近。

他伸手為我勾攏頰邊散亂的髮絲，再替我抹去滑下側臉的汗水，我無心在意他的舉動，只是專注看著近在眼前的他，不願放過任何一個微小的細節。

眞的是他，眞的是孫一揚。

他的眼神不再冷漠……

「你從來沒有回過我的信……」我的話聲哽咽。

我等了好久，眞的好久。

等待了一整個冬天，我以為我再也等不到了。

「因為我不知道該怎麼面對妳。」孫一揚的臉上再次浮現愧疚，「我從來沒站在妳的立場想過，那時候，我滿腦子想的都是妳為什麼要騙我，卻不去想妳為什麼會這麼做，我只是自以為是地指責妳……」

「我騙你我不認識千瑜，你會生氣也是理所當然的啊！」

「可我沒辦法原諒自己對妳說了這麼重的話。」孫一揚蹙眉，自責地說：「我知道不管重來多少次，我還是會生氣，我不可能不生氣，但要是我夠成熟理智，就會好好聽妳解釋，我能試著理解妳、體諒妳，而不是爲了宣洩憤怒，用言語傷害妳。」

「但在那種情況下，誰都難免會……」

「不是，徐之夏，不是這樣的，」孫一揚搖頭，「我之所以生氣，不完全是因爲妳隱瞞我認識楊千瑜的事。」

這話是什麼意思？我愣愣地看著他。

「沒錯，我的確氣妳袖手旁觀，放任同學遭受霸凌，但那只是導火線，眞正讓我感到生氣的，是妳……」他一頓，深深呼出了一口大氣才說：「是因爲我聽見妳向韓靖告白，我聽見妳親口對韓靖說妳喜歡他。」

我一急，正想開口解釋，但孫一揚搶先繼續往下說。

「我不過是假藉責備妳，對妳宣洩我的情緒，我只是不想承認不管我做了多少努力，妳還是喜歡韓靖……說穿了，我只是自私而已。」他的聲音越來越微弱，「我很幼稚，眞的很幼稚。」

這個年紀的我們，又有誰是成熟懂事的呢？

看不清自己的眞心，只能透過憤怒、爭吵、互相傷害等錯誤的方式，企圖撫慰痛苦。

我是這樣，孫一揚也是，我們都一樣。

「這就是你不願意見我的理由？」我問。

孫一揚微微頷首。

「但，你還是來了。」

他專注地凝視著我，目光沒再閃躲。

「……我來了。」他說。

當我聽見他這麼告訴我，雖然心頭爲之一鬆，心口卻依然隨著呼吸作痛，不是因爲我不相信他，而是因爲他對我的影響如此巨大。

我終於明白，他對我有多重要。

孫一揚的手輕輕地朝我的臉頰貼近。

「對不起，我沒有回妳的信。」他說。

「沒關係……」

「對不起，我當時不了解妳。」

「沒關係……」

「對不起，我……」孫一揚深吸了一口氣，撫過我的頰邊，「現在才來找妳。」

一切都沒有關係了。

「喂，徐之夏，不要哭啊，我怎麼老是讓妳哭……」

「我才沒有哭……」

我沒有哭，只是淚水伴隨著笑容滑了下來。

孫一揚拉著我走上舞台，並肩坐在舞台邊，放眼望去，那些才布置到一半的舞會裝飾竟讓我覺得華美燦爛，我很想捏捏自己的臉，確定這並非只是一場美好的夢境。

不知怎麼地，我們陷入了一場突如其來的沉默，不曉得該和對方說些什麼才好。明明一直期盼著他的出現，現在他眞的坐在身畔，反而讓我不知所措。

「學測考得好嗎？」糾結半天，我只能硬迸出這麼一句。

孫一揚聳聳肩，「就那樣吧。」

「什麼就那樣……」我對他沒誠意的回答感到無奈，「好歹也努力了這麼久，總不能前功盡棄吧？」

「那就是很好，非常好。」孫一揚看著前方，笑了笑，「不是我誇張，前陣子我可是無時無刻都在念書，因爲……」

他停住了話。

「因爲什麼？」我問。

「那還用問？」他掃了我一眼，「轉移注意力啊。」

我一愣，慌亂地低下頭，「是、是喔……」

「喂，徐之夏。」孫一揚架起拐子，撞了我一下。

「幹麼？」我故意往旁邊移動，他跟著靠了過來。

我再移，他又跟。

又移，再跟。

如此幼稚的舉動一再重複，直到我差點掉下舞台，孫一揚一把護住我爲止，我窩在他的懷裡，聽見他的呼吸聲在我耳畔起落，不知道是不是錯覺，我好像感覺到孫一揚收緊了他的雙臂，而我似乎也悄悄靠近了他一些。

「對不起。」

「你不是已經道過歉了嗎？」聽見他再次傳達歉意，我的心口微微一抽。

「看了妳的信，我眞的覺得自己是個大蠢蛋……」孫一揚的胸膛劇烈起伏，「所以，對不起。」

「孫一揚……你原諒我了嗎？」

「那妳呢？」他反問，「徐之夏，妳原諒我了嗎？」

聞言，換我用手肘撞他，撞得他發出一聲悶哼。

的確，孫一揚拒我於千里之外的態度讓我很受傷，那時候的他不肯聽我說話，看向我的眼神彷彿再也不願相信我。

但現在我知道，他並不是眞心這麼想的。

孫一揚緩緩轉頭朝我看來，因爲我牽起了他的手。

我對他微笑，「一切都過去了不是嗎？」

「眞的都過去了嗎？」他的表情沒有轉爲輕鬆，眼裡有著不知從何而來的茫然。

「這是我們之間的問題，正確答案也只能由我們兩個來定義。」我直視著他，態度堅定，「如果我說事情已經過去了，而你也這樣認爲，那不就過去了嗎？」

孫一揚沒有回答，陷入了思考。

我不著急，經歷過那麼長的等待，如今再多等一點時間也沒有關係。

我可以等。

「或許吧。」最後，他才悶悶地說。

我忍不住笑，「不然你想要什麼答案？」

聽我這麼問，孫一揚一怔，跟著露出笑容。

「妳知道嗎？」他深深地看著我，「我一直很慶幸妳的出現。」

「我才是……」

孫一揚搖頭，不讓我把話說完。

「徐之夏，如果不是妳，我不會意識到現在的自己缺少了什麼。」他的聲音聽起來好慎重，像是下定了決心，「更不會有勇氣走向新的方向。」

新的……方向？

來不及抓住浮上心頭的疑惑，孫一揚忽地反握住我的手，我嚇了一跳，抬起頭，視線直接撞進了他笑彎的眼睛裡。

「徐之夏，來跳舞吧！」

「什麼——」

話沒說完，孫一揚就拉著我跳下舞台，腳步還沒站穩，他已經摟住我。

瞬間，我什麼也看不見，只能看見眼前的他，心跳聲怦然響起。

下一刻，音樂聲忽然傳來，音量不大，音源聽起來很接近，但音質有點悶，像是被什麼東西給蒙住。

我低頭瞥向孫一揚的褲子口袋，某人的大手馬上按住我的腦袋往他的胸膛靠去。

「不准笑，我只有手機可以幫忙了。」

孫一揚的威脅一點用也沒有，我還是噴笑了，也把他一起逗笑，他胸口轟隆隆的共鳴伴隨著心跳，一聲一聲傳進我的耳中。

牽著對方的手，我們跳起了舞。

前進，後退，轉圈。

陽春的音樂，笨拙的舞步，我們不時看著彼此笑出聲來，彷彿整個世界只剩我和他，屬於我和孫一揚的畢業舞會，一切如此美好。

「我覺得妳變了，變得不太一樣。」

「如果我說，這就是眞正的我呢？」我坦然迎向他的注視，「這樣的我，不好嗎？」

孫一揚笑了，笑得很溫柔。

「不管是哪個妳，都好。」他輕聲說，「我接受每一個妳。」

或許是因為太過美好，我差點以為今晚發生的一切是一場夢，我夢見了孫一揚與我和好如初，夢見他和我跳著一支又一支雙人舞，就像是一場完美的夢境。

當美夢轉醒，我睜開眼，孫一揚再次從我身邊離開。

孫一揚究竟去了哪裡？

根據大熊的說法，孫一揚是去山上修行；根據紅毛的說法，孫一揚是去部落求取進化之術；根據丸尾的說法，孫一揚是去祕境追尋眞我。

除了一連串不可靠的情報，當然，孫一揚親口告訴了我他眞正的去向。

原來，考完學測之後，孫一揚曾經回到國中母校，他和教練聊了許多，包括他的傷勢、他的迷惘，也因為這場談話，孫一揚決定聽從教練的建議，參與一個偏鄉部落的補助計畫，擔任田徑助教，前往山區推廣田徑運動。

他告訴我這件事的時候，我有些驚訝，同時感到無能為力的難受，我一直都知道他的痛苦，可我卻沒能爲他做點什麼，我不知道該怎麼做，那不是我能力所及的範圍。

所以，我知道，這是孫一揚必須去做的事。

不單單是爲了他深愛的事物，也是爲了他自己。

沒人知道孫一揚這次前去能否爲他帶來什麼改變，就連孫一揚本人也不確定，但就算是萬分之一的可能，如果孫一揚可以從中找回失去的自己，那比什麼都還重要。

就這樣，我的高中生活迎來了最後一個夏天。

「……孫一揚打電話給妳了嗎？」千瑜一邊問著，一邊幫我別上大紅色的畢業生胸花，大概是怕一不小心就會刺傷我，她的動作和她的聲音一樣小心翼翼。

我笑了，搖了搖頭。

見狀，千瑜立刻癟起嘴，替我委屈起來。

「孫一揚未免太過分了！雖然說是山區，但總不會到處都沒訊號吧？難道就不能抽空打通電話嗎？」千瑜細細的聲音發起脾氣沒多少殺傷力，「之夏，今天可是畢業典禮耶，他不回來嗎？」

「別說了，再說下去，我都覺得自己很可憐了。」我伸手調整千瑜的胸花，確定它狀態完美。

「之夏……」

「喂，我跟妳開玩笑的啦！」我忍不住笑場，趕緊安慰看起來比我更難過的千瑜，「別忘了，我今天可是很忙的呢。」

千瑜神情有些無奈，我看得出來，她正偷偷責怪我的逞強。

我有逞強嗎？

好像沒有，我眞的沒有逞強。

畢業典禮正式開始的時間是上午九點，由於某人的惡意操作，我必須比其他人更早到大禮堂集合。和千瑜約好待會見，我從座位站了起來，穿過吵吵鬧鬧的同學，還被抓去拍了幾張合照，好不容易踏出教室的那一刻，我和倚在窗邊的何敏芳對上了眼。

我們望著彼此，一語不發。

然後，我們同時移開了目光。

何敏芳和我已經有很長一段時日沒有過任何互動，自從那次談話之後，她不再找我麻煩，也不再對我酸言酸語，就像陌生人一樣，或者該說，比陌生人還要陌生，我們相安無事，卻也無視彼此。

就這樣吧！我和她之間談不上和解，也談不上原諒與否，有些時候，有些事情，有些人，這樣就好了。

布置完成的大禮堂擺滿了整齊的座椅，受獎代表一個個按照司儀的指示，進行最後一次彩排，我站在牆邊，環顧四周，再過不久，這裡將坐滿即將邁向下一個階段的畢業生。

「準備好了嗎？」

「你是指，準備好擺脫你了嗎？」聽見熟悉的聲音，我看也沒看來人一眼，「早在你將我推上畢業生致詞代表的那一刻，我就迫不及待準備好和你說再見了。」

韓老師低笑出聲，來到我的身邊站定。

「徐之夏，我是在幫妳創造回憶啊。」他說話的口氣，好像我得謝主隆恩似的。

「不需要。」雖然事情早已成定局，抱怨也沒用，但我還是有點不甘心，「你不是說你不是菜鳥老師了，爲什麼還是有一堆莫名其妙的工作落到你頭上啊？」

「菜鳥老師也是需要畢業代表作的吧？」身爲畢業統籌的韓老師說得一副理所當然，揚起了笑，「正好，可以拉著妳和我一起畢業，不覺得也挺有始有終嗎？」

說到底，衰的還不都是我。

我哀怨地瞪了韓老師一眼，換來他得意的笑聲。

隨著校園廣播響起，各班陸續集合，教官們站在入口管理動線秩序，大禮堂漸漸充滿了談話聲與歡笑，韓老師和我走到舞台旁邊，看著畢業生們嬉笑打鬧、合影留念，似乎還感覺不到畢業各奔東西的感傷。

直到司儀宣布典禮開始，場內才緩緩靜下。

看來，孫一揚是不會回來了。

韓老師似乎也和我想到了同一件事。

「孫一揚沒聯絡妳？」他低聲問道。

我沒看他，目光鎖在舞台上，「難不成他有連絡你？」

「是沒有。」韓老師輕笑，「不過他有聯絡家裡，我還是知道一些消息的。」

也是，孫一揚當然會打電話回家……這麼說來，他不是因爲山區沒有訊號、或是工作太忙碌，才不跟我聯絡的？

一股難以形容的感覺再度湧上，我深呼吸，告訴自己不要亂想。

「孫一揚他……」看著投影螢幕播放的各班畢業影片，我的心思飛到了遠方，「過得好嗎？」

「不會吧，他真的沒連絡妳？」

聽見韓老師略帶嘲諷的驚訝問句，我忿忿地看向他，不敢相信都到了這個時候，他居然還有心思嘲笑我？

「他有！」我激動地低喊。

「是嗎？」韓老師根本不相信。

「眞的有！」我差點跺腳，卻找不到更多言詞替孫一揚辯護。

此時此刻，我腦海中浮現的是那張美麗得令人屏息的明信片，畫面上有著燦爛的陽光，拿在手中幾乎能感受到和煦的熱度。

在這段期間，孫一揚只寄了一張明信片給我。

一張只寫著一行字的明信片。

就憑著那張明信片，我等他等到了現在。

「徐之夏，只會耍帥的男生是不能依靠的。」韓老師突然說了。

「什麼？」我一怔，不懂話題爲何會跳到這裡。

「妳知道嗎？再過不到一個小時，妳就畢業了。」

「然後呢？」

「妳就不是高中生了。」他繼續說。

我蹙起眉，「所以呢？」

「如果妳想選擇我的話，我會考慮。」

「韓老師，你吃錯藥？」我下意識地回嘴。

然而，他只是遞給我一抹意味深長的笑容。

「妳說呢？」

我能說什麼？

我不願思考韓老師話裡的暗示有幾分眞實。

不能當眞，不能當一回事。

畢業典禮進行得十分順利，司儀宣布頒發最後一項獎項，下個流程就是畢業生致詞，爲了確保不在台上出錯，我從口袋取出演講稿，在心裡默念早已背得滾瓜爛熟的台詞。

頒獎音樂停歇，我正準備收起講稿，卻被人一把抽走。

「你幹麼？」我很是傻眼。

韓老師對我揚起了笑。

我背好了，那張講稿已經沒有用了，我相信韓老師也知道這一點。

「畢業生致詞。」司儀宏亮的聲音響起，「致詞代表，三年一班，徐之夏。」

餘光瞥見其他人的催促，我不管了，不管韓老師想做什麼都不關我的事，我現在必須上台才行……

正要邁開腳步，韓老師就當著我的面撕掉了那張講稿。

「徐之夏，把妳想說的話都說出來吧。」

「你到底在……」

「比起這種用漂亮詞彙堆砌而成的講稿，妳應該有其他話想說吧？」韓老師的笑容充滿自信，「還有，妳不是也有話想對某個人說嗎？」

某個人？什麼意思？

韓老師究竟是什麼意思？

我呆立在原地，腦中一片混亂。

他往我的背上輕推了一把，提醒我趕緊上台。

「小男孩，我幫妳把舞台準備好了。」他低頭往我的耳畔說了一句。

心裡依然慌亂，但我不能表現出來，我重新調整呼吸，踩著穩定的步伐，踏上舞台的階梯。

腳下皮鞋踏出叩叩響聲，我的心跳與呼吸加速。

站穩在麥克風前，我緩緩抬頭，迎上台下的眾多目光。

「夏天的微風吹進校園，染紅了鳳凰花，吹響了離別，三年前的我們初次踏進校門，來不及想像今日，只記得心裡懷著忐忑，就連和隔壁的同學打聲招呼，都要在心中倒數三、二、一。誰也沒想到，三年後的現在，未來悄悄來到了我們面前，那位初次見面的同學好不容易不再陌生，如今，卻要向彼此互道再見……」

注視著台下一張張或熟悉或陌生的臉龐，流暢地講出熟背的講稿，有種說不出的感覺正在我心裡醞釀。

我想說的，眞的是這些嗎？

「忘不了那場運動會，一起聲嘶力竭爲班上加油；忘不了校歌比賽，你我並肩站在大聲歌唱……」

迷茫仍然在我心中驅趕不走，我控制得很好，沒有露出異樣，但當我看見千瑜，看見丸尾、紅毛、大熊，看見何敏芳、張文琪，看見七班那張空無一人的椅子——

我忽然懂了韓老師的意思。

「這些微小而確切的回憶，的確是我們忘不了的禮物……」我聽見自己的聲音響徹了大禮堂，「可是，有沒有那麼一次，你曾經忘了自己的聲音？」

空氣彷彿靜止了一秒，隨後台下開始起了些許騷動。

「不知道你們是不是也曾經和我一樣，害怕不被喜歡、害怕不被接受、害怕不被理解……因爲害怕，於是我們選擇了隱藏，隱藏自己的喜惡、隱藏自己的想法，我們知道什麼才是安全的，我們知道只要不和別人不一樣，我們就可以被喜歡、被接納……」我深深呼吸，輕輕地說出了下一句話，「但到最後，我們就連自己也沒辦法理解自己。」

嗡嗡的細語漸漸轉小，我能感受到聚集的目光所累積的重量，很沉、很重，我沒有退縮，試著對上每一道視線。

「我曾以爲自己是個能夠明辨是非的人，我應該要有正義感、有勇氣，我也應該是個可以站出來爲弱者說話的人，但是……」我搖了搖頭，聽見自己的聲音在空氣中迴蕩，「但是，當事情發生在我眼前，我才知道，自己很膽小，我不敢，我做不到。」

縱使我們都明白什麼是對、什麼是錯，卻還是會犯錯。

或許是因爲環境、或許是因爲壓力，我們沒做出正確的事，爲了減輕自己的罪惡感，我們找盡了藉口，試圖告訴自己：沒有關係、我不是故意的、我只是想要保護自己……

「我掩飾了眞正的想法，我不想因爲自己的不一樣，成爲下一個受害者。」當我看向我們班的方向，千瑜神情認眞地望著我，何敏芳、張文琪的視線也停在我身上，「可是，那並沒有讓我過得比較快樂。」

我們總是羨慕那些閃閃發光的人，他們不管做什麼，好像都那麼游刃有餘，每一個人都喜歡他們，他們擁有好多我們無法擁有的事物，他們看起來好快樂、他們看起來……好像那麼的「做自己」。

「在我們的幻想裡，眞正的自己就該像他們一樣討喜、受歡迎，可只要我們越心懷羨慕，就越顯得自己是那樣的普通、渺小……」

即使戴上面具，學會僞裝，時間一久，我們終究會開始抱怨，抱怨沒人懂得自己；我們會覺得痛苦，不想繼續隱藏自己；我們會開始偷偷在心裡想著：不對，這才不是眞正的我，眞正的我才不是這個樣子。

「可是，我們眞的知道什麼是『眞正的自己』嗎？」我問著台下的人們，也再次問自己，「而所謂的『做自己』又該怎麼做才好？」

同樣的問題一次又一次出現在我心中，我曾經忽視，也曾經武斷地下結論，但都沒有減輕我的不安，我依然對此感到迷茫。

「如果不是遇見他，我想，我可能永遠找不到答案。」

我的目光停駐在七班那張少了主人的座椅，腦海浮現他總是充滿自信的笑容。

想起與他相識以來的點點滴滴，初次見面的荒唐、再次相遇的不可思議，以及後來的朝夕相處……每一分、每一秒彷彿重新在眼前上演，宛如昨日般清晰。

「在他面前，我可以很自在，可以隨心所欲地說出眞實的想法；在他面前，我可以放聲大笑，也可以放心大哭；在他面前，我不需要在乎別人的眼光……」說到這裡，我笑了，打從心底笑了出來，「在他面前，我可以盡情做一個自己也喜歡的自己。」

即使有過誤會、爭吵，甚至有過放棄的念頭，但我們依然抓住了彼此，牽起對方的手，而且，他帶給我的美好遠遠不只這些。

我看向丸尾、紅毛，若不是因爲他，我不會深刻體認到他們藏在外表底下的才華；我又看向何敏芳、張文琪，若不是因爲他，我不會有鼓起勇氣的契機；最後，我看向千瑜，若不是因爲他，我也不會和她成爲眞正的朋友……

「我漸漸明白，沒有人是完美的，如果別人不喜歡自己，那是他不懂得欣賞；但如果連自己也討厭這樣的自己，那就努力改變。」

我頓了頓，才又繼續往下說。

「也許，沒有人能夠完全了解另一個人，但是，我們可以學著理解與體諒，並尊重別人的不一樣。」我邊說邊逐一看向我的朋友，千瑜、丸尾、紅毛、大熊，和他們帶笑的目光交會，「我很慶幸能夠遇見願意傾聽我說話、願意理解我的人，謝謝你們。」

我的視線再次回到了那張屬於某人的空位。

他說，他很慶幸遇見了我。

而我也很慶幸遇見了他。

我的青春原本像是一片怎麼走都看不到盡頭的陰暗荒原，直到遇見他，終於有了陽光照射。

那張有著燦爛陽光的明信片躍上心頭，我彷彿聽見他親口告訴我，他在那張明信片背後寫下的那句話。

可是，他在哪兒？爲什麼他不在這裡？

我忽然懂了，我終於知道縈繞在心頭的情緒究竟爲何，既不是逞強，也不是失落，更不是難過與悲傷，而是不知從何發洩的怒氣。

憑著莫名的衝動，我一把抓起麥克風。

「我有一句話想告訴那個人，他跑到山裡不回來，一通電話也沒打給我，我不知道他在想什麼，但接下來這句話，我這輩子只會說一次——」

不知道爲什麼，好像全世界的人都知道我要說什麼似的，台下忽然掀起巨大的騷動。

我不在乎，坦然望向眾人，深吸一口氣，用盡全力說出那個藏在我心中許久的祕密——

「孫一揚，我喜歡你！」

夏天結束以前，我終於聽見了自己的聲音。

尾聲

天氣炙熱，蟬聲吱鳴，我抱著整理好的資料，走進畢業了快四年的母校大門，教室傳來朗朗讀書聲，我一邊走，一邊觀望四周，也許是太久沒有回來，一景一物看似熟悉，卻又有著說不上是哪裡不太一樣的陌生。

「徐之夏。」

我循聲望去，只見那個人又是一臉似笑非笑地等在樓梯口，我沒有加快腳下的步伐，反而放慢了速度，緩緩走近，看著他嘴邊的弧度越來越清晰，「辛苦了。」

我一言不發地將資料往他懷裡推。

「生氣了？」韓老師笑了笑。

「我只是沒想到畢業以後居然還會被你使喚。」不說還好，一提就很悶，「我眞心覺得自己很窩囊。」

「幫我送資料是一種榮幸。」

「高中那時和你在資料室混了三年，我好像也沒有得道升天。」我沒好氣地反駁，這種榮幸還是不要也罷，哪天被韓老師賣了都不知道，「話說回來，你怎麼會把資料忘在家裡？」

「妳說呢？」他答得不清不楚，「猜猜看我是不是故意的？」

我蹙眉想了想，不能理解他話裡的意思。

「故意什麼？」我問。

「故意讓妳送來，這樣我才可以見到妳？」他說。

空氣似乎凝結了幾秒，我平靜地看著韓老師不變的溫和笑容，心跳絲毫沒有快上一拍。

「韓老師，今天的藥吃了嗎？」我涼涼地回了一句。

韓老師笑出聲，眼角泛起微微的笑紋。

「藥是沒吃，但我媽今天難得煮飯，她剛才打電話給我，叫我務必要留妳一起用餐。」他抬手看了看時間，「才三點，她是有多怕妳跑掉？」

我驕傲地勾起唇，「代表我很受歡迎啊。」

韓老師無奈地搖搖頭。

「妳眞的變了很多。」他似乎有感而發，「想當初那個連說一句話都要看人臉色的高中女生，現在變得完全不一樣了。」

「托你的福。」我半是玩笑，半是眞心。

「那妳看這樣如何？既然我媽這麼喜歡妳，未來想必沒有婆媳問題，」韓老師又繞回同一個話題，「要不要考慮拋棄某人，投入我的懷抱？」

「這我倒是——」

話還沒說完，一雙強而有力的臂膀突然將我往後一扯，我被牢牢鎖進一個溫熱的懷抱，鼻間聞到了熟悉的味道，原本僵硬的身軀一下子放鬆下來。

「喂，徐之夏，不是叫妳離這個爛人遠一點嗎？妳是耳朵壞了，還是進水了？怎麼老是講不聽啊？」孫一揚的聲音在我耳畔大聲響起，他才對我罵完，下一句馬上轉移目標，「少在那邊覬覦我的女人！」

「誰是你的女人……」我不滿地推著他的手臂。

「妳當然是我孫一揚的女人啊，不然呢？」

「我是我自己的，才不是你的附屬品！」

「這麼計較……」孫一揚嘟囔，隨即又擺出一副理直氣壯的態度，「好啦、好啦，不然我是妳的！孫一揚是徐之夏的！妳不是我的附屬品，我才是妳的附屬品，有妳就有我，妳想把我甩掉，給妳三個字，不、可、能！」

最後那三個字，孫一揚是瞪著韓老師說的。

「唉，還以為耳根子可以清淨一點，幹麼這麼早回來？」韓老師面無表情，眼裡寫滿不耐，「孫一揚，你怎麼不乾脆待在山上變野人就好？反正你也還沒進化完全，應該適應得很快吧？」

「韓靖你——」

噗哧一聲，我沒忍住笑。

孫一揚瞠目，再次對著我發難，「徐之夏！」

「泰山，你下山了，講話可以別用吼的嗎？」韓老師乘勝追擊，不顧孫一揚的瞪視，他轉頭看向我，「徐之夏，妳確定還要繼續和這個人在一起？」

「我好像是該考慮——」

孫一揚摀住我的嘴巴，不給我說話的機會。

「她確定到不行！」

好不容易結束這場鬧劇，一起把韓老師的資料送回辦公室後，我和孫一揚還不想就這麼離開，反正我們今天都沒課，忘了是誰先提議的，便決定轉向通往二樓的樓梯，打算看看韓老師帶的班級。

孫一揚老是開玩笑說那班是萬中選一的衰鬼班，全校老師那麼多，偏偏讓韓老師當上他們的班導。撇開孫一揚的個人偏見不談，我倒覺得韓老師會是很不一樣的班導。

「期末考要到了，沒什麼問題吧？」走在令人懷念的走廊上，韓老師問了我的近況，「雖然有人比妳更需要擔心，但我沒那麼好心去關心他。」

瞥見孫一揚的白眼，我笑出聲來。

「實習結束之後，就可以等畢業了。」我故意抬肘撞了撞一臉不屑的孫一揚，「你也只剩下幾科報告而已，對吧？」

他沒回話，只用鼻子哼了聲。

高中畢業以後，孫一揚和我一起去向同一個城市，進了不同所大學，一個選擇商學系，一個則是重歸體育科系的懷抱。

儘管孫一揚的舊傷讓他無法重返賽場，但畢業前夕參與的偏鄉計畫確實影響了他，他發現自己還能擁有另一種可能，下定決心投身田徑教育。

孫一揚用另一種方式，重新擁抱他割捨不掉的夢想，同時也找回了他曾以爲再也無法找回的自己。

「待會兒陪我去買文具，下次回山上的時候，我想送給孩子們當禮物。」孫一揚看了一眼手機螢幕，桌面上的底圖不是我和他的照片，而是他和部落孩子們的合照。

「好啊，那我……」

我突然止住步伐，側耳傾聽。

「也許，沒有人能夠完全了解另一個人，但是，我們可以學著理解、學著體諒，就算與自己不同，也可以尊重別人的不一樣……」

等等，這個聲音爲什麼這麼耳熟，還有這段話……

我全身一僵，呆站在二年五班的後門口，傻眼地看著那張出現在投影螢幕上的臉龐，那是我！

「哦，忘了告訴你們，我正在播當年的畢業影片給你們的學弟妹欣賞。」韓老師不疾不徐地說。

他早就算好了！他一定早就算計好了！太丟臉了！

我轉身想走，未料，孫一揚一把拉住我，臉上滿是促狹。

「孫一揚，放手！」

「我不要。」他笑得非常討人厭。

「接下來這句話，我這輩子只會說一次——」

天啊，天啊，天啊！

我閉上眼，順便連耳朵也一起摀住。

「孫一揚，我喜歡你！」

隨著我的告白響起，二年五班跟著竄出尖叫，我懊惱地咬住唇，完全沒料到當初的一時衝動居然會用這種方式不斷流傳。

早知道就不要那麼做了！

「徐之夏，我也喜歡妳。」孫一揚湊近我的耳邊輕聲說。

我的反應是揍他，連續揍了三大拳。

我整張臉都在發燙，深呼吸了好幾次，努力逼自己鎮定心神，才敢看向螢幕上仍在播放的畢業影片。

當時我以為台下之所以一片騷動，是因為我大膽至極的當眾告白，只是等我說完那句話後，滿腔勇氣頓時全消，只能不知所措地呆站在舞台上，看著一道人影穿過群眾快步朝我跑來。

那個人，就是孫一揚。

他俐落地跳上舞台，氣喘吁吁地站在我面前。

「我回來了。」那時的他，只說了這麼一句。

下一秒，孫一揚直接擁我入懷。

這時，不管是影片裡的台下同學，還是現實中的二年五班，齊聲爆出了如雷歡呼。

「好沒誠意。」三年多後，待在同一個懷抱之中，我不甘心地說。

「嗳，我不是已經補過了嗎？」孫一揚摟緊我，下巴抵著我的頭頂，「我喜歡妳、我喜歡妳、我喜歡妳、我……」

孫一揚突然止住了口，其實不只是他，我也愣住了。

從教室窗戶探出一張稚嫩的臉蛋，那人不敢置信地瞪大眼，我們看著他，他看著我們，世界彷彿瞬間停止轉動，直到他張嘴大叫：

「眞的是本人耶！」

頃刻之間，一群人接連從窗戶探出頭來。

「學長你好帥！」

「學姊我也喜歡妳！」

望著眼前一張張興奮的臉孔，我偷偷拉了拉孫一揚的衣角，兩人四目相接，他立刻明白我的意思，牽起了我的手。

我們迅速轉過身，放開腳步奔跑，無視背後震耳欲聾的尖叫聲。

孫一揚緊緊握著我的手，跑過走廊、奔下階梯，就像第一次蹺課、就像那場勝之不武的比賽、就像每一次和他在一起的時刻……

踏出樓梯間，明亮的陽光灑落在我和他的世界。

歡呼聲持續從二樓傳來，我們頭也不回地往前奔馳。

望著他的背影，我忍不住想，我眞的、眞的很喜歡他。

「喂，徐之夏。」孫一揚喚了我的名字，用他一貫的方式，「妳還記得妳欠我一個約定嗎？」

我記得，當然記得。

在那個午休的圖書館，他用歪理騙到了我的約定。

「陪我吧。」他說。

「陪你什麼？」我問。

「陪我一輩子。」他轉過頭，笑了。

笑得陽光燦爛，讓我想起那年夏天的初次相遇，想起他寫給我的那張明信片，也讓我想起他寫在明信片上的那句話。

「我願意。」我微笑回道。

如果是你的話，我願意陪你一輩子。

所有一切由你開始，所有美好因你而起，所有的回憶寫在那個只有我們知道的夏天，我和你的故事不會到此結束。

所以，一起走吧，一起跑吧。

往後的每一個夏天，我們也要一直、一直在一起。

——我在漫無邊際的冬日踽踽獨行，妳的出現，就是我的夏天。

全文完

後記
努力成爲一個更好的自己

嗨嗨，大家好，我是兔子說，又見面了，感謝你用心閱讀《只有你知道的夏天》，這是我的第四本書，希望你喜歡這個故事。

在故事設定最初，我只是想寫一個講述「做自己」的故事，而在這個想法的背後，其實，我非常討厭「做自己」這個概念。

不管是勵志書也好、網路文章也罷，「做自己」三個字俯拾皆是，它安慰著、鼓吹著每一個因爲現實而無法做自己的人……當然，我也曾經迷戀過這三個字，我想要做自己、我應該要拋下所有顧忌，只爲了做自己，而我之所以沒辦法做自己，都是環境害的、都是別人害的。

眞的是如此嗎？

怕傷了和氣而選擇忍讓的是你，選擇原諒那個劈腿爛人的是你，吃了虧也不敢出聲的是你……做出每個決定的都是你，就算再怎麼討厭，那都是你，那些不夠陽光、不夠正面、不能搬上檯面的你，都是自己的一部分。

也許是因爲「做自己」的意義被某些「太做自己」的人給濫用，只要有人宣稱：「我就是做自己啊！」，我多半就會對那個人敬而遠之，因爲這就跟說自己個性大剌剌一樣，有百分之九十的機率是白目的代名詞。

「做自己」是需要彈性和平衡的，或許就像孔子說的「隨心所欲而不逾矩」才是眞正的做自己，兔子不才，距離孔夫子的境界還有一大段遙不可及的距離，因此，相較於「做自己」，我更喜歡「面對自己」、「接受自己」，以及「愛自己」。

這個故事想傳達的也是如此。

這次的女主角之夏並不是討喜的女主角類型，網路連載初期，很多讀者說他們不喜歡之夏，因爲她放任朋友霸凌別人，只是站在一旁袖手旁觀……我可以理解這些讀者的想法，甚至也有部分認同，但我還是不討厭之夏。

如同千瑜說的，勇敢本來就不是容易的事，在《哈利波特》第一集裡，鄧不利多也曾經說過：「勇氣有很多種，我們需要非常大的勇氣，才能站起來反抗我們的敵人，但要反抗我們的朋友，同樣也需要非凡的勇氣才能做到。」

身爲故事的旁觀者，我們可以輕易地知道什麼事該做或不該做，但若是換成自己身處其中，許多當事人看不見的盲點必定也會讓我們不知如何是好。

不喜歡之夏也沒關係，但如果可以理解她就好了呢。寫這個故事的時候，我總是這麼想。到了後來，我發現不管是哪個角色，我都希望讀者可以這麼理解他或她，甚至連何敏芳也是。

這次的女主角不是討喜的類型，而男主角也並非超人一般的存在。

孫一揚大概是我寫過最愛和女主角吵架的男主角了，動不動就鬧脾氣，但很可愛，因爲很可愛，所以原諒他……哈哈哈，不是啦，我很喜歡一揚，他就是一個普通的高中男生，很活潑，很吵鬧，偶爾還會煩煩地撩妹，但同時也很直率、很真誠。

即使不是能為對方扛下所有悲傷的強大男主角，可是，能和喜歡的人一起學習、一起成長，不也很好嗎？這才是青春呀。

或許就某種層面來說，這個故事是想寫給國、高中時期的我吧，那時候的我總覺得自己有兩個人格，一個討喜的，一個不討喜的，但通常顯現於外的，都是不討喜的那個，甚至也被兩個人當面這麼說過。

雖然現在可以坦然面對，但當時懷著一顆易碎玻璃心的我真的很受傷，好像整個人都被否定了一樣，原本就已經不夠自信了，更加深了對自己的不認同，經過非常久的時間才慢慢調適過來，了解真正的自己，並體悟到其實不需要勉強自己變成其他人，只要努力成為一個更好的自己就足夠了。

無論如何，請你們一定要愛自己，如此一來，才會以最好的狀態，遇見那個美好的人唷。

最後，依然要謝謝我親愛的女神編輯蔓蔓姊，謝謝妳忍受我永無止盡的拖稿，更謝謝妳願意接受我任性的目標，我會非常努力地前進的！

謝謝大家，我們下一段旅程再見！

兔子說

國家圖書館出版品預行編目資料

只有你知道的夏天／兔子說著. -- 初版. -- 臺北市；城邦原創, 民 105.07
面；公分. --

ISBN 978-986-92937-9-2（平裝）

857.7 105011836

只有你知道的夏天

作　　者／兔子說
企畫選書／楊馥蔓
責任編輯／楊馥蔓

行銷業務／林政杰
總 編 輯／楊馥蔓
總 經 理／伍文翠
發 行 人／何飛鵬
法律顧問／元禾法律事務所　王子文律師
出　　版／城邦原創股份有限公司
台北市中山區民生東路二段 141 號 6 樓
電話：(02) 2509-5506　傳真：(02) 2500-1933
E-mail：service@popo.tw
發　　行／英屬蓋曼群島商家庭傳媒股份有限公司城邦分公司
聯絡地址：台北市中山區民生東路二段 141 號 11 樓
書虫客服服務專線：(02) 25007718．(02) 25007719
24小時傳眞服務：(02) 25001990．(02) 25001991
服務時間：週一至週五09:30-12:00．13:30-17:00
郵撥帳號：19863813　戶名：書虫股份有限公司
讀者服務信箱 email：service@readingclub.com.tw
城邦讀書花園網址：www.cite.com.tw
香港發行所／城邦（香港）出版集團有限公司
地址：香港灣仔駱克道 193 號東超商業中心 1 樓
email：hkcite@biznetvigator.com
電話：(852)25086231　傳眞：(852) 25789337
馬新發行所／城邦（馬新）出版集團 Cité(M)Sdn. Bhd.
41, Jalan Radin Anum, Bandar Baru Sri Petaling,
57000 Kuala Lumpur, Malaysia.
電話：(603) 90578822　傳眞：(603) 90576622
email:cite@cite.com.my

封面設計／黃聖文
電腦排版／游淑萍
印　　刷／漾格科技股份有限公司
經 銷 商／聯合發行股份有限公司
電腦：(02)2917-8022　傳眞：(02)2911-0053

■ 2016 年（民 105）7月初版
■ 2021 年（民 110）4月初版 9.5 刷
Printed in Taiwan

定價／250元

ISBN 978-986-92937-9-2

POPO城邦原創 www.popo.tw
城邦讀書花園 www.cite.com.tw